KB045645

초한지 1

짧은 제국의 황혼

楚漢志

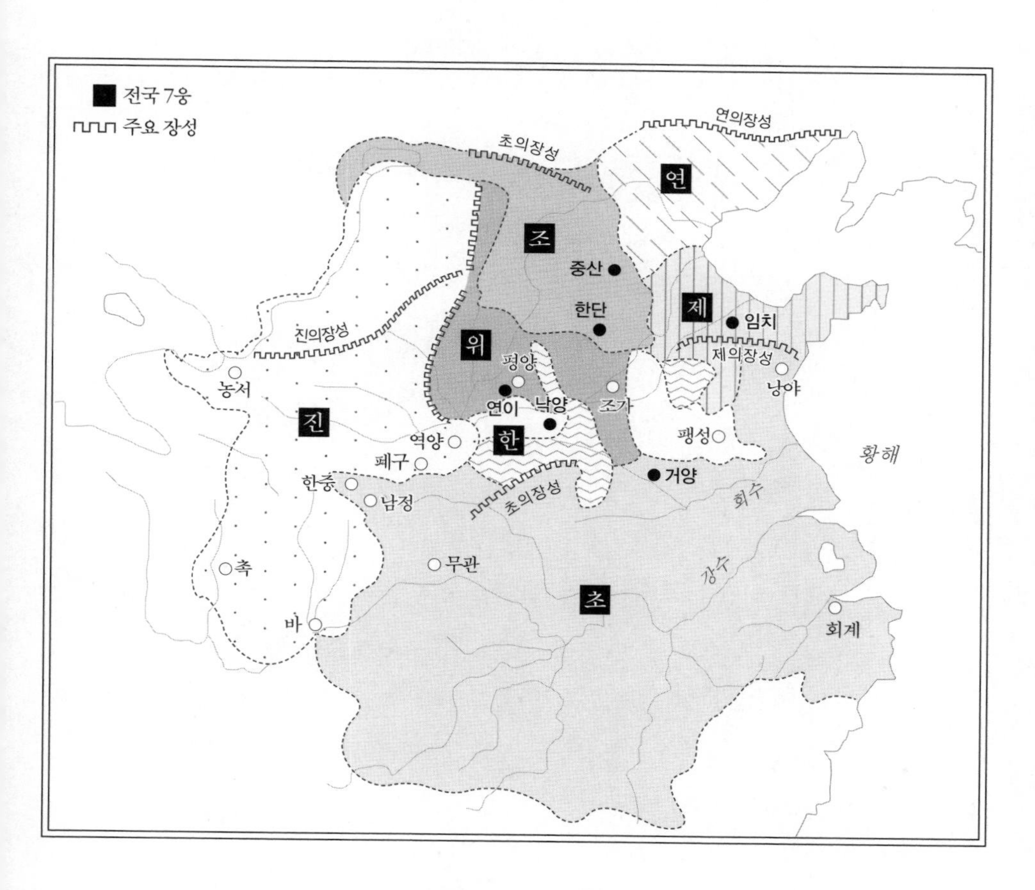

전국 7웅
주요 장성
연의장성
초의장성
연
조
중산
한단
제
임치
진의장성
위
평양
제의장성
낭야
농서
연이
낙양
조가
진
역양
한
팽성
황해
폐구
거양
한중
초의장성
남정
회수
촉
무관
강수
초
바
회계

전국 7웅와 주요 장성

『초한지』 개정 신판에 부쳐

『초한지』 초판을 낼 무렵의 내 심사는 그야말로 앙앙불락이었다. 2000년 벽두에, 이제 와서 헤아려 보니 더욱 정체가 뚜렷해지는 주사파 홍위병들에게 바로 내 집 앞에서 그 떠들썩한 책 장례식을 당한 뒤의 참담한 심화를 다스릴 겸 시작한《동아일보》연재가 이 『초한지』의 초고가 된다. 연재 때 제목은 「큰바람 불고 구름 일더니」였는데, 시작한 지 3년 만에 끝내고도 바로 출판에 들어갈 수가 없었다.

이른 바 '이문열 돕기 운동본부'의 책 장례식과 저희끼리의 '조선일보 해방구'란 곳에서 벌어진 책 화형식(금시조 조형물 태우기 포함), 그리고 뒤이은 소송 테러(그들을 보고 홍위병을 떠올렸다는 신문 칼럼 구절을 명예훼손으로 고소한 것 외 2건)로 고약한 3년을 보내던 끝에 문득 견딜 수 없다는 기분이 들어 미국으로 건너갔다. 먼저 버클리 대학에 방문학자로 갔다가 다시 하버드 대학에서 체류작가로 불러주어 거기서 2년을 더 보내게 되었는데, 그때 비로소 『초한지』를 전 10권의 대하물(大河物)로 묶어내게 되었다.

신문에 연재할 때의 제목은 한고조 유방이 쓴 시의 한 구절을 우리말로 풀어쓴 것인데, 책으로 펴내면서 내가 마음속으로 작정한 제목은 원래가 『사기(史記) 한초연의(漢初演義)』였다. 기존의 연의가 부실하거나 소략해 『사기』「고조기(高祖記)」와 그 시대 인물들의 열전(列傳)을 중심으로 하고 『한서』, 『후한서』, 『삼국지』의 주(註)를 참고로 삼아 내가 새로 얽어 본 연의 제목이었다.

달리 『서한연의(西漢衍義)』란 보다 간편한 제목도 있었지만, 청나라 때 종산거사(終山居士)란 이가 쓴 것과 혼동될 우려가 있어 피했다. 그리고 편집자들의 충고에 따라 이미 우리 독자에게 익숙해진 제목 『초한지』로 바꾸었다. 항우가 황제를 칭한 적이 없고 서초 패왕(西楚覇王) 또한 열후(列侯)의 나라들 가운데 으뜸이란 뜻뿐이라 한(漢) 제국 황제 유방과 서초 패왕 항우 간의 쟁패가 중심이 되는 역사 이야기에 지(志)를 붙이기가 마땅치 않았으나 이미 널리 쓰여온 터라 그에 따랐다.

연의 소설 내용도 신문의 연재 때와 달리 많이 보충 부연되었다. 하버드 대학 부설 옌칭 연구소의 풍부한 장서와 사료들이 많이 도움 되었던 걸로 기억한다. 그때껏 우리나라에서는 볼 수 없었던 『귀곡자(鬼谷子)』 원문을 복사해 볼 수 있었던 것과 진나라 청동무기, 특히 서양에서는 20세기 들어서야 활용되었다는 크롬

염 처리를 한 청동장검이며, 그때만 해도 아방궁 방화처럼 그리 널리 알려져 있지 않던 항우의 병마용(兵馬俑)처리와 진시황릉 훼손 같은 것을 얘기할 수 있게 된 것도 옌칭 도서관에서 찾은 자료들 덕분일 것이다.

그렇게 『초한지』 전 10권이 이 나라에서 처음 출판된 게 미국에서 돌아오기 전해인 2008년 정월이었는데 벌써 12년이 지나 이제 다시 개정 신판을 내게 되었다. 지난 몇 달 한때 나는 환골탈태에 가까운 개정판(改訂版)을 꿈꾸기도 했으나, 꿈은 꿈일 뿐 결국 내 손을 떠난 것은 약간의 보완과 부연을 더한 추고와 교열 교정을 넘지 못한 듯하다. 무능이나 게으름이 아니라 어느새 덮어쓴 흰머리 탓인 듯도 해 가슴 서늘하다.

2020년 10월 10일 부악산 기슭에서

이 문 열

초판 서문

5년이 넘는 중국사 장정이 드디어 끝났다. 돌이켜 보면, 이 장정은 내 문학의 어둡고 쓸쓸했던 한 계절을 어렵게 헤쳐 나온 궤적이기도 하다.

언제부터인가 내 문학을 조여 오던 묵살(默殺)의 카르텔은 1990년대 말에 이르러 일방적인 단죄의 선고로 터져 나오기 시작했다. 이어 2000년대로 접어들면서 한국판 홍위병들이 그 선고의 어설픈 집행자로서 내 문학의 장례식을 되풀이 거행하자 나도 격렬하게 응전하였다. 그러나 득세하는 인터넷 대자보의 홍수 속에 허우적거리며 나날이 괴물이 되어 가던 나는 갈수록 더 흉흉해지는 전의만큼이나 주체 못할 피로와 무력감에 빠져들었다.

그때 나를 유혹한 것이 지난날에도 이따금 해 왔던 중국 고전 문학으로의 도피였다. 『삼국지』와 『수호지』 평역은 작가의 효율적인 부업 외에 여러 해 지속된 문학적 긴장으로부터의 도피란 의미도 있었다. 이번에도 중국 고전 평역으로 어지럽고 고단한 한 세월을 넘겨 보려고 내가 손대지 않은 작품들을 살피기 시작했는데, 그때 잡힌 게 『초한지』였다.

'초한지'는 명나라 시대의 종산거사(終山居士)란 이가 쓴 『서한연의』를 우리말로 번역해 붙인 이름이다. 『통일천하』, 『초한연의』, 『항우와 유방』 등 다른 이름을 붙인 것도 있으나, 근래에 들어 우리나라에서는 '초한지'란 제목으로 자리 잡아 가는 듯하다.

우리 고시조나 고대소설 『별주부전』 같은 데서도 『서한연의』에 나오는 고사에 근거한 구절이 더러 눈에 띄는 것으로 보아 조선 중기에는 이미 들어와 널리 읽힌 작품 같다. 나도 젊은 시절에 이런저런 이름으로 된 『서한연의』를 몇 차례 읽어 본 적이 있다. 그리고 다 같이 역사에서 취재한 연의이고 나름의 재미가 있는데도, 『서한연의』는 『삼국지』나 『수호지』처럼 기서(奇書)로 대접받지 못하는 까닭을 궁금하게 여기기도 했다.

하지만 나 스스로 『서한연의』를 다시 풀어 쓰기 위해 꼼꼼히 읽어 보니, 절반도 읽기 전에 그 까닭을 알 만했다. 곳곳에 배어 있는, 원전이 뻔히 보이는 아류(亞流)의 냄새 때문이었다. 그 바람에 나는 『사기(史記)』를 비롯한 여러 사서들에 펼쳐진 그 시대와 『서한연의』에서의 소설적 변형을 하나하나 견주어 가며 살펴보았다. 그러자 『서한연의』를 원전으로 삼을 수 없는 더욱 많은 이유들이 발견되었다.

먼저 종산거사의 『서한연의』는 사실(史實)을 지나치게 뒤틀고 엇바꿔 '칠 푼의 진실과 서 푼의 허구'라는 연의의 본령(本領)에서 너무 멀리 벗어나 버렸다. 한 예로, 유방 쪽에서 보면 지루하고 수세적이었던 광무산에서의 대치를 대단한 승리처럼 그려 놓은 것도 그렇지만, 양군이 그곳에서 철수한 뒤는 더욱 심하다. 광무산에서 내려온 항우가 오강(烏江) 가에서 죽기까지는 단 넉 달이었고, 그 기간 내내 항우의 병력은 유방에 비해 열세였다. 단 한 번 고릉(固陵) 싸움에서 반격전을 펼쳐 이겼으나 그것도 추격을 뿌리친 정도였고, 그 뒤로 항우는 줄곧 작은 병력으로 한군에게 추격당하다가 해하(垓下)의 포위 섬멸전에서 여지없이 무너지고 만다.

따라서 항우에게는 팽성에 돌아가 전력을 가다듬을 틈이 없었고, 또 팽성은 그때 이미 한나라 장수 관영에게 함락된 뒤라 항우가 돌아가려야 돌아갈 수도 없었다. 그런데 『서한연의』는 항우를 팽성에 돌아가 다시 유방보다 군사적 우위에 서게 함으로써, 있지도 않은 광무군 이좌거의 유인책과 지리에도 맞지 않는 구리산 십면매복(十面埋伏) 같은 억지가 나오게 된다. 유방 혹은 한신의 병법이나 전투 능력을 치켜세우기 위해서인 듯하지만, 아무래도 역사를 뒤틀고 엇바꿈이 너무 지나치다.

거기다가 『서한연의』에서 남발되는 허구는 상상력의 빈곤으로 모방과 차용을 일삼는다. 『삼국지』를 쓴 나관중의 상상력은 많은 부분 『사기』에 의지한 듯, 나관중의 화려한 '서 푼의 허구' 뒤에는 진수(陳壽)의 정사(正史)『삼국지』에 없는「사기열전」의 광경들이 자주 어른거린다. 여포는 추악하게 빚어낸 항우이고, 조자룡은 곱게 빚어낸 항우에다 효혜제(孝惠帝)를 구해 낸 하후영의 충성심을 덤으로 얹은 듯하다. 유비의 신하가 된 적도 없는 서서(徐庶)의 어머니를 자살까지 시켜 가며 유비의 덕성을 드러내는 방법도 틀림없이『사기』에 나오는 한나라 재상 왕릉(王陵)의 어머니에게서 빌려 왔을 것이다. 말하자면 항우와 유방의 시대로부터 400년 뒤의 일을 연의로 쓴 나관중은『사기』의 초나라와 한나라가 맞서던 시대의 기록에 기대어 상상력을 펼쳐 간다. 그런데 정작 그 초한 쟁패(爭霸) 시대를 연의로 쓴 종산거사는 오히려 나관중의 상상력을 빌리고 흉내 내어 지나치게 남발한 허구를 채우려는 것처럼 느껴진다.

『서한연의』의 그와 같은 부실함 때문에, 이름 있는 원전을 적당히 얼버무려 한 세월 모진 바람을 피해 가려 했던 내『초한지』는 엉뚱한 중국사 장정으로 변하고 말았다. 나는『사기』를 원전으로 하고『자치통감』과『한서(漢書)』등을 보조 자료로 삼아『초한연의』를 새로 써 보기로 했다. 그리고 가망 없는 싸움으로 쓸데없이 분주한 나를 단속하기 위한 수단으로《동아일보》의 귀한 지면을 빌렸다. 연재라는 형식으로 집필을 강요하기 위함이었다.

그 뒤 3년, 나는 한편으로는 여전히 소모적인 시대와의 난전으로 좌충우돌하면서도 내 새로운 장정을 이어 갔다. 그러다가 2005년이 저물 무렵, 항우가 죽을 때까지의 나머지 석 달치를 한꺼번에《동아일보》에 넘겨주고 이 나라를 떠났다. 갈수록 분노와 미움으로 황폐해지는 심성을 달래기 위해서였는데, 그렇게 한번 거리를 만들어 놓고 보니 내가 빠져 있는 고약한 수렁이 한층 뚜렷이 드러났다.

나는 그 수렁에서 벗어나기 위해 전에 없이 나를 다잡고 오래 게을렀던 글쓰기에 전념하였다. 그 덕분에 버클리에서의 첫 1년은 오래전에 시작했으나 반쯤 쓴 채 팽개쳐 두었던 『호모 엑세쿠탄스』 세 권을 마치는 데 바쳐졌다. 그리고 보스턴으로 옮겨 앉아서는 남은 세월과 문학을 위해 나를 단련하는 쪽으로 한 해를 보냈는데, 지난가을 다시 글쓰기의 계기가 주어졌다. 중단하듯 연재를 끝내고 2년이 넘도록 책으로 펴내지 않는 것을 걱정하는 출판사의 독촉에다, 하버드 대학교 동양학부의 학구적 분위기와 엔칭 도서관의 풍부하면서도 잘 정리된 중국학 자료들이 다시 자극이 되어, 미뤄 두었던 『초한지』를 마칠 수 있게 되었다.

나는 항우 사후 유방의 즉위 과정과 이어지는 제후 억멸책(抑滅策)을 정리해 열 권으로 책을 마감하고, 원래 '큰바람 불고 구름 일더니'로 연재되었던 제목은 이미 온라인의 한 코드로 정착된 『초한지』로 되돌렸다. 하지만 다음 학기에 잡혀 있는 계획 때문에 책 내는 일을 몇 달 만에 끝내려다 보니 여러 가지로 무리가 따르지 않을 수가 없었다. 특히 중국 정치 문화사에서 오랫동안 대비되는 전형(典型)으로 그려져 온 '항우'와 '유방'이란 두 인물의 특이한 개성을 제대로 드러냈는지, 그리고 다채롭던 진나라 말기와 한나라 초기를 살아간 다양한 군상들을 제대로 살려냈는지, 실로 걱정스럽다. 두고두고 바로잡고 보태겠지만, 그 전이라도 눈 밝은 독자 여러분의 가르침과 꾸지람을 당부한다.

한입 가득 불평을 물고 앙앙불락(怏怏不樂) 지내는 사이에 한 시대가 가고 새해가 밝았다. 바라노니, 이제 더는 시대의 아이들과 불화하고 싶지 않구나.

2008년 정월

李文烈

차례

1

짧은 제국의 황혼

楚漢志

『초한지』 개정 신판에 부쳐 7
초판 서문 10

젊은 자객 19
유가(劉哥)네 막내 47
기화(奇貨)와 기술(奇術) 75
귀곡의 나그네 110
엎드린 호랑이 142
회음을 떠나며 173
때를 기다리는 사내들 196
사상 정장(亭長) 226
모래언덕에 지는 해 253

젊은 자객

하남 양무현 남쪽에 대하의 도도한 물줄기가 화북의 기름진 황토 지대를 휘젓고 흐르다가 멀리 길을 바꾸어 사라지면서 남긴 넓은 퇴적층 모래벌판이 있었다. 세월의 비바람에 깎인 크고 작은 모래언덕들이 마치 물결 같은 모양을 이루고 있다 하여 사람들은 그곳을 박랑사(博浪沙)라 불렀다.

그 박랑사를 가로질러 새롭게 통일된 대륙의 동서를 잇는 관도(官道)가 지나갔다. 진(秦) 제국의 수도 함양에서 함곡관을 빠져나와 낙양, 팽성을 잇는 그 길은 북으로 임치, 남으로는 회계에 이르렀다.

기원전 218년, 진시황제 29년 4월 어느 날이었다. 늦은 봄 햇살에 점점 달아오르는 한 모래언덕 뒤에 몸을 감춘 두 사내가 이따금 고개를 들어 멀리 관도를 살펴보고 있었다. 두 사람 모두 젊었으나 생김과 차림은 그들이 함께 있는 것조차 이상하게 여겨질 만큼 서로 달랐다. 한쪽은 크지 않은 키에 호리호리한 몸매와 잘생긴 걸 넘어 예쁘다는 느낌을 줄 만큼 희고 반듯한 얼굴이었고, 다른 한쪽은 열 자 가까운 키에 깍짓동 같은 몸피에다 검붉은 살갗과 억센 눈코였다. 차림도 마찬가지, 한쪽은 갖춰 입은 귀공자 차림인데 다른 한쪽은 거동의 편의만을 헤아려 지은 듯한 검수(黔首, 진나라 때 백성을 일컫는 말. 검은 머릿수건을 묶고 다녀 그렇게 불렀다 한다.)들의 거친 베옷이었다.

남장한 미녀같이 잘생긴 사내의 성은 장(張), 이름은 량(良)이요, 자는 자방(子房)으로 썼다. 하지만 그는 원래 희씨(姬氏)로서 그로부터 꼭 12년 전에 망해 버린 한(韓)나라의 유서 깊은 가문에서 태어났다. 그의 조부 희개지(姬開地)는 한나라의 소후(昭侯) 선혜왕과 양애왕 때 재상을 지냈고, 그 아버지 희평(姬平)은 희왕, 도혜왕 때 재상을 지냈다.

시황제가 한나라를 멸망시키고 그 땅에 영천군을 설치했을 때 희량(姬良)은 아직 나이가 스물이 차지 않아 벼슬길에 나가기 전이었다. 하지만 부조(父祖) 2대가 오세(五世)에 걸쳐 섬긴 한나라의 은덕으로 노복만도 3백 명이 될 만큼 그의 집안은 번성했다. 희량은 그 한나라를 위해 원수 갚기를 맹세하고 그때부터 전 재산을 털어 진시황을 죽일 자객을 구했다. 그 무렵 아우가 죽었으나 자객을 구하는 데 쓸 재물이 줄어드는 게 아까워 장례식조차 제대로 치러 주지 못했을 만큼 희량의 복수심은 치열했다.

때마침 동쪽 바닷가에 창해군(滄海君)이라 불리는 이가 숨어 살며 많은 역사(力士)를 기르고 있다는 소문을 들었다. 그때부터 성을 장(張)으로 바꿔 자신을 감춘 장량은 천 리를 걸어 창해군을 찾아보고 만금을 바치며 자신의 뜻을 밝혔다. 창해군을 동쪽 오랑캐의 우두머리로 보는 사람도 있지만 아마는 산동 바닷가에서 반진(反秦)의 세력을 키우고 있던 협객이나 토호로 보는 편이 온당할 듯하다. 창해군은 기꺼이 장량의 말을 들어주었다.

"좋소. 마침 내게는 120근 철퇴를 부젓가락 휘두르듯 하는 장사가 있소. 게다가 그에게도 진작부터 영정(嬴政)을 죽이고자 하는 뜻이 있었소. 반드시 공을 도와 한을 풀어 줄 것이오."

시황제의 이름은 정(政)이요, 조보(造父) 이래로 진(秦) 왕실은 성을 조(趙)로 썼으므로 시황제를 부를 때는 조정이라고 해야 옳다. 그러나 시황제를 미워하는 사람들은 그 조상이 서융(西戎)이었음을 드러내고자 굳이 옛적의 성인 영(嬴)씨를 붙여 그를 영정이라 불렀다. 진나라의 핏줄이 오랑캐에 닿아 있다는 것 때문에 진나라에 망한 육국의 한이 더욱 깊고 치열했는지도 모를 일이었다.

창해군도 시황제를 굳이 영정이라 불러 가슴속의 분한을 드러내면서 역사 한 사람을 골라 장량에게 붙여 주었다. 그가 바로 지금 곁에 있는 사내였다. 하지만 장량은 그 뒤 그와 함께 목숨을 걸고 함께 엄청난 일을 꾸며 왔으면서도 그의 출신은커녕 이름조차 알지 못했다. 처음 소개를 받고 그 이름을 물었을 때 창해군은 무겁게 고개를 가로저으며 말했다.

"운 좋게 영정을 저격해 죽인다 해도 당분간 천하는 진의 것으로 남아 있고 그대들은 쫓기는 몸이 될 것이오. 장이(張耳)와 진여(陳餘)가 쫓기면서도 함께하는 것이 비록 아름다워 보이나, 또한 그만큼 힘들 것이오. 진작부터 깊이 사귀어 온 적이 없을 바에야 각기 나뉘어 쫓기고 숨는 게 낫소. 그리고 그때는 서로를 알고 있어 득이 될 게 없소. 내 저 장사에게 공이 누구인지 알리지 않을 테니 공도 굳이 저 사람을 알려고 하지 마시오."

장이와 진여는 역시 오래전에 망해 버린 위(魏)나라의 명사들로 일찍부터 이른바 문경지교(刎頸之交)로 널리 이름이 알려진 이들이었다. 위나라를 멸망시킨 진나라는 뒤탈을 없애기 위해 장이에게 천 금, 진여에게 5백 금의 상을 걸고 찾게 하였으나 함께 달아난 둘은 아직까지 잡히지 않고 숨어 있었다.

장량도 창해군의 말을 옳게 여겼다. 그로부터 몇 달 함께 시황제의 움직임을 살피다가 마침내 이 박랑사 길목에서 동쪽으로 순수(巡狩)를 나서는 시황제를 저격하기로 작정한 그날까지도 서로에 관해 묻기를 피해 왔다. 하지만 이제 얼마 후면 각기 흩어져 쫓기게 되고, 어쩌면 다시는 살아서 만나지 못하게 될지도 모른다는 생각이 들자 장량은 새삼 그 사내가 어떤 인물인지 궁금해졌다.

"왜 이리 늦는지 모르겠소."

장량이 혼잣말처럼 중얼거리며 사내를 슬며시 돌아보았다. 장량과 나란히 모래언덕에 기대 관도를 내려다보고 있던 사내가 말없이 한곳을 손가락질했다. 관도가 빠져나오는 서쪽 구릉지대

쪽인데 눈여겨 살피니 아련히 먼지가 일고 있었다. 적지 않은 인마가 다가오고 있다는 기별과도 같았다.

긴장과 까닭 모를 조급함이 잠시 장량의 몸과 마음을 마비시켰다. 하지만 창해군에게서 얻어 온 역사[滄海力士]는 산악처럼 태연하기만 했다. 지고 다니다 곁에 벗어 두었던 길쭉한 상자를 말없이 끌어당겨 뚜껑을 열었다. 상자에서 나온 것은 길이 한 발에 어른의 팔뚝보다 굵은 철퇴였다.

"아주 가까운 곳에서 불시에 몸을 날려 치지 않으면 영정의 위사(衛士)들이 가로막아 일을 그르칠 수도 있소. 나는 저기 관도 바로 곁의 모래언덕으로 옮겨 몸을 감추고 영정을 기다려야겠소."

몸을 일으킨 역사가 철퇴를 가볍게 어깨에 메며 말했다. 장량도 얼른 그를 따라 몸을 일으켰다. 역사가 그런 장량을 눈길로 주저앉히려는 듯 지그시 쏘아보며 말했다.

"선생은 이대로 계시오. 여기서 일을 살피시되 내가 손을 쓰고 난 뒤에는 성패에 상관 말고 얼른 이 자리를 떠나시오. 내가 일을 그르쳐도 선생은 반드시 살아남아 영정을 죽여 주어야 하오."

지금까지 소식을 염탐하고 일을 채비하고 꾀를 내는 일은 장량이 도맡아 왔다. 그런데 이제 갑자기 역할이 바뀌어 버린 듯 역사 쪽에서 오히려 장량이 해야 할 바를 일러 주고, 뒷일까지 당부했다. 그게 다시 장량을 혼란시켜 잠시 할 말을 잃고 있는 사이 역사는 휘적휘적 묶여 있는 말 쪽으로 가더니 자신의 말고삐를 풀어 안장에 감은 뒤 철퇴로 가볍게 말 엉덩이를 쳤다. 말이 놀란 울음소리를 내며 남쪽으로 내달았다.

‘살아서 돌아갈 마음을 버렸구나…….’

그런 생각에 퍼뜩 정신이 든 장량이 소리 높여 역사를 불렀다.

“대협(大俠), 대협. 잠깐 멈추시오!”

그리고 돌아보는 장사에게 간곡한 목소리로 물었다.

“내게 대협의 크나큰 이름이라도 일러 주실 수 없겠소?”

이미 창해군이 알려 주기를 마다한 적이 있지만 그래도 안타까워 해 보는 소리였다. 관도 쪽으로 휘적휘적 걸어가던 장사가 잠시 발걸음을 멈추고 장량의 물음을 받았다.

“나는 선생께서 무도한 진나라를 미워하고 영정을 죽여 지난 한을 풀려고 하신다는 것뿐 다른 것은 아무것도 알지 못합니다. 선생도 나를 그 이상으로 아실 필요가 없습니다. 원래 자객은 누구에게도 얼굴과 이름이 알려져서는 안 됩니다. 그런데 우리는 서로 얼굴을 알아 버렸으니 오히려 너무 많이 알게 된 셈입니다. 이제부터는 서로 얼굴마저 잊도록 애써야 할 것입니다.”

무겁고도 깊은 목소리로 그렇게 말한 장사는 곧장 관도 가로 걸어 나가 길가의 작은 모래언덕 사이에 몸을 숨겼다. 그 태도가 어찌나 결연한지 장량도 그 뜻을 말없이 따르지 않을 수가 없었다. 원래 몸을 숨기고 있던 모래언덕에 그대로 머물러 멀찌감치 관도를 내려다보며 시황제의 노부(鹵簿, 황제의 행차)가 다가오기만을 기다렸다.

서편 하늘의 먼지가 더욱 자옥해진 걸로 보아 그사이에도 시황제의 행차는 쉼 없이 움직이고 있었다. 그러나 한곳에 웅크린 채 숨어 기다려야 하는 쪽으로서는 무한히 길고 더디게 느껴질 수밖에 없었다. 긴장감으로 바싹바싹 타들어 가는 입 안을 마른 침으로 적시면서 기다리다 보니 장량에게 불현듯 묵은 적개심이 되살아났다.

'소리 높이 연횡(連橫)의 대의를 짖어 대던 진나라의 개들. 너희들은 지금 모두 어디 있는가. 지금 천하가 앓고 있는 이 고통스러운 통일의 후유증을 너희들도 보고 있는가. 하나가 된 동족이라기보다는 잔인한 정복자일뿐인 진나라의 폭압과 착취에 신음하는 이 백성들의 신음 소리를 너희들도 듣고 있는가. 망해 버린 조국이 그리워 가슴속에서 자라 가고 있는 한이 어떤 것인지 너희들도 알고 있는가…….'

육국 중에서 한(韓)나라가 가장 먼저 망하게 된 까닭으로 무엇보다 으뜸으로 내세울 수 있는 것은 진의 천하통일 책략인 연횡론에 한나라가 가장 먼저 휩쓸려 들어갔다는 점일 것이다. 화평과 실리를 앞세운 연횡책을 구상한 것은 말할 것도 없이 출세욕에 눈먼 진나라 밖 여러 나라의 세객과 종횡가(縱橫家)들이었다. 그러나 그 정책은 처음부터 진나라를 위한 것이었고 진나라에 의해 채택되었다. 연횡가들은 크게 되면 진나라의 재상이었고, 작으면 자기 나라에 앉은 채로 진나라의 간세 노릇을 했다.

한나라는 선혜왕 때 상국 공중치(公仲侈)가 진과의 연횡을 주장한 이래로 망하는 날까지 연횡과 합종 사이를 오락가락했다. 물론 한나라의 연횡론자들 중에도 진나라와 손을 잡는 게 진정으로 자신의 나라를 지키는 길이라고 믿은 이들이 있었을 것이다. 그들 가운데도 틀림없이 진 왕실 또한 황제(黃帝)의 자손이며, 그 백성들 또한 화하(華夏)의 한 핏줄기임을 내세워 혼일사해(混一四海)가 마땅함을 우기는 자들이 있었다. 또한 다른 나라의 연횡론자들과 마찬가지로, 더러는 진의 무력에 압도되어 위장된 굴복의 형태로 연횡책을 고르기도 했다.

하지만 어떤 연유로 연횡을 주장했건 장량에게는 그들 모두가 마찬가지였다. 그의 아버지 희평을 재상 자리에서 내쫓아 젊은 나이로 피를 토하며 죽게 한 것도 그 연횡책이었으며, 한낱 진나라의 내사(內史)에게 나라가 망하고 왕이 사로잡히게 될 만큼 조국 한나라를 허약하게 만든 것도 바로 그 연횡책으로만 여겨졌다. 한(韓)이 육국 중에서 가장 먼저 망한 것은 지리적으로 진(秦)과 가장 가까웠기 때문이라는 해석도 있지만 그 또한 '멀리 있으면 사귀고 가까이 있으면 친다[遠交近攻]'는, 진나라식으로 악용된 연횡책의 결과이기도 했다.

상념에 빠져 있는 사이에도 장량의 눈길은 시황제의 행렬이 다가오고 있는 관도 쪽에 머물러 있었다. 그런데 갑자기 그런 장량의 두 눈을 찔러 오는 듯한 빛살이 있었다. 서북쪽 모래언덕을 돌아 나오는 갑옷 걸친 군사들이 들고 있는 창검의 날이 뿜어내는 빛이었다. 시황제의 행차를 호위하는 시위대인 성싶었다.

그 시위대의 규모를 보면서 장량은 적지 아니 낙담했다. 시황제가 바로 진(秦)제국이며, 그의 순수(巡狩)는 곧 진 조정의 움직임이라는 말은 들었지만, 그렇게 많은 시위대가 따르고 있을 줄은 몰랐다. 당장 눈에 들어오는 갑사들의 머릿수만 해도 1여(一

旅, 5백 명)는 되어 보였다. 모두 번쩍이는 갑옷으로 몸을 둘러쌌을 뿐만 아니라 선두에는 수십 필의 기마가 길을 열고 있었다. 행렬의 앞머리가 그 정도이면 모두 합쳐서는 얼마나 많은 인마가 시황제를 호위하고 있을지 가늠조차 서지 않았다.

시위대에 이어 몇 대의 딸린 수레[屬車]들이 굴러 나왔다. 황제의 행차에 필요한 물품들을 싣고, 걷게 할 수 없는 벼슬아치들과 시중꾼을 태운 수레들이었다. 간편하게 만든 해가리개를 얹고 허리 높이에 이르는 난간을 둘렀을 뿐, 사방을 막지 않은 통상의 수레로 네 마리 말이 끌고 있었다.

속거의 행렬에 이어 다시 한 떼의 보병 갑사들이 창검을 번쩍이며 뒤따랐다. 역시 1여는 넘어 보였다. 그리고 그들에게 에워싸이듯 말로만 듣던 시황제의 온량거(轀輬車)가 모습을 드러냈다.

온량거는 뒷날의 제례용 수레[喪需車]처럼 지붕과 벽이 있고 창을 내어, 창문을 열면 시원하고 닫으면 따뜻하게 만들어진 수레였다. 바퀴가 넷에 폭이 넓고 금은과 깃털로 장식되어 있으며 여섯 마리 백마가 끌었다. '온(轀)'과 '량(輬)'이라는 글자도 그 수레를 위해 특별히 만들어진 것으로서, 시황제가 직접 그 이름을 지었다는 말이 있다. 그때는 시황제만 타던 예외적인 수레였으나, 뒷날 한나라 시절이 되면 훨씬 더 정교하게 개량되고 화려하게 치장되어 황실의 주된 의장용 수레가 된다.

온량거를 보자 장량의 가슴은 세차게 뛰기 시작했다. 한나라의 연횡론자들에게 품었던 것과는 질을 달리하는, 구체적이고도 격렬한 미움과 원한 때문이었다.

'저기 내가 젊은 날을 다 바쳐 그의 목숨을 노려 온 원수가 있다. 천하 백성을 모두 끌어내 짓이기고 쥐어짜는 폭군이 저기 있다. 본시 자유롭게 태어난 이 세상 뭇 생령을 법으로 얽고 창칼로 위협해 살아 있어도 살아 있는 것 같지 않은 삶으로 몰아가는 치우(蚩尤)의 화신이 다가오고 있다…….'

장량은 자신도 모르게 장검을 끌어당겨 손잡이를 힘주어 잡았다. 그리고 뭔가를 해야 할 것 같은 다급한 느낌에 사로잡혔다.

그때 퍼뜩 관도 가까운 모래언덕 뒤로 뭔가가 희뜩희뜩 움직이는 게 보였다. 창해군에게서 빌려 온 역사가 움직이기 시작한 것 같았다. 아마도 시황제를 저격하기에 보다 가까우면서도 몸을 감추기 좋은 곳으로 옮겨 앉는 듯했다.

그사이에도 시황제의 온량거는 느릿느릿 창해 역사가 몸을 감춘 모래언덕 쪽으로 다가왔다.

'미력하나마 함께 뛰쳐나가 도와야 하지 않을까.'

장량은 다시 그런 생각으로 마음이 흔들렸으나 이내 마음을 다잡았다. 이미 늦었을 뿐만 아니라 때에 따라서는 각기 나뉘어서 손을 쓰는 것이 더 나을 수도 있었다. 장량은 그 자리에서 숨을 죽이고 엎드린 채 먼저 창해 역사가 하는 양을 살펴보기로 했다.

오래잖아 온량거는 창해 역사가 몸을 숨긴 모래언덕을 천천히 스쳐 가듯 지나갔다. 갑자기 한 소리, 큰 외침이 우레처럼 터지면서 수레와 사람의 행렬이 잠시 멈칫하는 듯했다. 이어 창해 역사의 거대한 몸집이 무슨 한 마리 크고 검은 새처럼 모래언덕에서 솟구치더니 곧바로 온량거를 덮쳤다. 멀리서 보기에는 두 손으로 굳게 움켜잡은 굵은 쇠몽둥이가 그대로 그 몸의 일부처럼 느껴졌다.

우지끈, 쾅— 한참 떨어져 있는 장량의 귀에까지 마른 나뭇가지 부러지는 소리가 들리며 온량거의 지붕이 풀썩 내려앉는 게 보였다. 일격에 수레 전체가 그대로 내려앉은 듯했다. 수레가 그 모양이 났으면 안에 타고 있는 사람 또한 성할 리가 없었다.

"맞추었다!"

장량은 놀라움과 감격에 아울러 몸을 떨며 자신도 모르게 나직이 외쳤다. 그런데 미처 그 외침이 끝나기도 전에 눈에 들어온 뜻밖의 광경 때문에 그는 벌린 입을 다물지 못했다. 또 한 대의 온량거가 서쪽에서 그리 멀지 않은 모래언덕을 돌아 모습을 드러내고 있었기 때문이었다. 그제야 섬뜩한 기분으로 눈여겨 살펴보니 뒤따르는 온량거는 그 밖에도 몇 대 더 있었다.

흔히 사서에는 장량이 창해 역사를 시켜 친 수레를 부거(副車)라 기록하고, 부거는 속거와 같은 것으로 주를 달아 놓고 있다. 하지만 『한관의(漢官儀)』에 따르면 부(副)는 '여벌의' 혹은 '다른'이란 뜻이 있고, 어떤 때는 속거와 구분하여 천자의 어가 앞뒤에 따로 딸리게 한 수레로 되어 있다. 진시황이 여러 번 암살 기도를 경험한 인물이고 보면, 창해 역사가 친 부거는 단순히 행차를 따르던 속거 중의 하나가 아니었던 것 같다. 처음부터 암살을 기도하는 자들의 이목을 혼란시킬 목적으로 온량거와 모양을 똑같게 만들어 앞뒤에 따르게 한 부거 중의 하나였음이 분명하다.

장량이 아연해서 내려다보고 있는 사이 관도 위에서는 한바탕 처절한 도살극이 벌어지고 있었다. 내려앉은 수레가 빈 것임을 알아차린 창해 역사가 뒤따라오는 다른 온량거로 몸을 돌리려 할 때에야 잠시 마비된 듯 굳어 있던 시위대가 꿈틀 움직였다. 이어 멀지 않은 곳에서 달려온 기병들이 에워싸면서 창해 역사의 분전(奮戰)은 보이지 않았으나, 거기서 벌어지고 있는 싸움이 얼마나 치열한지는 멀리 떨어져 있는 장량에게도 느껴져 왔다.

에워싼 갑사들의 함성을 뚫고 들려오는 창해 역사의 벽력같은 기합 소리, 그리고 청동과 철기가 부딪는 소리. 가끔씩 창해 역사를 둘러싸고 있는 사람의 담이 비로 쓸듯 쓸리는가 하면, 그의 쇠몽둥이에 얻어맞은 듯 말 위의 기장(騎將)들이 가랑잎처럼 굴러떨어졌다. 백 걸음이 훨씬 넘게 떨어진 곳인데도 피비린내까지 풍겨 오는 듯했다.

하지만 이내 창해 역사의 기합 소리는 점점 상처받은 짐승의 신음 소리를 닮아 가고, 에워싼 갑사들의 함성은 사냥의 막바지에 들어선 몰이꾼들을 닮아 갔다. 그러다가 갑자기 한 소리, 말 위의 갑사가 내지르는 기합 소리가 들리더니 창해 역사를 에워싼 원의 중심으로 바짝 다가간 갑사들의 마구잡이 창질이 한동안 이어졌다. 이미 저항이 끝난 창해 역사의 주검을 짓이기고 있음에 틀림없었다.

기장 하나가 무어라 외치며 사람들을 헤치고 말을 몰아 창해 역사가 에워싸여 있던 곳으로 다가가는 것을 보고서야 장량은 퍼뜩 정신이 들었다.

'다 끝났구나. 그는 죽었다. 그리고 우리는 실패했다. 이제 남아 있는 내가 할 수 있는 일은 무엇인가.'

늦은 대로 장량 자신이 장검을 뽑아 들고 말에 올라 시황제에게로 뛰어드는 걸 생각해 보지 않은 것은 아니었다. 혼자뿐이지만 시황제가 타고 있는 것으로 가장 의심이 드는 세 번째 온량거를 덮쳐 창해 역사가 못다 한 일을 다시 시도해 보고 싶었다. 그러나 창해 역사 때문에 날카로운 경계에 들어간 시위 갑사들의 벽을 뚫고 진시황의 수레에 이른다는 것은 이미 틀린 일이었다. 열에 아홉 목숨만 헛되이 내놓는 일이 되고 말 것임에 분명했다. 거기다가 모래언덕을 내려가며 당부하던 창해 역사의 깊숙한 목소리가 다시 장량의 앞뒤 없는 격정을 가라앉혔다.

'그렇다. 죽는 일은 어렵지 않다. 우선 피하자. 여기서 달아나 다시 한번 때를 기다려 보고, 그래도 진왕 영정을 죽일 수 없으면 그때 스스로 목을 찔러 오늘 홀로 살아남은 부끄러움을 씻으리라. 헛되이 죽는 것보다는 구차하지만 살아남아 그 한을 풀어 주는 것이 오히려 그의 협의(俠義)에 보답하는 일이 될 것이다.'

이윽고 그렇게 스스로를 달랜 장량은 가만히 모래언덕을 내려갔다. 그리고 마른풀에 묶어 두었던 말고삐를 풀고 훌쩍 말 등에 뛰어올랐다.

장량이 박차로 말 배를 차자 말은 외줄기 먼지를 보얗게 일으키며 남쪽으로 달렸다. 그 먼지 구름이 모래언덕 위로 피어올라 멀리 관도에서도 보였으나 창해 역사의 갑작스러운 출현과 그 괴력에 놀란 시위 갑사들은 그것을 수상히 여기며 살펴볼 겨를

이 없었다.

그런데 재미있는 일은 이 창해 역사의 얘기가 우리 설화에 편입되어 전한다는 점이다. 강원도 지방에 전승되는 창해 역사 전설에는 남대천을 떠내려가던 커다란 두레박에서 그를 건져냈다는 탄생 설화까지 곁들여 있다. 얼굴이 검고 힘이 장사여서 소문을 들은 장량이 강릉까지 와서 그를 데리고 갔으며, 진시황을 저격한 뒤에는 모래밭을 뚫고 30리나 달아나 사라졌다고 한다. 한편 아산에서 채록된 설화는 창해 역사가 강원도 박가의 아들 삼형제 중에서 맏이였다고 되어 있다.

이는 아마도 창해 역사의 신원이 뚜렷이 밝혀져 있지 않은 데다, 폭군 진시황을 친 쾌거인 만큼 민족 정서에도 거슬리지 않아 우리 설화에 수용된 듯하다. '창해(滄海)'라는 말이 원래 옛 조선 땅을 가리키는 것이고, 창해군이 동이의 군장이었다는 설이 있는 것도 '창해 역사 설화'가 생기는 데 한몫했을 것이다. 고향과 성씨를 구체화한 아산(牙山)의 설화는 청주 한씨(韓氏)와 기자 동래설(箕子東來說, 중국 고대 은나라 사람 기자가 동으로 와서 기자조선을 세우고 통치자가 되었다는 설)을 연상시키기도 한다.

그날 아침 시황제 정(政)은 전날이나 다름없이 우쭐하면서도 넉넉한 느낌으로 온량거에 올랐다. 함곡관을 나와 동쪽으로 순수를 떠난 지 열흘째였다. 그렇게 천하를 돌아보는 것은 자신이 이룩하고 거둔 것을 다지고 지켜 나가는 일이면서 또한 누리고 즐기는 일도 되었다.

'사해를 하나로 어우르고[混一四海] 천하를 통일[一統天下]한 지도 벌써 3년이 되었는가.'

온량거 창밖으로 펼쳐진 기름진 하남 들판을 바라보면서 시황제는 스스로 대견한 듯 지난 3년을 돌아보았다.

그가 열세 살의 어린 나이로 왕위에 오른 지 스물여섯 해 만의 일이었다. 장군 왕분(王賁)이 육국 중에서 마지막으로 남은 제나라를 공격케 하여 그 왕 전건(田建)을 사로잡음으로써 천하는 진의 깃발 아래 하나가 되었다. 그때 아직 진왕(秦王)이던 그는 상국 및 어사에게 명하였다.

"과인이 보잘것없는 몸으로 군사를 일으켜서 육국의 폭란을 쳐 없앨 수 있었던 것은 조상의 혼령이 돌보았기 때문이며, 하늘의 뜻이 이 사직에 미쳤음이라. 다행히 육국의 왕들이 모두 처벌당해 천하는 안정되었으나, 과인의 호칭은 아직도 한낱 왕에 머물러 있다. 이제 그 호칭을 바꾸지 않는다면, 그동안 이루어 놓은 공업을 드러낼 수 없고, 후세에 전할 수도 없을 것이다. 그대들은 과인에게 합당한 호칭을 논의하도록 하라."

그러자 승상 왕관(王綰), 어사대부 풍겁(馮劫), 정위 이사(李斯) 등이 의논 끝에 아침 섞어 아뢰었다.

"지금 대왕의 공덕은 상고 이래 일찍이 없었던 일로, 오제(五帝)라고 할지라도 미치지 못할 것입니다. 또 아득한 옛날에는 천황(天皇), 지황(地皇), 태황(泰皇)이 있었는데 그중에서도 태황이 가장 존귀하다 했습니다. 이에 황공하옵게도 신들이 존호(尊號)를 지어 올리나니, 이제부터 대왕께서는 '태황'이라 칭하시며 명

(命)은 제(制)라 하고 영(令)은 조(詔)라 하고 스스로를 일컬으실 때는 짐(朕)이라 하십시오."

"태(泰)자를 없애고 황(皇)자를 남기고, 또 상고시대의 제(帝)라는 호칭을 골라 황제(皇帝)라 할 것이다. 나머지는 그대들이 논의한 대로 하라."

진왕은 그렇게 말하고 다시 덧붙였다.

"죽은 후에 생전의 사적을 따라서 시호를 정하는 법이 있는데, 이는 자식이 아비를 논의하고 신하가 임금을 논의하는 일이나 진배없다. 이에 짐은 죽은 뒤에 시호를 내리는 법을 폐지하노라. 짐은 최초로 황제가 되었기에 시황제(始皇帝)라 칭하고, 후대에는 세(世)를 헤아려 이세(二世)황제, 삼세(三世)황제라 하며 만세까지 이르도록 하라."

하지만 어떤 기록에는 진시황이 스스로 '덕은 삼황을 겸하고[德兼三皇] 공은 오제를 넘어선다[功過五帝].' 하여 황제란 호칭을 골랐다는 말도 있다. 어쨌든 그렇게 스스로 시황제가 된 정(政)은 음양가의 학설을 따라 진나라가 숭상하는 덕과 색과 수를 바꾸었다. 곧 오덕(五德, 오행) 중에 진나라가 따를 것은 수덕(水德)이며, 섬기는 색깔은 검은색이고, 높이 치는 숫자는 여섯이 되었다. 그리고 스스로 믿기를 '강인하고 엄혹하며 모든 일을 법에 의해 결정하고 인의, 은덕, 우호 따위가 없어야' 그런 오덕의 명수(命數)에 부합된다고 여겼다.

또 승상 왕관 등은 제(齊), 초(楚), 연(燕)같이 먼 곳에는 황자들을 봉해 왕과 제후로 세우라 했으나, 시황제는 이를 반대하는 정위 이사의 의견을 따랐다.

"전쟁이 그치지 않고 천하가 고통을 받는 것은 모두 제후와 왕들 때문이었다. 조상 신령의 도움으로 어렵게 천하를 평정했는데, 이제 다시 제후국을 세운다는 것은 다시 전쟁을 일으키는 것이나 다름없으니 정위의 말이 옳다."

그러면서 군현제를 채택하여 전국을 서른여섯 군(郡)으로 나누고, 군마다 행정을 맡는 수(守)와 군사를 거느리는 위(尉)와 감찰의 일을 보는 감(監)을 두었다.

그 밖에도 사해가 하나로 어우러지면서 해야 할 일은 많았다. 시황제는 천하에 널리 흩어져 있는 무기들을 모조리 수도 함양으로 끌어모아 녹인 뒤에 종거(鍾鐻, 큰 종)와 동인상(銅人象)을 만들었다. 모두가 천 석(石, 석 또는 담이 백 근, 곧 60킬로그램이니 천 석은 약 60톤에 해당한다.)이 나갈 만큼 큰 것들로 궁전 앞에 세워 두게 했다. 천하에 진의 법률 한 가지만 시행되게 하였고, 나라마다 다른 저울과 자와 말[斗]이며 수레바퀴의 폭과 글자의 서체 또한 한 가지로 통일했다. 관도를 두루 닦아 동서남북 막힘이 없게 하고, 전국의 부호 12만 호를 함양으로 억지로 이주시켜 함양을 더욱 화려하고 부요한 도읍으로 만들었다.

죽을 때까지 이어진 시황제의 천하순수(天下巡狩) 혹은 사해순무(四海巡撫)는 통일 이듬해부터 시작되었다. 시황제 27년이던 그해에는 농서와 북지를 순수했는데, 도중에 공동산과 회중궁을 거쳐 주로 제국의 북서쪽을 돌아보았다.

하지만 그러한 순수가 절대권력을 과시하고 백성들을 위압함으로써 제왕의 허영과 권력욕을 채우는 형태로 자리 잡은 것은 이듬해의 동순(東巡) 때부터다. 그해에 산동 추역산에 오른 시황제는 그곳에 큰 돌을 세워 자신의 공업을 칭송하는 글을 새겼다. 또 노나라 옛 땅에 이르러서는 유생 일흔 명을 모아 봉선의 일을 의논했다. 봉선이란 천지에 제사를 지내는 일로, 태산에 올라 제단을 쌓고 하늘에 장사 지내는 것을 '봉(封)'이라 하고, 양보산(梁父山)에서 땅에 제사 지내는 것을 '선(禪)'이라 한다. 다르게는 제위를 물려주는 것을 '봉'이라 하고 물려받는 것을 '선'이라 한다는 말도 있다. 하지만 불려 나온 유생들은 말만 많을 뿐 의논을 한가지로 모으지 못했다.

"옛적에 봉선을 할 적에는 수레바퀴를 부들로 싸[蒲車] 산의 흙과 바위, 풀과 나무를 상하지 않게 하였으며 땅을 쓸고 제사를 지낼 때 자리로는 띠 풀이나 껍질 벗긴 짚으로 엮은 자리[葅稭]를 썼습니다. 하지만 그 밖의 일은 들은 바가 각기 다릅니다."

그러면서 서로 다투기만 하자 시황제는 그들을 모두 쫓아 버렸다. 그 몇 해 뒤에 책을 불태우고 유생들을 땅에 묻어 버린 일[焚書坑儒]에는 그때 유생들에게 느낀 못마땅함도 한몫을 했을 것으로 보인다.

말 많은 유생들을 쫓아 버린 시황제는 수레를 버리고 태산에 오르고 다시 양보산을 찾아 제멋대로 봉선을 치렀다. 그리고 돌을 깎고 바위에 글을 새겨 자신의 공덕을 치켜세우는 일에만 열을 올렸는데, 그 낯간지러운 비문은 『사기』가 잘 전하고 있다.

다시 온량거를 동으로 옮겨 발해에 이른 시황제는 그곳의 이름난 산과 큰 강들 및 그 여덟 귀신에게까지 제사를 올렸다. 그리고 낭야산에 올라 석 달을 머물면서 낭야대(琅揶臺)를 만들게 하고는 거기에 또 돌을 세우고 글을 새겨 자신의 공덕을 칭송했다. 자못 의기양양해하는 내용의 글이었다.

산천의 온갖 신령들에게 제사하고 돌을 세워 자신의 공덕을 새겨 넣는 일은 죽어야 할 몸과 현세의 삶을 뛰어넘으려는 허영이며 시간과의 부질없는 싸움이다. 그리고 그 극단적인 추구는 불사의 염원으로 나타난다. 시황제가 옛 제나라 땅에 이르렀을 때 송무기(宋毋忌, 전설상의 화선으로 달의 신선이라고도 함), 선문자고(羨門子高, 전설상의 신선으로 자고는 이름)의 무리로부터 선도를 배운 서불(徐市)이란 방사가 찾아와 아뢰었다.

"동해 바다 가운데 봉래산, 방장산, 영주산이란 세 산이 있어 그곳에 신선이 산다고 합니다. 바라건대 제게 약간의 배와 동남동녀(童男童女)를 내려 주시면, 재계하고 그들과 함께 떠나 신선을 만나 보고 불로단(不老丹)을 구해 올리겠습니다."

오로지 법가와 병가에 의지해 천하를 손아귀에 넣은 시황제에게는 당연히 허황되게 들려야 할 말이었다. 그런데도 그는 기꺼이 서불의 청을 받아들여 수십 척의 배에 수천 명의 동남동녀를 딸려 바다로 내보냈다. 그들이 반드시 불로단을 구해 와 자신이 늙지 않고 죽지 않을 수 있다고 믿었음에 틀림이 없다. 땅 위에서는 왕 중의 왕이요[王中之王], 하늘에서는 귀신의 우두머리[天神之首]라는 뜻을 아울러 가진 '황제'라는 칭호를 쓰기 시작하면서부터 생긴 착란과도 같은 과대망상이었다.

그 과대망상은 그해 노정의 끄트머리에서 더욱 뚜렷이 드러난다. 팽성을 거쳐 형산 남군으로 갔다가 장강을 타고 내리던 시황제는 상산사(湘山祠)에서 큰 바람을 만나 몹시 애를 먹었다. 이에 성이 난 그는 죄수 3천 명을 보내 상산의 나무를 모두 베어 버렸다. 감히 자신을 거슬러 큰 바람을 일으킨 상수(湘水)의 신을 벌하기 위함이었다.

이번 순행도 그 아침까지는 이전의 것들과 다름이 없었다. 하늘과 땅, 사람뿐만 아니라 귀신까지도 황제인 자신의 위엄으로 억누르고 다스리는 것이 순행의 가장 큰 목적이었다. 그리하여 자신이 이룩하고 거둔 것을 길이 지키고 누릴 수 있도록 해야 했다.

전날 밤을 묵은 양무를 떠날 때만 해도 시황제가 확인하고 즐긴 것은 부들부들 떨며 자신 앞에 엎드린 천하였다. 박랑사에 들어서서도 시황제의 기분은 아침에 온량거에 오를 때와 크게 다르지 않았다. 저것도 짐의 천하, 그런 느낌으로 기이한 물결처럼 굽이치고 있는 모래언덕을 싫증 내지 않고 내다보았다. 그러다가 반복이 주는 단조로운 느낌에 창을 닫고 잠시 눈을 쉬게 하는데 갑자기 멀지 않은 곳에서 누군가 놋그릇이 깨지는 듯한 소리를 내질렀다.

"영정아, 천하 만백성의 이름으로 내가 너를 친다!"

그리고 무언가 무겁고 둔탁한 것이 부딪는 소리에 이어 굵은 나무가 부러져 내려앉는 소리가 들렸다. 아직도 자신을 그런 이름으로 부르는 자가 있다는 것에 아연해하면서도 일시에 솟구치는 분기로 시황제는 온량거의 창문을 열었다.

소리 나는 곳을 보니 저만치 앞서 가던 온량거 모양을 한 부거의 지붕이 나무 가루와 흙먼지에 휩싸인 채 기우뚱하게 내려앉아 있었다. 누군가 그걸 자신이 탄 온량거로 잘못 알고 친 것임에 틀림없었다. 벽이 절반이나 날아간 것이 들이친 힘이나 무기의 무서움을 일깨워 주었다. 그러나 자객은 벌써 갑사들에게 둘러싸여 얼른 그 모습을 알아볼 수가 없었다.

"수레를 보다 빨리 몰아라. 짐이 친히 가서 보리라."

시황제가 곁에 풀어 둔 장검을 잡으며 소리쳤다. 그러나 느릿느릿 가던 온량거는 무엇 때문인지 오히려 멈추어 서 버렸다. 그때 마지막 분발인 듯 갑자기 두터운 에움을 뚫고 나온 자객이 잠시 그 모습을 드러냈다. 우람한 몸매와 시커먼 얼굴이 돌아가는 물레방아처럼 휘두르는 굵은 철퇴 때문에 더욱 사나워 보였다.

쇠몽둥이를 둘러 맨 자객이 문득 시황제가 타고 있는 온량거 쪽을 노려보며 다시 놋그릇 깨지는 소리를 냈다.

"영정, 이 서융의 오랑캐 종자야. 어디 숨었느냐? 어서 나와 이 철퇴를 받아라. 내 너의 뼈와 살을 짓이겨 망해 버린 육국의 한을 풀겠다!"

하지만 장한 것은 그와 같은 기세뿐이었다. 맹렬한 그의 반격에 잠시 멈칫했던 시위 갑사들이 다시 그를 에워싸고 멀지 않은 곳에서 기병들까지 달려와 가세하자 자객의 모습이 더는 보이지 않았다. 한동안 병기 부딪는 소리 사이로 비명과 신음 소리만 들리더니 이윽고 모든 게 조용해졌다. 그러나 시황제는 불타는 듯한 자객의 눈동자가 아직도 자신을 노려보고 있는 것 같은 느낌에 치를 떨었다.

"폐하, 송구하옵니다. 불궤(不軌)를 도모한 자가 있어 잠시 어전이 소란하였습니다."

오래잖아 말 탄 장수 하나가 달려와 두려움 가득한 얼굴로 아뢰었다. 시황제는 얼른 마음을 가다듬었다. 황제는 놀라서는 안 된다. 아니, 놀랄 수 없다.

"잡았느냐?"

상대가 자신의 희로를 쉬 짐작할 수 없게 나직하고도 무심한 목소리로 시황제가 물었다.

"그렇사옵니다. 하오나 이미 목숨이 붙어 있질 않사옵니다. 보시……겠사옵니까?"

'그렇다. 어서 끌고 오너라.' 시황제는 하마터면 그렇게 대답할 뻔했다. 감히 황제인 나를 저격하려 하다니. 하지만 시황제는 다시 한번 마음을 가다듬었다. 짐은 조짐(兆朕)이다. 함부로 가볍게 드러나는 게 아니다.

"그자는 한낱 흉기에 지나지 않는다. 반드시 뒤에서 시키고 부추긴 자가 따로 있을 것이다. 주변을 뒤져 보았느냐?"

"황송하옵니다. 창황하여 거기에까지 생각이 미치지 못했습니다. 지금 곧 기병을 풀겠습니다."

그 기장이 한층 더 움츠러든 어조로 그렇게 받고는 도망치듯 말머리를 돌리려 했다.

"그만두어라. 설령 동모(同謀)가 근처에 있었다 한들 지금까지 기다리고 있기야 하겠느냐?"

시황제가 여전히 희로를 짐작할 수 없는 어조로 그렇게 말려 놓고 조용히 덧붙였다.

"부근에서 가장 큰 성읍이 어디냐?"

"신정일 듯하옵니다."

"그리로 가자. 짐의 행차를 신정으로 이끌라."

시황제는 그 말과 함께 온량거의 창을 닫았다. 신정으로 가는 까닭은 자신의 내심에만 담아 두었다.

'저들이 여기서 나를 치기로 하였으면 반드시 그곳에서 마지막 채비를 하였을 것이다. 따라서 그곳 성문에 죽은 자의 시체를 걸어 놓고 널리 물으면 반드시 저놈을 알아보는 자가 있을 것이다. 저놈이 누구인지를 알려 주는 자에게는 천금을 상으로 내리고, 알면서도 숨기는 자는 삼족을 모두 죽이리라. 그렇게 하여 먼저 저놈을 아는 자부터 찾아내면 저자를 부린 원흉도 잡기 어렵지 않을 것이다.'

시황제는 온량거 안의 와상에 걸터앉으며 그동안 풀어 두었던 장검을 다시 허리에 찼다. 안을 들여다볼 수 없는 바깥에서의 느낌은 태산 같은 무게와 고요함일 것이나, 시황제의 가슴속에는 이미 음험한 분노의 불길이 타오르고 있었다.

'아직도 짐은 칼을 풀어놓고 쉬지 못한단 말이냐, 아직도 감히 짐을 노리는 쥐 같은 무리가 있다는 말이냐.'

치솟는 울화를 삭이지 못한 시황제가 천천히 장검을 뽑아 들며 그렇게 중얼거렸다. 잘 벼려진 보검의 시퍼런 칼날이 문득 오래 잊고 있었던 옛일을 떠오르게 했다. 9년 전 연나라 태자 단

(丹)이 자객 형가(荊軻)를 보낸 일이었다.

돌이켜 보면 그 일의 빌미가 된 태자 단의 원망부터가 시황제에게는 어이없고도 분통 터지는 노릇이 아닐 수 없었다. 연나라가 단을 진나라의 수도 함양에 인질로 보내 온 것은 시황제가 열셋의 나이로 진왕이 된 지 열다섯 해 뒤였다. 그 무렵 시황제는 마침내 상국 여불위(呂不韋)를 내몰고 한창 군주의 위엄을 세워 나가고 있었다. 그런 시황제 앞에 갑자기 나타난 단은 한동안 난감하기 짝이 없는 존재였다.

단은 자신이 예전 조나라에 인질로 있을 때 시황제와 서로 친하였다고 우겼으나, 시황제로서는 하도 어렸을 적 일이라 단의 얼굴조차 잘 기억나지 않았다. 부왕(父王) 장양왕이 한때 조나라에 인질로 있었던 적이 있고, 시황제는 그때 한단에서 태어났지만 누구와 사귈 만한 나이가 되기 전에 한단을 떠났다. 아마도 어린 날의 시황제와 친했다는 단의 기억은 같이 인질로 있던 부왕을 먼빛으로 보며 느꼈던 동병상련의 정이 머릿속에 잘못 남은 것인 듯했다.

그런데도 단은 그 잘못된 기억에 의지해 한낱 인질로 끌려온 주제에 시황제를 오랜만에 만나는 옛 벗 대하듯 하니 그 앞에서는 도무지 군주의 영이 서지 않았다. 거기다가 두 번씩이나 남의 나라에 인질로 끌려다니면서도 분해하거나 부끄러워할 줄 모르는 그 미욱함과 태평스러움도 시황제에게는 밉살맞기 그지없었다. 이에 몇 번인가 허약한 이웃 나라에서 끌려온 인질로서 강대한 종주국의 군주를 대하는 예절을 엄하게 가르쳤더니, 그만 속좁은 계집 같은 앙심을 품게 된 듯했다. 어느 날 밤 태자 단은 몰래 함양을 빠져나가 자기 연나라로 달아나 버리고 말았다.

진의 법도대로라면 마땅히 대군을 일으켜 연나라를 치고 그 불신 죄를 물어야 하지만 시황제는 그래도 태자 단에게 인정을 두었다. 잠시 그 하는 양을 지켜보고 있는데, 단 쪽에서 오히려 서둘러 일을 꾸몄다. 단은 먼저 조나라의 태부 국무(鞠武)를 불러 진나라를 도모할 계책을 물었으나, 국무가 이웃나라와 힘을 합쳐야 한다는 장구한 합종(合縱)의 계책을 말하자 고개를 가로젓고는 협객 전광(田光)의 무리와 어울렸다.

전광이 위나라 사람 형가를 소개하고 비밀을 지키기 위해 스스로 목숨을 끊자, 태자 단은 형가를 먼저 극진히 대우해 그 마음을 산 뒤 그와 함께 시황제를 죽일 계책을 꾸몄다. 때마침 진나라 장수 번오기(樊於期)가 시황제에게 죄를 짓고 연나라로 도망쳐 오자 형가는 먼저 그를 달랬다. 반드시 시황제를 죽여 원수를 갚아 준다는 약속으로 번오기를 자결하게 만들고 그 목을 얻었다. 그리고 거기에다 다시 연나라의 기름진 땅 독항(督亢)의 지도를 보태 그 둘을 진나라에 바친다는 구실로 함양을 찾아왔다.

나중에 들은 말이지만, 형가가 부사(副使) 격인 진무양과 함께 역수를 건너올 때 거기서 벌인 잔치는 자못 비장하면서도 성대했던 듯싶었다. 공 이루기를 비는 큰 제사에 이어 보내는 자와 떠나는 자가 술잔을 나누는데, 평소 형가와 가깝게 지내던 개백정 고점리는 축(筑)이란 악기를 타고 형가는 비장한 노래를 불러

좌우를 울렸다고 한다.

> 바람 소리 쓸쓸하여라, 역수(易水)는 차구나.
> 장사(壯士) 한번 떠남이여, 돌아올 수 없으리.

그와 같은 형가의 노래는 시황제도 나중에 전해 듣고 치를 떤 바 있다. 하지만 그때의 시황제로서는 멀리 연나라에서 형가 일행이 사자로 온 일이 그저 기껍기만 했다. 자신이 황금 천 근과 식읍 만 호를 걸고 잡아들이려 했으나 끝내 그 달아난 곳을 알 수 없던 번오기의 목을 그들이 가져온 데다 전부터 탐내 오던 독항의 땅까지 연나라 스스로 바치겠다고 하니 어찌 반갑지 않겠는가. 거기다가 그 무렵 총애하던 신하 몽가를 통해 접견을 청해 온 터라 더욱 마음을 놓았다.

그런데 그날 형가와 함께 온 진무양이란 자는 아무래도 이상했다. 안색이 변한 채 벌벌 떠는 모습이 여느 사자 같지 않았다. 시황제가 의심쩍게 진무양을 살피는데, 독항의 지도를 펴 보이는 척하던 형가가 먼저 본색을 드러냈다. 말아 온 지도가 펼쳐지면서 두루마리 안에서 날카로운 비수 한 자루가 나오자 그걸 집어 든 형가가 갑자기 전상(殿上)으로 뛰어올랐다. 역시 나중에 들은 일이지만, 서부인(徐夫人)이란 자에게서 황금 백 근을 주고 샀다는 그 비수에는 사람의 몸에 닿기만 해도 선 채로 목숨이 끊어진다는 독이 발라져 있었다.

오른손에 비수를 쥔 채 재빨리 시황제 곁으로 다가온 형가는 불쑥 왼손을 뻗어 시황제의 용포 소매를 움켜쥐었다. 시황제가 놀라 뿌리치자 소매가 뜯어져 나갔다. 이어 시황제는 창황 중에도 허리에 찬 장검을 뽑으려 하였으나 칼이 길어 얼른 뽑히지가 않았다. 이때 형가가 다시 비수를 들고 다가와 시황제는 기둥을 잡고 돌며 몸을 피했다. 진나라 법으로 신하들은 궁궐 안에서 한 치의 무기라도 지닐 수가 없었고, 시위하는 낭중들은 병기를 지니고 있었으나 왕명 없이는 전상에 오를 수가 없었다. 다만 신하 중의 하나가 급히 외칠 뿐이었다.

"폐하. 칼을, 칼을 메소서!"

그제야 퍼뜩 정신이 든 시황제는 칼집을 등에 지듯 메고서야 겨우 칼을 뽑을 수 있었다. 얼른 돌아서서 뒤쫓는 형가의 왼다리를 칼로 치자 형가가 쓰러진 채 비수를 던졌다. 다행히 비수는 빗나가 구리 기둥에 꽂히고, 이제는 시황제가 손에 든 것 없는 형가를 쳐 여덟 군데나 상처를 입혔다. 그런데 돌이켜 볼 때마다 섬뜩한 일은 그다음에 있었다. 마침내 일이 글렀음을 알아차린 형가가 기둥에 기대앉아 웃으며 말했다.

"내가 일을 그르친 까닭은 옛적 노나라의 조말(曹沫)이 제(齊) 환공에게 했던 바를 본받으려 했기 때문이다. 나 또한 진왕을 사로잡고 칼로 협박하여 모든 걸 연나라에 양보한다는 약조를 받아 내고자 했다. 그리하여 나를 알아준 태자의 은혜에 보답하려 했으나, 그 때문에 오히려 영정을 죽일 틈만 잃고 말았으니, 이 또한 하늘의 뜻인가!"

그러고는 그때서야 밀려든 시위들의 칼날 아래 비명 한마디

지르지 않고 죽어 갔는데, 그 말은 거짓이 아니었다. 형가가 자신의 목숨만을 노렸다면 열에 아홉 그 뜻을 이루었으리라는 게 직접 그 일을 겪은 시황제의 확신에 가까운 추측이었다. 그리고 그 때문에 더욱 치솟은 분노는 태자 단을 죽이고 연나라를 멸망시키고 난 여러 해 뒤까지지도 가라앉지 않았다.

'그런데 육국을 모두 아우르고 시황제가 된 오늘까지 아직도 그런 쥐 같은 무리가 남아 있다니. 내 이번에 반드시 그 뒤를 캐어 천하에 밝히고 역도들을 엄히 벌하리라. 두 번 다시 나의 제국 안에서 감히 나를 노리는 무리가 없게 하리라!'

하지만 그 일은 뜻 같지가 못했다. 시황제는 신정에서 열흘이나 머물며 창해 역사의 시체를 성문에 걸어 놓고 그가 누군지를 물어보게 하였으나 아무도 아는 사람이 없었다. 또 전국에 유성마를 띄워 행실이 수상쩍은 자객들을 모조리 잡아들이게 하였으나 박랑사의 일과 연관된 자는 아무도 찾지 못했다.

이에 마침내 잔당 잡기를 단념한 시황제는 수레를 몰아 동쪽으로 갔다. 먼저 지부산에 올라 그 바위에 스스로를 치켜세우는 글을 새겨 상처받은 자존심을 달래고, 다시 동관에 올라 또 송덕비를 크게 세움으로써 권력의 끝 모를 허영을 채웠다.

유가(劉哥)네 막내

산의 남쪽을 양이라 하고[山南曰陽] 또 물의 북쪽을 양이라 한다[水北曰陽]. 효공 때부터 진나라가 도성으로 삼은 땅은 구종산 남쪽이요 위수 북쪽이라, 둘 모두[咸]가 양(陽)이 된다 해서 함양(咸陽)이라 불리었다.

시황제 30년 초가을, 그 함양성 동쪽으로 위수의 물을 끌어 들이는 엄청난 공사가 벌어지고 있었다. 성곽을 따라 깊고 넓은 물길을 파고 거기에 물을 대 해자(垓字)로 삼기 위해서였다. 뒷날의 일이지만, 그 해자에는 난지(蘭池)란 고운 이름이 붙여지게 된다.

천하 서른여섯 군에서 끌려온 수만 명의 일꾼들이 이제 막 모습을 갖춰 가고 있는 물길 바닥과 양쪽 둑을 뒤덮다시피 하여 마무리를 서두르고 있었다. 위수가 얼기 전에 물을 끌어 들일 수 있게 하라는 시황제의 엄명 때문이었다. 일꾼들도 해를 넘기기 전에 일을 마치고 집으로 돌아가고 싶어 했다.

흙을 파는 사람, 돌을 깨는 사람, 파고 깬 것들을 실어 내고 나르는 사람, 그리고 물이 굽이치게 될 모퉁이에 축대를 쌓는 사람…… 일꾼들은 저마다 바삐 움직이고 있었다. 그런데도 진나라 병사들은 그들 사이를 휘젓고 다니면서 구실만 있으면 채찍이나 창대를 휘둘러 댔다. 기한을 맞추라는 윗사람들의 재촉 때문이기도 했지만 승리자 혹은 정복자의 가학 심리도 한몫을 하고 있음에 틀림없었다.

그런데 함양성 동문에서 멀지 않은 곳의 한 일터는 달랐다. 사수군(泗水郡) 패현(沛縣)에서 끌려온 일꾼들이 맡은 지역인데, 그들은 성곽을 따라 길게 파헤쳐진 물길을 몇 마장 잘라 자신들만의 영역이라도 확보한 것 같았다. 진나라 병사들은 별로 보이지 않는데도 차분하고도 흐트러짐 없이 일하는 게 주변과는 전혀 다른 느낌을 주었다.

얼른 보면 각기 일을 나누어 받아 제 할 일만 하고 있는 듯했다. 그러나 한발 떨어져서 보면 그들은 무언가를 중심 삼아 그걸 에워싸듯 일하고 있었다. 바로 패현에서도 특히 풍읍(豊邑)과 그 인근 마을에서 끌려온 사람들이 몰려 일하는 곳이었다.

하지만 가만히 살피면 풍읍 쪽에서 온 사람들에게는 또 그들 나름의 중심이 있었다. 저마다 맡은 일에 바쁜 척하면서도 그들 한가운데에 감춰 주듯 에워싸고 있는 세 사람이 그랬다. 물길 바닥에 박힌 커다란 바위를 깨고 있는 이들이었는데, 하나같이 묘하게 사람의 눈길을 끄는 데가 있었다.

그들 셋 가운데 반은 벗은 몸을 땀으로 번질거리며 묵직한 쇠망치를 휘두르고 있는 사내는 키부터가 남보다 머리통 하나는 더 컸다. 거기다가 우람한 몸피에 철사 같은 힘줄로 얽힌 굵은 팔다리라 한눈에 힘깨나 쓰는 장사임을 알아볼 만했다. 얼굴마저 험상궂어 근처에서 함께 일하고 있는 동향의 일꾼들도 공연히 주눅 들어 하는 표정들이었다.

바위틈에 정을 대고 망치질을 기다리는 사내도 예사내기 같지가 않았다. 키는 그리 크지 않아도 다부진 몸매나 날카로운 눈빛이 벌써 농촌에서 끌려온 무지렁이 일꾼은 아니었다. 끊임없이 사방을 살피는 품이 신분을 감추고 있는 관리나 무언가를 위해 숨어든 첩자 같은 느낌까지 주었다.

하지만 그 둘보다 더욱 사람의 눈길을 끄는 것은 두 손을 늘어뜨린 채 뻣뻣이 서서 다른 두 사람이 땀을 쏟으며 일하는 걸 멀거니 내려다보고만 있는 사내였다. 희고 부드러워 뵈는 살색이나 후리후리한 키도 그런 막일 판에는 어울리지 않았지만, 얼굴 생김은 더욱 그랬다. 시원하게 튀어나온 이마에 우뚝 솟은 콧날, 그리고 검고 긴 콧수염과 풍성한 구레나룻이 어울려 독특한 인상을 지어 냈다. 어딘가 용의 머리를 연상시키는 데가 있어 뒷날 '용안'이란 말이 생겨나게 만든 얼굴이었다. 거기다가 어깨 위에는 환하고 넉넉한 빛 같은 것이 떠돌아 그런 그의 모습에 이채를 더했다.

별난 것은 그 세 사람의 생김만이 아니었다. 하는 짓이 또 곁에서 일하고 있는 다른 일꾼들과 너무 달라 남의 이목을 끌었다. 셋은 나이도 비슷해 보일뿐더러, 같은 지방에서 끌려온 일꾼들이고, 방금 하고 있는 일도 분명 셋이서 함께하기로 되어 있는 것 같았다. 그런데도 어찌 된 셈인지 그중 두 사람만 번갈아 정과 망치를 휘두르며 땀을 흘리고 있을 뿐, 나머지 하나는 처음부터 손에 흙 한번 묻히지 않고 멀뚱히 서서 두 사람이 일하는 걸 바라다보고만 있었다.

그런데 더욱 알 수 없는 일은 그렇게 빈둥거리고 있는 사내였다. 그에게는 땀 흘리는 두 사람에게 미안하다거나 멋쩍어 하는 기색이 전혀 없었다. 자신은 그따위 하찮고 천한 일과는 애초부터 무관한 사람이라는 듯 뒷짐을 진 채 구경만 하다가, 이따금 두 사람의 일하면서 나누는 이야기를 듣고 고개를 끄덕이거나 싱긋 웃어 주는 게 고작이었다.

오히려 시간이 갈수록 무언가 송구스럽고 불편해하는 것은 땀 흘리며 일하고 있는 두 사람이었다. 그중에서 정을 든 사내에게는 빈둥거리고 있는 그 사내가 그렇게 오랫동안 서 있는 것조차 참고 보기 어려운 일 같았다. 바위 결을 살펴 정을 대면서도 틈틈이 우스갯소리로 구경하는 사내의 무료를 달래 주다가 힐긋 주위를 돌아보더니 말했다.

"어이. 서 있기 고단할 텐데 저기 앉아 좀 쉬는 게 어때?"

그가 턱짓으로 가리킨 곳은 자신들이 깨고 있는 바위 한 모퉁이였다. 감시하는 진나라 병사가 자리를 뜬 걸 보고 권하는 말 같았다. 그런 그의 말투는 특별히 상대를 높이고 있지는 않았으나 태도는 몹시 은근하면서도 공손한 데가 있었다.

받들고 섬기는 품이 정성스럽기는 망치를 들고 일하던 사내 쪽이 훨씬 더했다. 쉬지 않고 휘두르던 망치를 문득 내려놓더니, 목에 걸치고 있던 베수건을 풀어 바위 한쪽 반반한 곳에 깔았다. 그런 다음 생김과는 딴판인 부드러운 목소리로 그때까지도 빈둥거리며 구경만 하고 있는 사내에게 권했다.

"형님, 이리 와 앉으십시오."

마치 지체 높은 대부를 모시는 시중꾼과도 같았다. 그런데 여전히 알 수 없는 것은 두 사람으로부터 그런 대접을 받고 있는 상대편 사내였다. 분명 비슷한 처지인 듯한데도 당연하다는 듯 그런 그들의 받듦과 섬김을 받아들였다.

"그럴까." 하면서, 한번 사양하는 법도 없이 깔아 놓은 수건 위에 넙죽 앉았다.

염량이 없는 건지 둔감한 건지 모를 그 사내, 그가 바로 뒷날 한(漢) 제국 4백 년을 열고 고조(高祖)로 추앙받게 될 사람이었다. 그의 성은 유(劉), 이름은 방(邦)이라고 알려져 있으나, 방이란 이름은 나중에 한 무리의 우두머리로 우뚝 몸을 일으킨 뒤에 지은 것이라 그때는 아직 변변한 이름조차 없었다. 그저 관례 때 받은 계(季)란 자가 있었을 뿐인데, 그것도 막내라는 평소의 호칭을 문자로 바꾼 것에 지나지 않았다. 서른을 넘긴 그때까지도 그의 이름은 '유가네 막내'라는 뜻의 유계(劉季)가 갈음했다.

유계는 사수군 패현 풍읍 중양리 사람으로, 출신이 한미한 것은 부모의 이름으로 미루어 봐도 잘 알 수 있다. 그의 아버지는 사서(史書)에조차 태공(太公)이라고만 기록되어 있는데, 이는 그만의 이름이 아니다. 태공이란 '어르신', '영감' 정도의 뜻으로 당시 나이 든 남자에게 일반적으로 붙이던 존칭이었다.

어머니 유오(劉媼)의 경우도 마찬가지다. 사서에는 그게 이름처럼 나와 있으나, 오(媼) 또한 '할머니' 또는 '할멈'이란 뜻으로 나이 든 여자에게 붙이던 민간의 존칭이었다. 따라서 태공이나 오를 이름으로 본다면 둘 다 좀 이상한 이름이 된다. 곧 유계의 아버지 이름은 '유 어르신', 어머니 이름은 '유씨네 할머니'가 되는 까닭이다.

옛사람들에게는 기휘(忌諱)라 하여 존귀한 이의 이름을 함부로 부르거나 적지 않는 관례가 있었다. 따라서 한나라 신하인 사마천이 고조(高祖)나 태상황(太上皇)의 이름을 함부로 적을 수가 없어 기록에서 빠진 것이란 설명이 있으나, 아무래도 그대로 받아들이기는 어렵다. 그들에게 이름이 있었다면 누군가는 기억해 전했을 것이고, 그것은 다음 시대 사가들에 의해서라도 기록으로 정착했을 것이다.

사마천 또한 그 투철한 기록의 습벽으로 미루어, 그들에게 이름이 있었다면 어떤 방식으로든 기록해 남겼을 사람이다. 실제로도 기휘의 관례 때문에 이름을 잃어버린 제왕이나 귀인은 없다. 따라서 태공과 유오에게는 원래부터 이름이 없었다고 보는 편이 옳을 듯하고, 이는 그들의 신분이 미천했음을 아울러 암시하는 것이기도 하다.

곁들여 말하자면 이름이 없는 것은 유계의 형들도 마찬가지다.

어떤 기록은 그 맏형의 이름을 유백(劉伯), 둘째 형은 유중(劉仲)이라고 하나, 이 또한 그들의 이름은 아닌 듯하다. '유가네 맏이', '유가네 둘째'란 호칭을 문자로 바꾼 것에 지나지 않아 보인다.

유계, 곧 뒷날의 한고조 유방의 탄생 설화는 그 한미한 출신에 비해 자못 거창하다. 교룡(蛟龍) 혹은 적제(赤帝)의 아들이라는 암시를 주는 설정인데, 유계는 오히려 그 설정을 하나의 신념으로까지 끌어올려 일생 무슨 휘황하고 신비스러운 후광처럼 활용한다. 그 대략의 줄거리는 이러하다.

그 시절 풍읍은 못과 늪이 많은 지대였다. 한번은 들일을 나갔던 어머니 유오가 큰 못 가에서 쉬다가 깜박 잠이 들고 말았다. 그런데 그 꿈속에서 스스로 적제(赤帝)라고 하는 천신(天神)을 만나 정을 통하게 되었다. 그때 맑던 하늘에서 천둥이 울고 번개가 번쩍이더니 갑자기 사방이 컴컴해졌다.

함께 들에 나와 있던 태공은 쉬러 간 아내 유오가 돌아오지 않을뿐더러 갑자기 천둥이 울고 번개까지 치자 몹시 놀랐다. 하던 일을 내버려 두고 아내에게로 달려가 보니 벌건 교룡이 아내의 몸 위에 올라가 있었다. 그 뒤 유오가 임신하여 낳은 것이 유계라고 한다.

이 설화를 해석하는 데는 먼저 천신과 교룡을 두고 두 가지로 태도가 나뉜다. 첫 번째는 천신과 교룡은 존재하였으며, 유오는 정말로 그런 초자연적인 존재와 교접하였다고 믿는 쪽이다. 그때, 곧 지금으로부터 2천 몇 백 년 전의 중국은 아직도 신화와 전설의 잔영이 남아 있던 시절로서 신들은 산이나 못, 바다 어디에

나 존재했고 용들도 마찬가지였다. 그리고 유오는 그 이전의 여러 위대한 제왕들을 낳은 여인들이 그랬던 것처럼 신 또는 용과 교접하여 장차 비상한 일을 하게 될 아들을 얻었다고 본다.

두 번째는 신이나 용 같은 그런 초월적 또는 초자연적 존재는 없으며, 무언가 사람 사이에 있었던 별난 일이 그렇게 신화적으로 윤색되었을 것이라 보는 쪽이다. 성(聖)과 속(俗), 종(種)과 유(類)를 달리하는 존재들 사이의 교접을 믿지 않는 이들의 태도인데, 가만히 살피면 그들 사이에서도 이 설화를 해석하는 태도는 다시 두 가지로 나뉜다.

존귀한 것을 부수거나 흠집 내기 좋아하는[能犯尊貴] 이들의 속되고 야박한 해석은 유오와 교접한 교룡을 당시 부근의 소택지(沼澤地)에 숨어 살던 범법자나 부랑자들로 본다. 그들 혹은 그들 중의 하나가 들일을 나온 농부의 아낙 유오를 겁탈했고, 태공은 힘에 눌렸거나 머릿수에 밀려 아내를 지켜 주지 못했다. 그 뒤 태공은 그 일을 괴로워하는 아내를 위로하고 아울러 무력한 자신을 변명하기 위해 천신과 교룡을 끌어들였다는 주장이다.

하지만 남은 기록들을 조금만 주의 깊게 훑어보면 그런 주장에서는 중국사에 대한 분별없는 악의나 천박한 안목밖에 확인할 게 없다. 고조 유방의 부계 혈통을 그렇게 추정함으로써 중국사의 한 황금기를 연 한(漢) 제국의 위엄과 품격을 은연중에 떨어뜨리고, 그 시대 사람들의 윤리의식을 터무니없이 얕봄으로써 그 역사까지 폄하하려는 의도가 엿보인다. 한마디로, 대륙 문화에 대한 단편적인 지식과 주관적 해석을 억지스럽게 조합한 것일 뿐이다. 왜냐하면 그 어떤 기록에도 그 불행한 사건의 후유증으로 짐작되는 구절은 눈에 띄지 않기 때문이다.

만약 그 교룡이 실재하는 인간이면 태공은 중국 사람에게 매우 모욕적인 욕설 '따이뤼모즈[帶綠帽子]', 우리말로 곧 '오쟁이 진 남편'이 된다. 아무리 시대가 유교화(儒敎化) 이전이고, 또 성적으로 분방한 남방 지역에서의 일이라 해도, 남자의 본성까지 달랐을 것 같지는 않다. 크건 작건 그 욕스러운 일은 태공의 의식에 상처를 남겼을 것이며, 그 상처는 그때 생겨난 의붓자식 유계나 결과적으로 부정을 저지른 것이나 다름없게 된 아내 유오에게 미쳤을 것이다. 하지만 아무리 기록을 들춰 봐도 태공이 막내 유계를 차별해 기른 흔적은 없고, 특별히 유오를 구박한 일도 없는 듯하다.

하기야 뒷날 유계가 장성해서까지 생업에 종사하지 않고 저잣거리로 나가 빈둥거릴 때는 태공도 잔소리깨나 했을 성싶다. 그러나 부자 사이의 친자 관계가 의심받을 정도로 심한 것은 아니었다. 유계에게 아무런 원망이 남아 있지 않을뿐더러 나중에 황제가 되어서는 그 일로 태공과 이런 농담을 나누기까지 한다.

"전에 아버님께서는 늘상 내가 재주 없어서 생업을 꾸려 가지 못할 것이며 둘째 형[劉仲]처럼 노력하지도 않는다고 꾸짖으셨습니다. 그런데 이제 어떻습니까? 내가 이룬 업적이 둘째 형에 견주어 모자랍니까?"

오히려 가족 관계에서 풀리지 않는 응어리를 보여 주는 대목이 있다면 만형 유백의 아들들을 대하는 유계의 태도이다. 나중에 천하를 얻은 그는 형제의 아들들을 모두 제후에 봉했지만 유백의 아들만은 못 본 체했다. 하지만 까닭을 캐 보면 그것은 순전히 맏형수에 대한 감정 때문이었다.

아직 백수건달처럼 떠돌던 시절, 유계는 누구보다도 그 맏형수에게 구박을 많이 받았던 것 같다. 어느 날은 대여섯 명의 벗들을 데리고 집으로 돌아가 그녀에게 밥 한 끼 먹여 주기를 청했다가 무참하게 거절당한 적도 있었다. 결국 유계가 유백의 아들들을 써 주지 않은 것은 그 어머니 되는 맏형수가 싫어서였지, 부계 혈통이 다른 형제 사이에 맺힐 법한 응어리 탓은 아니었다.

거기다가 한고조가 만년에 보인 효성은 유별난 데마저 있다. 황제가 닷새에 한 번씩 태공의 처소를 찾아 문안을 올리자 신하들이 천자의 위엄을 들어 말렸다.

"하늘에는 해가 오직 하나뿐이며, 땅에는 두 명의 임금이 있을 수 없습니다. 지금 폐하께서는 집안에서는 자식이 되지만 천하 모든 백성에게는 임금이 되시며, 태공께서는 사사로이는 폐하의 아버님이시지만 천하로 보면 또한 폐하의 신하에 지나지 않습니다. 그런데 어찌하여 임금이 신하를 배알하러 갈 수가 있습니까?"

그러자 황제는 그때까지 없던 태상황(太上皇)이란 칭호를 지어 태공에게 올리고 계속해서 그 처소로 문안을 다녔다. 그와 같은 한고조와 태공 어느 쪽에서 의붓아버지와 씨 다른 아들 사이의 어두운 그늘을 찾아볼 수 있는가.

따라서 유오의 몸 위에 있었던 교룡을 도둑놈이나 떠돌이 거지로 만들 때 생기는 그런 난점 때문에 다른 해석이 생겨났다. 설정이 소박하다 못해 유치한 구석까지 있지만, 이 탄생 설화 자체를 만만찮은 정치적 야망과 배려가 깔린 상징 조작으로 보는 게 그렇다. 누군가 당시에 널리 통용되던 세계 해석 체계를 빌어 유계의 삶에 심상치 않은 예감을 품도록 일련의 신화를 꾸며 냈다는 주장이다.

사람들은 대개 그게 태공이 아닌가 의심한다. 비록 한고조의 일생을 관통하는 신화를 총체적으로 짜낼 능력은 없었지만, 적어도 처음 구상한 사람은 태공으로 보는 편이 온당할 것 같다. 다시 말해, 교룡 이야기는 늦게 본 막내아들에게 신분 상승의 비원(悲願)을 건 태공이 아들의 생김과 신체적 특징을 살펴 치밀하게 구성한 신화의 첫머리라는 뜻이다.

유계의 얼굴이 용을 닮았다는 것도 그렇지만, 그 몸에 있었다는 검은 점의 숫자도 그렇다. 그의 왼쪽 허벅지에는 일흔두 개의 점이 있었다고 하는데, 그 또한 아무렇게나 지은 숫자가 아니다. 얼치기 방술사(方術士)에게서 들은 것인지, 태공 자신의 음양가적 교양인지 알 수 없으나, 그것은 1년 360일을 다섯으로 나눈 수이자, 나중에 유계가 자신의 명운(命運)으로 주장한 오행(五行)의 토(土)를 나타내는 수이기도 하다.

또 유계는 뒷날 자신을 적제 혹은 적룡(赤龍)의 아들이라고 하여 붉은색[赤]을 숭상하였다. 그것은 바로 토(土)의 색깔로서 왕조의 흥망을 따질 때 펼치는 당시 음양가들의 이론과 너무도 잘 맞아떨어진다. 진(秦)나라는 문공(文公) 때부터 금덕(金德)을 지닌 백제(白帝)를 제사하였으므로, 화덕(火德)을 지닌 적제의 아들에게 멸망당하게 되어 있기 때문이다. 오행(五行)에서 불은 쇠를 이긴다[火克金].

유계의 어린 시절 이야기는 알려진 게 많지 않다. 하지만 농부로 자란 손위 형제들과는 다소간 다른 성장 과정을 겪었던 듯하다. 먼저 마흔이 가깝도록 건달로 살아갔다는 것은 유계가 농사일을 배우지 않았다는 뜻이 된다. 또 뒷날 시험을 보아 하찮지만 정장(亭長) 벼슬이라도 한 걸 보면 많건 적건 글을 배웠음을 알 수 있다. 둘 다 당시 중양리 같은 시골 농투성이 아들에게는 쉽지 않은 일이었다.

유계의 인격 형성에 있어서도 태공의 감추어진 조탁(彫琢)이 있었던 듯하다. 『사기』는 유계를 이렇게 기록하고 있다.

> 사람됨이 어질어서 다른 사람을 사랑하고 남에게 베풀기를 좋아했으며 탁 트인 마음에 언제나 넓은 도량을 가지고 있었다. 평소 원대한 포부를 품어 상민(常民)의 생업에 얽매이려고 하지 않았다.

『한서(漢書)』를 비롯한 다른 기록들도 크게 다르지 않은데, 거기서 말하는 미덕들 또한 정성 들인 조장이나 격려 없이 절로 길러질 수 있는 것들이 아니다.

그 격려와 조장 역시 대개 아버지 태공으로부터 왔다고 보는 편이 옳다. 그리고 그 밑바닥에는 태공이 안간힘을 다 써 남몰래 확보해 준 정신적인 여유와 생업으로부터의 자유가 있었을 것이다. 태공은 마흔이 가깝도록 빈둥거리는 막내를 집에 붙여 두었을 뿐만 아니라, 나중에는 그 처자까지도 거두어 보살펴 주었다.

다 자란 뒤의 유계는 중양리를 떠나 풍읍이나 패현 저잣거리로 나가서 놀았다. 아버지와 형들을 거들어 농사일을 하지 않을 바에야 중양리는 그가 날을 보내기에 좋은 곳이 못 되었다. 거기다가 중양리는 한갓진 농촌이라 말을 섞고 뜻을 나눌 사람이 흔치 않았다.

풍읍도 성벽으로 둘러싸인 제법 큰 거리지만, 유계가 주로 세월을 보냈던 곳은 패현 저잣거리였다. 아마도 부근에서 그래도 정치라는 것이 이뤄지는 현청이 거기 있어서였을 것이다. 하지만 거기서 무얼 보았는지 이내 유계는 관리라면 현령(縣令)부터 서리(胥吏)까지 모두 우습게 여겼다.

유계가 처음 패현 저잣거리를 어슬렁거리자 먼저 자리 잡고 있던 장돌뱅이나 건달들은 인근 시골 촌놈들에게 늘 그래 왔듯 텃세를 부리려 들었다. 하지만 유계가 그들 때문에 무슨 호된 곤욕을 치른 것 같지는 않다. 그보다는 오히려 그의 신비한 친화력이 강조된 전설이나 기록이 많다.

어떤 이는 그 친화력의 근원을 용을 닮았다는 유계의 얼굴 모습에서 찾고 있다. 모질게 마음을 다잡고 시비를 걸었던 왈패도 한번 그 맺힌 데 없이 넉넉한 얼굴을 대하기만 하면 일시에 모든 맥이 풀려 버리기라도 하듯 적의와 투지를 잃고 말았다고 한다. 그 대신 까닭 모를 푸근함에 이끌리어 되레 유계가 불러 주기를 기다리며 그 주위를 맴돌게 되기 일쑤였다.

따라서 뒷날 패현에서는 유계의 나타남 자체가 이미 하나의 작은 사건이 되었다. 그가 성안 거리로 들어서면 구석구석에서 나타난 사람들이 하나둘씩 그 곁에 붙어 짧은 골목길 하나를 지나는 데도 대여섯으로 불어났다. 그리고 그가 어디에 자리 잡고 있다는 소문이 들리면 급히 해야 할 일이 없는 건달들은 모두 그리로 몰려들어 와글거렸다.

얼른 보면 위험하고 불온하게 느껴질 수도 있는 사람 사이의 끌어당김과 쏠림이 아닐 수 없었다. 하지만 그뿐이었다. 유계는 학식이 많은 것도 아니고 말주변이 좋은 것도 아니었다. 패거리를 짓고 힘쓰기를 좋아해 소란을 일으키는 법도 없었다. 그저 어디건 자리 잡게 되는 곳에 한껏 편안한 자세로 앉는다. 그리고 따라온 이들이 저희끼리 둘러앉아 하는 양을 알 듯 말 듯한 미소로 바라보고 있을 뿐이었다.

게다가 워낙 종사하는 생업이 없고, 아버지인 태공 또한 그런 놀자 판까지 뒤를 댈 만큼 넉넉하지는 못해 유계는 늘 빈털터리일 수밖에 없었다. 그에게 이끌려 몰려드는 건달들도 그보다 형편이 크게 낫지는 못했다. 유계가 좋아서 있는 것 없는 것 긁어 나오기는 했지만 가진 것은 모두가 거기서 거기였다.

그런 건달들이 주머니를 털어 하는 술추렴이랬자 끝이 뻔했고, 알고 지내는 저잣거리 사람들이나 하급 현리들 신세를 지는 것도 한두 번이었다. 이도 저도 다 막히면 마지막으로 유계는 왕씨네 할머니[王媼]나 무씨 아주머니[武負, 武婦]네 술집으로 가 외상

술을 마셨다. 그리고 취하면 술집 한구석에 아무렇게나 드러누워 잠을 잤다.

그런데 참으로 놀라운 일은 유계가 그렇게 자고 있으면 그 몸 위에 용이 나타나 휘감듯 어른거리는 것이었다. 어떤 때는 유계 자신이 한 마리 용이 되어 드러누워 있는 것 같기도 했다. 뿐만 아니라 그가 와서 외상술을 마시는 날은 그 집의 술이 평소보다 몇 배나 더 팔렸다. 따라서 그런 일들을 신기하게 여긴 그 두 술집에서는 연말이 되면 외상 장부를 찢어 버리고 밀린 술값을 받지 않았다.

유계가 태평스레 바위에 걸터앉아 쉬고 있는 동안에도 나머지 두 사람은 부지런히 돌 깨는 일을 했다. 마치 유계의 몫까지 해놓겠다는 듯 열심이었다. 그런데 잠시 자리를 비웠던 진나라 병사가 돌아오면서 일이 터졌다.

"뭔가? 거기 앉아 있는 벗겨 놓은 삼대같이 희멀쑥한 놈은."

일꾼들을 몰아대고 다잡는 게 제 일인 그 병사는 바위 위에 태연히 걸터앉아 쉬고 있는 유계를 보자 눈에 쌍심지를 켰다. 채찍으로 써 오던 밧줄을 단단히 감아쥐며 유계에게로 달려왔다.

여느 일꾼이라면 사납기로 이름난 진나라 병사가, 그것도 표독스럽고 잔인하기까지 한 노역장 감시병이 성난 얼굴로 달려오는데 겁부터 먹었을 것이다. 유계에게도 어쩌면 고약하게 되었다는 느낌 정도는 있었을 것이다. 하지만 그의 반응은 답답할 만큼 느렸다. 얼른 바위에서 내려와 일하는 척이라도 했으면 좋으련만 그렇지를 못하고, 여전히 바위에 앉은 채 야릇한 웃음만 흘리고 있었다.

"그래도 저 초나라 원숭이 놈이."

성마른 진나라 병사가 더는 참지 못하고 채찍부터 날렸다. 그때 정을 들고 있던 사내가 갑자기 손을 뻗어 날아오는 채찍을 잡았다.

그는 성이 노(盧)요 이름은 관(綰)이라 하였는데 유계와 같이 풍읍 중양리 사람이었다. 태공과 한마을에 살며 남달리 친했던 그의 아버지는 기이하게도 태공이 유계를 얻은 것과 같은 날, 같은 시에 그를 낳았다고 한다. 마을 사람들이 모두 그 일을 신기하게 여기며 술과 양고기를 가지고 와서 두 집의 경사를 축하해 주었다.

노관은 유계와 함께 자라며 글도 같이 배우고 놀기도 함께했다. 하지만 동갑내기인데도 어렸을 때부터 벌써 유계를 형이나 손윗사람 떠받들듯 하는 게 이미 여느 동무 사이는 아니었다. 태사공(太史公, 사마천)의 비유처럼 '파리가 준마의 꼬리에 붙어 천리를 가듯이' 유계란 사내를 따라 천하를 휩쓸고 왕후[燕王 長安侯]가 되어 후세에까지 이름을 떨치게 될 운명을 그는 그때 이미 예감했던 것일까.

나중에 다 자란 유계가 중양리를 벗어나자 노관도 그를 따라나섰다. 함께 가까운 풍읍을 어슬렁거리다가 다시 패현성 안으로 옮겨가 그 저잣거리를 헤맸다. 왕씨네 할머니나 무씨 아주머니 술집에 들러 외상술을 얻어 마실 때도 유계와 함께했다.

하지만 유계와 함께하는 노관의 태도는 벗으로서의 동행이라기보다 졸개로서의 수행이나 호위에 가까웠다. 언제나 유계로부터 한 발자국쯤 떨어져서 걸으며 때맞춰 시중을 들었고, 사방을 살펴 가릴 것을 가리고 피해야 할 것을 피했다. 그러다가 궂은 일이나 위태로운 때를 만나면 스스로 유계를 대신해 나서기도 했다.

어떻게 보면 유계의 신화가 중양리나 풍읍뿐만 아니라 패현성 안에까지 두루 알려지게 된 것도 많은 부분 노관의 과장과 전파에 힘입은 것이라 할 수 있다. 유계의 얼굴이 용을 닮았다고 하지만 누가 용을 보았는가. 그래서 얼른 받아들이려 하지 않는 사람이 있으면 그는 서슴없이 유계를 가리키며 말했다.

"자세히 들여다보라. 저 얼굴이 바로 용의 얼굴이다!"

유계가 용을 닮은 것이 아니라 용이란 모름지기 유계와 같이 생겨야 한다는 말 같았다.

유계의 왼쪽 허벅지에 나 있다는 일흔두 개의 점도 그렇다. 어떤 것까지 점으로 치느냐에 따라 그 수는 일흔보다 많기도 하고 적기도 했다. 여름날 유계가 겉옷을 걷어붙이고 앉으면 할 일 없는 건달들이 그 곁에 붙어 헤아려 보지만 그 숫자를 정확히 알 수가 없었다. 그때 노관이 한마디로 잘라 말했다.

"일흔두 개다! 1년 365일을 다섯[五行]으로 나누어 얻은 바로 그 수다."

유계가 잠잘 때 어른거린다는 용의 이야기도 노관의 윤색일 가능성이 크다. 유계의 특이한 용모와 술 취해 잠들었을 때의 별난 몸짓이 어우러져 우연히 만들어 낸 순간적인 인상을 노관이 과장하여 퍼뜨린 것은 아닌지. 왕씨네 할머니나 무씨 아주머니는 오히려 그런 노관에게 넘어가 자신들은 믿지도 않는 소문을 더욱 그럴싸하게 윤색한 것은 아닌지.

유계가 외상술을 먹는 날은 술집의 매상이 평소보다 몇 배나 올랐다는 말이 나게 한 것도 노관의 솜씨였을 것이다. 유계가 마시는 동안 슬며시 패현 저잣거리로 나간 그는 평소 그들을 따르는 건달들을 모조리 끌어모았으리라. 그리고 그들을 몰고 와서 퍼 마시게 함으로써 유계의 외상술 때문에 나빠진 왕씨네 할머니나 무씨 아주머니의 기분을 풀어 주었음에 틀림이 없다.

언젠가 한번은 유계가 무언가 죄를 저질러 숲속에 숨은 적이 있었다. 그때 이미 유계는 패현 유협(遊俠) 세계의 우두머리처럼 되어 따르는 젊은이들이 많았다. 하지만 고생스러운 도망 길이어선지 아무도 함께 가 주지 않았다. 오직 노관만이 그를 따라가 죄가 풀릴 때까지 정성을 다해 섬기고 보살폈다.

이번에도 마찬가지였다. 유계에게는 싫어도 함양으로 부역을 나와야 할 까닭이 있었지만, 노관은 순전히 유계를 따라나섰다. 전처럼 그를 보살피고 지켜 주기 위함이었다. 유계가 함양으로 부역을 나오게 된 경위는 이랬다.

비록 한 푼 없는 건달로 패현 저잣거리를 떠돌아다니고는 있었지만 품은 뜻이 커서인지 유계의 눈은 턱없이 높았다. 현청에서 일하는 구실아치[吏屬]들이나 아전바치[胥吏]들뿐만 아니라 진(秦) 조정에서 내려보낸 현령까지도 우습게 여겼다. 하지만 무엇 때문인지 시간이 나면 관아를 어슬렁거리며 그래도 배짱이 맞는 이들과 어울리기를 좋아했다.

현령은 그런 유계를 싫어했지만 관원들 중에는 패현 저잣거리의 건달들 못지않게 그를 좋아하는 사람도 많았다. 현청의 마구간에서 막일을 하다가 낮은 아전바치로 일하게 된 하후영(夏候嬰)이란 젊은이도 그랬다. 뒷날 한(漢) 제국에서 여음후(汝陰侯)에까지 오를 운명이 어떤 예감으로 작용한 것인지, 그 또한 유계라면 하던 일을 제쳐 놓고 달려올 만큼 우러르며 따랐다.

그런데 한 달포 전의 어느 날이었다. 그날따라 유계가 칼을 차고 현청에 놀러와 하후영을 만나서도 칼과 검술이 주된 화제가 되었다. 그리고 얘기 끝에 새로 익힌 검술을 장난처럼 펼쳐 보이게 되었는데 그러다가 그만 유계가 휘두른 칼에 하후영이 크게 다치고 말았다.

아전바치도 관리라 현령은 자신이 부리는 하후영이 칼에 베였다는 말을 듣자 몹시 화를 냈다. 하후영을 끌어오게 해 범인을 캐묻는 한편 전부터 유계와 가깝게 지내 온 옥리(獄吏) 조참(曹參)을 불러 얼른 범인을 찾아내라는 엄명을 내렸다. 다행히 하후영이 굳게 입을 다물어 누가 그랬는지 바로 알려지지는 않았지만, 그 일을 본 사람이 있어 조만간에 알려지게 되어 있었다.

애가 타게 된 것은 옥리 조참뿐이 아니었다. 그 못지않게 유계를 흠모해 온 패현의 공조리(功曹吏) 소하(蕭何)도 마찬가지였다. 어떻게 유계를 도울 길이 없을까 머리를 쥐어짜고 있을 때 마침 날아든 것이 난지를 파기 위한 일꾼을 함양으로 뽑아 보내라는 공문이었다. 그걸 본 소하가 가만히 유계에게 권했다.

"유 형. 패현 역도(役徒, 노역 인부)들의 도두(徒頭, 인부 우두머리)로 세워 드릴 테니 잠시 피하는 셈치고 함양에나 다녀오시는 게 어떻겠습니까? 몸이야 고단하시겠지만 그것만이 이번 어려움을 면하는 길이 될 것입니다. 설령 하후영이 못 견뎌 내고 바로 털어놓는다 해도 이미 멀리 부역 나간 사람을 어찌하겠습니까? 추위가 오기 전에 공사가 끝난다 하니 넉넉잡아 몇 달만 참으시면 될 것입니다. 만일 공사가 끝나지 않는다 해도 내 반드시 교대를 보내 유형을 모셔 오도록 하겠습니다."

유계도 뾰족한 수가 없어 소하의 말을 따르기로 하였다. 그래서 함양으로 떠나게 되자 제일 먼저 노관이 따라나섰다. 제 차례도 아닌데 소하에게 청을 넣어 남이 모두 싫다 하는 부역 길에 올랐다.

"어엇, 이 작은 원숭이 놈이 죽고 싶어 환장을 했나?"

노관에게 채찍을 붙잡힌 진나라 병사가 목덜미가 시뻘게지며 소리쳤다. 금세라도 허리에 차고 있는 청동 장검을 빼어 들 것 같은 기세였다. 그때 망치를 휘두르고 있던 덩치 큰 사내가 산악처럼 가로막으며 끼어들었다.

"한 번만 봐주쇼. 우리 형님이 편찮으셔서 잠시 앉아 쉬시게 한 것이오. 게다가 형님은 우리들의 도두외다."

그러는 사내는 성이 번(樊)이요, 이름을 쾌(噲)라 하였다. 역시 패현 사람으로 힘이 장사이고 다른 무예에도 밝은 것으로 소문나 있었다. 번쾌는 성안에서 개백정을 직업으로 삼았으나 본시 천민은 아니었다. 육국이 차례로 망해 가는 혼란의 시대에 근거지를 잃고 떠돌아다니다가 패현 저잣거리에 숨어 살게 된 명가의 후예였다고도 한다.

유계보다 몇 살 어린 번쾌는 패현 저잣거리를 휘젓고 다니는 유계를 진작부터 형님으로 모셔 왔다. 하지만 그 지방에 남아 있는 전설로 미루어 그들의 만남이 한눈에 서로를 알아보고 맺어진 그런 감동적인 것은 아니었던 듯하다.

지금도 패현 인근에서는 개고기를 손으로 찢어 먹는 습속이 있는데, 이는 빈털터리 건달 시절의 한 고조 유계에게서 유래된 것이라는 말이 있다. 아직 깊이 사귀기 전 외상이란 구실로 돈도 내지 않고 개고기를 썰어 먹어 대는 유계가 밉살맞아 번쾌가 칼을 감춰 버리자 유계는 손으로 찢어 먹지 않을 수가 없었다. 그런데 구경하는 건달들에게는 그게 맛있어 보일 뿐만 아니라 멋스럽게 보여, 그다음에는 패현의 모든 건달들이 손으로 개고기를 찢어 먹기 시작하였다고 한다.

하지만 오래잖아 번쾌는 유계에게서 무엇을 보았는지 스스로 아우 되기를 청하며 그 밑으로 들어갔다. 그리고 유계가 패현 저잣거리에 나타났다는 소리만 들으면 맨 먼저 달려 나가 노관과 함께 좌우에 갈라섰다. 그때부터 번쾌는 누구보다 충실한 유계의 주먹이 되어 틈만 나면 아이 머리통만 한 그 주먹을 흔들면서 세상을 향해 을러댔다.

"누구든 우리 형님을 건들면 그 구족을 찾아 모조리 가루를 내어 놓을 것이다!"

이번에도 마찬가지였다. 번쾌는 먼저 하후영을 다치게 한 사람이 유계란 것을 아는 자들을 주먹으로 겁을 주어 입부터 막았다. 그러다가 유계가 끝내 함양으로 간다는 말을 듣자 두말없이 개백정질을 거두고 따라나섰다. 노관이 따라간다고 하지만 그는 노관의 보잘것없는 완력과 지나친 약삭빠름을 아울러 믿지 못하였다.

"너는 또 뭐야? 뭣이 어쨌다구?"

진나라 병사가 번쾌를 노려보며 소리쳤다. 그때 노관에게 한끝이 잡힌 채찍을 놓은 그의 오른손은 벌써 장검을 반이나 빼 들고 있었다. 육국의 쇠로 만든 장검[鐵劍]과 맞부딪혀서도 밀린 적이 없다는 진나라의 청동 검이었다. 노관만 해도 만만찮아 보였는데 억세고 험상궂어 보이는 번쾌까지 편들고 나서자 심상찮은 느낌이 든 것 같았다.

아직 천하가 통일된 지 오래지 않아 다른 육국 사람들에 대한 진나라 병사들의 태도에는 승리자나 정복자의 위세가 살아 있었다. 거기다가 강화된 진의 법령은 그들에게 집행자로서의 실권까지 얹어 주었다. 시황제의 이름으로 부여된 노역의 의무를 거부하는 인부쯤은 얼마든지 목 벨 수 있었다.

"이것들이 죽고 싶어 환장을 했나. 여기가 어디라고……."

그러면서 눈을 부라리는 진나라 병사가 믿는 것은 바로 진나라의 법령과 자신의 칼이었다. 그렇지만 번쾌에게는 그런 진나라 병사를 겁내는 기색이 전혀 없었다.

“우리는 일하러 왔고 이제껏 열심히 일해 왔소. 형님이 편찮으셔서 못하는 만큼 우리가 더 일하면 될 거 아니오?”

질그릇 깨지는 듯한 소리로 맞받는 그 눈길이 여간 험하지 않았다. 그렇게 되자 먼저 가로막고 나섰던 노관이 난처한 낯빛이 되었다. 빼앗은 형국이 된 채찍을 가만히 바위 위에 내려놓은 뒤 맞서 있는 진나라 병사와 번쾌를 번갈아 보며 뭔가 생각에 잠긴 눈치였다.

잠시 기묘한 대치가 벌어졌다. 진나라 병사는 금세라도 칼을 빼 칠 듯한 표정으로 노려보고, 번쾌 역시 나도 빈손은 아니라는 듯이 망치 자루를 슬그머니 힘주어 잡으며 그 눈길을 맞받았다. 두 사람의 눈길이 부딪혀 불똥을 튀기는 듯했다.

끝내 참지 못한 진나라 병사가 칼을 빼서 번쾌를 후려쳤다. 번쾌가 기다렸다는 듯 망치를 휘둘러 칼을 쳐 냈다. 어찌나 세게 쳐 냈던지 간신히 칼을 잡고 있는 진나라 병사의 몸이 심하게 휘청거렸다. 칼과 망치가 부딪는 모진 쇳소리에 둘레의 일꾼들이 모두 일손을 놓고 그들 쪽을 쳐다보았다.

거기다가 노관도 더는 보고만 있는 자세가 아니었다. 갑자기 유계를 가로막으며 번쾌를 편들어 덤빌 듯한 기세였다. 가까운 곳에 저희 편이 없는 데다 멀찌감치 떨어져서 보고 있는 일꾼들까지 유계를 편드는 듯 보였던지 진나라 병사 쪽이 먼저 기세가 꺾였다. 뺐던 칼을 도로 칼집에 꽂아 넣으면서 이를 악물었다.

“좋다. 너희들이 이젠 떼를 지어 우리 진나라와 황제 폐하께 맞서려 드는구나. 내 반드시 장군께 아뢰어 너희 세 놈을 한 구덩이에 산 채로 묻어 주겠다."

말은 그래도 뭔가 감당 못할 기세에 밀려 물러나는 것임에 틀림없었다. 그때 얼른 정신을 차린 노관이 평소의 약삭빠름을 되찾았다. 가만히 그 병사의 옷깃을 잡으며 은근한 목소리로 말했다.

"왜 이러십니까? 나리. 저희가 어찌 감히 나라에 맞서겠습니까? 불찰이 있었더라도 너그럽게 보아주십시오."

그러면서 한 손으로는 품 안에서 꺼낸 작은 은덩이를 병사에게 쥐어 주었다. 하지만 그 병사는 성난 표정을 풀지 않았다. 차갑게 노관의 손을 뿌리치고 자리를 뜨려 했다. 그때까지도 바위 위에 느긋이 앉아 있던 유계가 그리 높지 않은 목소리로 그 병사를 불렀다.

"이보시오."

성난 눈길로 돌아보던 병사가 그런 유계에게서 무엇을 보았는지 갑자기 굳은 듯 멈추어 섰다. 유계가 천천히 몸을 일으키며 그런 진나라 병사에게 타이르듯 말했다.

"고향 동무들과 멀리서 부역을 나오긴 했소만, 몸에 익지 않은 일이라 어찌해 볼 수가 없구려. 그래도 이 동무들이 힘을 다해 나랏일을 크게 그르치진 않았을 것이오. 너무 성내지 마시오."

그러고는 품 속에서 뭔가를 꺼내 번쾌에게 내밀었다.

"이걸 저 사람에게 전해 주게. 이번에 떠나올 때 소하가 준 것이네."

"아니, 형님 이걸 모두……."

타고난 무골이기는 하지만 그 몇 년 저잣거리에서 개백정 노릇을 하는 동안에 셈에도 밝아진 번쾌가 주저하면서 물었다. 패현을 떠나올 때 유계와 알고 지내던 다른 현리들은 전별금으로 3백 전을 주었으나 소하만은 5백 전을 내놓았다. 유계는 그걸 따로 싸서 품에 넣고 다녔던 모양인데, 이제 그 적지 않은 돈을 선뜻 내놓은 것이었다.

"소하가 이럴 때 쓰라고 준 것이다. 어서 주어라."

그 말에 번쾌가 마지못해 전대를 그 병사에게 내밀었다. 그런데 알 수 없는 일은 그 병사에게 일어난 갑작스러운 변화였다. 사람이 달라진 것처럼이나 선선히 번쾌가 내미는 것을 받은 뒤 공손히 유계를 올려 보았다. 돈이면 귀신도 부린다[有錢用神] 했던가? 얼른 보기에는 뇌물의 힘 같았다.

하지만 아니었다. 한참이나 유계를 바라보던 병사가 스스로 그 앞에 다가가더니 받은 전대를 공손히 올려 바치듯 되돌려 주었다.

"내가 아마도 귀인을 알아보지 못했던 듯하오. 도두라 하셨던가요? 일꾼들을 데리고 오신 분이라면 꼭 몸소 일하지 않아도 되오. 다만……."

마치 유계의 아랫사람이나 된 듯 말투부터 공손하기가 그지없었다. 알 수 없기는 유계도 마찬가지였다. 기다렸다는 듯 전대를 넙죽 받아 다시 품에 넣으며 물었다.

"다만, 뭐요?"

"황제 폐하께서 순시를 오신다는 전갈이 있었소. 그때는 일어나셔서 일꾼들을 독려하시는 척이라도 해 주셨으면 하오."

"시황제께서 친히 여기까지 나오신다?"

"그렇소. 이 난지 공사는 수도 함양성의 해자가 되는 것이라 황제 폐하께서 그 어떤 일보다도 무겁게 여기시오. 이곳은 처음이지만, 황제 폐하께서 노역장에 나오신 것은 이번 여름에만도 세 번이나 됩니다."

"그랬었소? 거 참, 볼만하였겠소. 그래, 오늘은 틀림없이 이곳에 오신다고 하오?"

유계는 조금 전의 일은 까맣게 잊은 사람처럼 기대에 차서 물었다. 꼭 무슨 큰 구경거리를 두고 들떠 기다리는 어린아이 같은 데가 있었다.

"그런 것 같소. 우리도 장졸을 가리지 않고 모두 제자리를 지키라는 엄명이 내려왔소."

그런데 미처 그 말이 끝나기도 전이었다. 물길 바깥쪽 양쪽 둑위로 보얗게 먼지를 날리며 기마 몇 필이 달려 나왔다. 검은 영기(令旗)를 앞세운 것으로 보아 급한 전갈을 가지고 달려온 파발마 같았다. 말고삐를 당겨 멈춰 선 소교(小校)가 큰 소리로 외쳤다.

"모두 들어라. 잠시 후에는 황제 폐하의 행차가 이르실 것이다. 노역을 감독하는 사졸들은 역도들이 일터를 벗어나지 못하게 하고, 역도들은 각기 하던 일에 전심하여 터럭만큼도 어지러움이 있어서는 아니 된다. 함부로 자리를 뜨거나 소란을 피워 목을 잃는 일이 없도록 하라!"

일꾼들 중에는 그곳으로 끌려오기 전 고향에서 이미 시황제의 순수를 구경한 사람도 있었다. 하지만 대부분은 먼빛으로나마 시황제를 보게 되는 게 처음이었다. 모두 일손을 멈추고 도성 쪽을 바라보았다. 그리 멀지 않은 곳까지 벌써 부연 먼지가 하늘을 가린 게 황제의 행차가 가까웠음을 알려 주고 있었다.

제후가 나다닐 때는 사(師, 2천5백 명)가 따르고 경(卿)이 나다닐 때는 여(旅, 5백 명)가 따른다. 천자의 순수에는 규모가 정해져 있지 않았으나, 순수가 아니라 도성 밖 행차에 지나지 않아서인지 그날 시황제를 따르는 군사는 사(師)를 크게 넘을 것 같지 않았다. 하지만 의장은 여느 순수 때보다 훨씬 더 호화스러웠다.

진나라의 빛깔인 검은 바탕에 금실로 용을 수놓은 깃발을 앞세운 기마대에 이어 번쩍이는 창검에 온몸을 청동 갑옷으로 두른 보졸의 행진이 따랐다. 다시 갖은 색깔의 현란한 깃발을 든 의장대가 시황제가 들어 있는 행렬의 앞머리를 장식하고, 그 뒤를 백관과 궁녀며 내시들이 화려한 차림으로 에워싸 황제의 위엄을 드높였다.

그 한가운데서 느릿느릿 다가오는 게 말로만 듣던 온량거였다. 여덟 마리 말이 끄는 큰 수레인 데다 지붕이 있고 사방이 장엄하게 채색되어 멀리서 보기에는 작은 누각이 옮겨 오는 듯했다. 도성에서 멀리 떨어진 순수가 아니어서인지, 속거는 많지 않았다. 특히 시황제가 탄 온량거와 같은 모양을 한 부거(副車)는 한 대도 따르지 않았다.

일꾼들뿐만 아니라 감독하던 진나라 병사들까지도 절대권력이 연출하는 그 화려하고도 장엄한 광경에 잠시 넋을 놓았다. 시황제의 행차가 그들 곁을 지나갈 때는 손발이 굳어 버린 듯 절로 일손을 멈추고 서서 하염없이 바라보기만 했다.

그런데 시황제의 행차가 패현에서 온 일꾼들이 맡은 구역을 지날 때였다. 갑자기 온량거의 창문이 열리더니 한 얼굴이 보였다. 무얼 생각하고 있는지 도통 알 수 없는, 무표정하면서도 음침하고 거만한 얼굴이었다. 그러나 그 눈길에는 묘한 위엄 같은 게 있어 누구도 오래 맞받지 못했다.

어지간한 노관이나 번쾌까지도 그때만은 질린 듯 굳은 얼굴로 시황제의 행차를 바라보고만 있었다. 하지만 유계만은 달랐다. 진작부터 부럽기 짝이 없는 눈길로 바라보다가 곁엣사람이 모두 들을 만큼 큰 소리로 한탄했다.

"아아, 대장부란 마땅히 저래야 하는데!"

그 말에 퍼뜩 정신을 차린 노관이 놀라 사방을 돌아보다가 유계의 소매를 끌며 귓속말로 나무랐다.

"어이, 지금 그게 무슨 소리야? 진나라 놈들이 들으면 어쩌려고 그래?"

그래도 유계는 태연하기만 했다. 빙긋이 웃으며 노관의 말을 받았다.

"왕후장상이 어찌 씨가 따로 있겠느냐[王侯將相 寧有種乎]……."

그 말은 나중 여러 해 뒤 진섭(陳涉)이 처음 진나라에 반기를 들고 장초(張楚)를 열 때 한 말로 되어 있으나, 실은 그때 이미 민간에 널리 퍼져 있었다. 하늘의 아들[天子], 황제(黃帝)의 자손만이 제위를 이어 오던 시대는 끝난 지 오래였다.

기화(奇貨)와 기술(奇術)

“남문의 수장에게는 얘기가 되어 있는가?”

얇지만 단단하고 질긴 철편이 촘촘하게 엮인 흉갑(胸甲)을 여며 주는 시중에게 윗몸을 맡긴 채 시황제가 곁에 있는 조고에게 물었다. 조고가 환관 특유의 카랑카랑한 목소리로 대답했다.

“예. 금중의 밀명을 띠고 성을 나가는 호상(豪商)과 네 명의 종자라 했습니다.”

“북문은?”

“역시 단속이 되어 있습니다. 삼경 무렵 폐하의 명을 받들어 흉노 땅을 살펴보고 돌아오는 어사 일행 다섯이 있을 터이니 공손히 문을 열고 맞이하라 일러 두었습니다.”

그사이 시황제의 흉갑을 여민 시종이 그 위에 엷은 비단 홑옷을 걸쳐 주었다. 돈푼깨나 모은 장사치가 멋 부려 걸친 듯한 겉차림이었다. 옷자락이 발목까지 길게 드리워져 그런지 그걸 걸치자 갑자기 후텁지근해지는 느낌에 시황제가 이마를 찌푸렸다.

"덥고 거추장스럽다. 검수들의 짧은 윗옷이 날렵할뿐더러 미복(微服)으로도 더 낫지 않겠느냐?"

시황제는 옷차림을 보아 주는 시중을 바라보며 혼잣말처럼 중얼거렸으나 조고가 다시 그 말을 받았다.

"겉옷 기장이 짧으면 한 자 패검조차 가릴 수가 없사옵니다. 빼어난 무사들이 폐하를 호위하고 있다고는 하나 겨우 넷뿐인데, 어찌 한 조각 쇠붙이도 지니시지 않고 미행을 나서실 수 있겠습니까? 한낱 검수로 보이게 꾸미는 것은 폐하께서 두르신 검은 머릿수건만으로도 넉넉할 것입니다."

조고가 그렇게 매사를 꼼꼼히 헤아려 마련했다면 시황제도 구태여 이것저것 따져야 할 까닭이 없다 여겼다. 시종이 해 주는 대로 차림을 마치고 침전을 나왔다.

감천궁(甘泉宮) 안뜰에는 그날 밤 시황제를 호위할 무사 네 사람이 벌써부터 기다리고 있었다. 수천 명의 시위 가운데서도 특히 무예가 빼어나고 용력 좋은 자들이었는데, 그들의 차림에서도 황제의 미행을 티 안 나게 따르며 호위하기 위한 고심을 한눈에 알아볼 수 있었다.

장검을 찬 것은 큰 장사꾼이라면 한둘은 거느리기 마련인 호위 장사 차림 하나뿐이었고, 나머지는 모두 서사나 막일꾼으로 꾸며 무기를 감추고 있었다. 서사(書士) 차림에 필랑(筆囊)이나 죽간(竹簡) 묶음 같은 긴 보퉁이를 메고 있는 것은 시위 가운데서도 가장 칼솜씨가 뛰어난 자로서, 그 보퉁이 안에는 언제든지 뽑을 수 있게 장검이 감춰져 있었다. 막일꾼 차림에 자루가 굵고 긴 저울을 든 자는 철퇴를 잘 쓰는 시위로서 위급한 일이 생기면 그 저울 자루를 철퇴로 쓸 작정이었다. 그리고 또 하나 잡일꾼 차림에 길쭉한 상자를 등에 지고 있는 시위가 있었는데 그 상자 안에는 자신과 시황제의 장검이 역시 언제든 뽑기 쉽게 감춰져 있었다.

그날 밤 시황제가 돌아보려는 곳은 난지였다. 난지는 그 전해 완공된 함양성의 해자에 붙인 이름인데, 그사이 주변 경관과 어우러져 이름처럼 아름다운 못이 되었다는 말이 시황제의 귀에까지 들어왔다. 특히 달빛 아래 바라보면 더욱 풍치가 있다 하여, 하현으로 들기 전인 그 밤 조고의 만류도 뿌리치고 미복으로 한번 돌아보려고 나선 길이었다.

시황제와 네 명의 호위 무사가 조용히 감천궁을 빠져나와 함양성 안 저잣거리를 지날 무렵에는 초경도 끄트머리였다. 하지가 지난 지 얼마 되지 않았지만 날은 이미 어두워져 여기저기 등불이 내걸려 있었다. 시황제가 한 군데 유난히 많은 등불이 내걸리고 사람들이 왁작거리는 곳을 가리키며 물었다.

"저기가 어디냐? 무엇 때문에 이 밤에 저리 많은 무리가 모여 떠드는 것이냐?"

저울을 든 시위가 걸음을 멈추고 목을 길게 빼어 그곳을 바라보다가 대답했다.

“개고기와 술을 파는 집입니다. 오늘이 복날이라 검수들이 개고기로 열독(熱毒, 더위)을 풀고 있는 것 같습니다. 선대 덕공(德公)께서 복날을 정하신 이래로 전해 오는 민간의 습속입니다.”

“그럼 성을 나가기 전에 저곳부터 들렀다 가자.”

시황제가 갑자기 그렇게 말하며 개고기 집으로 발길을 돌렸다. 칼을 찬 시위가 시황제의 옷깃을 잡듯 하며 말했다.

“폐하, 저곳은 잡인들의 이목이 너무 번다합니다.”

“닥쳐라. 짐이 이리 구차스레 미복을 한 것이 바로 그 때문이었거늘 또 무슨 걱정이냐? 저렇게 술에 취해 흥청거리는 검수들이 여럿 모여 있는 곳도 흔치 않다. 저기 가서 저들이 무슨 소리를 하는지 한번 들어 보고 가자.”

“아니 됩니다, 폐하. 그래도 저들 가운데 폐하를 알아보는 눈이 있을까 두렵습니다. 그들이 몰래 연통하여 불궤(不軌)한 무리가 일시에 몰려들기라도 하면 저희 넷만으로는 감당하기 어려울 것입니다.”

“그 폐하, 폐하 하는 소리나 낮추어라. 이곳은 다른 곳도 아닌 함양성 안이다. 누가 감히 짐에게 불측한 뜻을 품는다는 말이냐?”

그리고 앞장서 그 개고기 집으로 달려가 비어 있는 평상 하나를 차지했다. 그렇게 되자 따르는 시위들도 어쩔 수가 없었다. 시황제가 돈푼깨나 번 장사치 행세를 하는 것처럼 그들도 저마다 서사나 호위 장사, 또는 잡일꾼으로 돌아가 시황제 주변을 둘러싸듯 하며 앉았다.

백성들에게 다가가 그들의 소리를 직접 들어 보겠다는 시황제의 뜻을 헤아린 호위 무사들은 먼저 호기롭게 개고기와 술을 청해 먹고 마시는 척했다. 그러다가 옆자리에도 술과 고기를 돌리며 얘기를 걸 때만 해도 자연스럽게 저잣거리의 민심을 읽어 낼 수 있을 것 같았다. 하지만 호위 무사들이 세상 돌아가는 얘기, 특히 정치의 득실과 관련된 것을 묻자 그때껏 왁자하게 취해 가던 사람들의 얼굴이 갑자기 굳어졌다. 시황제와 호위 무사들에게서 무슨 낌새를 느꼈는지, 아니면 상앙(商鞅) 이래의 엄한 진나라 법에 단련을 받은 탓인지 누구도 시원스레 속을 털어놓으려 하지 않았다. 거듭 재촉해서 굳이 입을 열게 해 봐도 관리들이 시킨 듯한 뻔한 대답뿐이었다.

"이만 가자. 너무 지체하였다."

두어 식경이나 억지스러운 호기로 먹고 마시며 사람들의 얘기를 끌어내려고 애쓰는 호위 무사들을 보던 시황제가 그렇게 말하며 자리를 털고 일어났다. 그리고 성난 사람처럼 앞장을 서 함양성 남문 쪽으로 갔다.

시황제는 남문을 빠져나온 뒤에도 한동안을 검수들에게 거부되고 무시당한 듯한 느낌에서 벗어나지 못했다. 그러다가 난지를 끼고 동쪽으로 한 마장이나 걷고 나서야 거친 숨결이 골라지고 찌푸린 이맛살이 풀렸다. 난지의 경관 덕분인 듯했다.

들은 대로 훤한 달빛 아래 바라보는 난지의 풍경은 일품이었다. 해자 바깥 방죽에서 성벽까지 깊이 두 길에 예순 걸음의 너비로 끌어 들인 물이 으스름달 아래 원래보다 넓게 펼쳐져 보여,

함양성이 마치 물안개 피어오르는 호수 가운데 높이 솟아 있는 것처럼 느껴지게 했다. 돌로 잘 짜 맞춘 해자의 호안(護岸) 축대와 어느새 푸른 풀로 덮인 그 위의 흙방죽도 묘한 운치를 더했다.

도읍인 함양성의 해자로 난지를 파기 시작한 것은 3년 전이었다. 죄수와 부로(俘虜) 10만으로는 모자라 전국에서 다시 역도 10만을 더 불러왔지만, 작년 여름만 해도 난지는 아직 함양 성벽을 둘러싼 길고 벌건 황토 구덩이에 지나지 않았다. 그걸 시황제 자신이 몇 번이나 온량거로 돌아보며 독려해, 지난가을에야 겨우 성벽을 둘러싼 물길을 모두 잇고 위수에서 물을 끌어 댈 수 있었다. 그리고 겨우 한 겨울, 한 봄을 보냈는데, 그사이 난지는 정말로 이름처럼 고운 못이 되어 있었다.

"볼만하구나. 이제 동문 쪽으로 가 보자."

시황제가 완연히 풀린 목소리로 그렇게 말하면서 천천히 걸음을 옮겼다. 그리고 이번에는 병가의 눈으로 다시 한번 난지를 살폈다. 역시 훌륭했다. 적교가 걸린 성문 쪽을 빼면 어디든 배가 있어야만 건널 수 있을 만큼 넓고 깊은 해자였다. 이제 감히 함양으로 군사를 몰고 올 세력은 없어졌지만, 그래도 시황제는 흐뭇한 마음으로 난지를 바라보다 힐끗 동쪽을 쏘아보았다. 육국을 멸망시켜 천하를 통일할 때까지 진나라의 적은 언제나 동쪽에 있었다.

"이제 북문으로 가자!"

동문을 지나면서 시황제가 갑자기 호위 무사들을 재촉했다. 볼 것은 어지간히 보았다는 느낌도 있었지만, 그보다는 몰려드는 구름으로 점점 어두워지는 밤하늘이 왠지 불길한 예감을 품게 한 까닭이었다. 그런데 그 예감은 미처 북문에 이르기도 전에 현실로 나타났다.

"폐하, 가까운 곳에 인기척이 있습니다."

달이 구름 속에 들어가 갑자기 깜깜해진 사이 서사 차림을 한 시위가 시황제에게 다가와 나지막하게 알렸다. 시황제도 나지막하지만 엄한 목소리로 다가온 그를 일깨웠다.

"또, 그 폐하……."

"아, 예. 나리, 적지 않은 머릿수입니다. 말도 한두 필 있는 듯하고……."

호위 무사가 움찔하면서도 그렇게 덧붙였다. 시황제가 태연하려고 애쓰며 받았다.

"밤길을 가는 사람들이겠지."

"북문 쪽입니다. 그런데 상군(商君, 상앙) 이래로 진나라의 법은 조정의 특명 없이는 삼경에 성문을 여닫지 않습니다."

이번에는 잡일꾼 차림의 호위 무사가 등에서 칼이 든 상자를 가만히 벗어 내리며 서사 차림을 거들었다. 그제야 시황제도 긴장했다. 때마침 구름을 벗어난 달빛에 의지해 사방을 둘러보았다. 저만치 북문 쪽 해자 곁으로 작은 숲 하나가 수상쩍게 엎드려 있는 게 보였다.

"저긴가?"

잡일꾼 차림의 호위 무사가 칼 상자에서 가만히 꺼내 주는 보검을 받아 몸 그림자에 감추며 시황제가 물었다.

"그렇습니다. 우리가 북문으로 들 줄 알고 길목을 지키는 것 같습니다."

그 말에 시황제의 긴장은 금세 걷잡을 수 없는 분노로 변했다.

'그렇다면 짐이 이곳에 이를 것을 이미 알고 기다렸다는 뜻 아닌가. 어떻게 짐의 움직임이 밖으로 새어 나간단 말이냐. 누가 그걸 먼저 알고 짐을 기다린단 말이냐…….'

시황제는 보검 자루를 힘주어 감아쥐며 그렇게 고함이라도 치고 싶은 마음을 가라앉혔다.

"그래도 북문으로 가자. 어차피 다른 성문은 열리지도 않는다."

시황제는 스스로 앞장서 그 작은 숲으로 뛰어들고 싶은 기분을 애써 억누르며 그렇게 말했다. 호위 무사들도 저마다 거추장스러운 차림들을 벗어던지고 무기를 꼬나 쥔 채 시황제를 따랐다.

그들이 그 작은 숲을 지나려 하는데 다시 달이 구름을 벗어나 주위가 어스름히 밝아졌다. 갑자기 숲속에서 예닐곱의 그림자가 뛰쳐나와 그들의 길을 막았다. 이어 서너 개의 횃불이 켜지면서 흰옷 차림으로 말 위에 앉은 늙은이가 뒤따라 나타났다.

그들은 말 한마디 없이 시황제 일행을 덮쳐 왔다. 호위 무사들이 그들을 하나씩 막아서자 남은 둘이 처음부터 그렇게 짠 듯 한꺼번에 시황제에게 덤벼들었다. 시황제는 넘겨받은 장검을 뽑아 앞서 오는 자객을 맞았다. 다행히 상대가 그리 대단한 고수가 아니라 그럭저럭 받아치고 있는데, 갑자기 날카로운 쇳소리와 함께 무언가가 세게 등짝을 후려쳤다. 다른 자객이 시황제의 뒤를 돌아 그 등을 칼로 베어 온 듯했다. 옷 속에 두르고 있는 철편 흉갑이 아니었으면 등짝이 갈라지고 말았을 만큼 세차고 깊은 칼질이었다.

시황제가 그 충격을 견뎌 내지 못하고 비틀거리는데 때마침 상대를 베어 넘긴 서사 차림의 시위가 달려와 시황제를 보호했다. 그러나 그 혼자 시황제의 앞뒤를 모두 지키느라 손발이 어지러웠다. 그때 다시 우렁찬 기합 소리와 함께 저울대를 철퇴로 쓰는 시위가 상대의 머리통을 부수어 놓고 시황제 쪽으로 달려왔다. 그가 피 묻은 저울대를 들어 시황제의 등을 친 자객과 맞붙으면서 싸움판의 형세는 이내 팽팽해졌다. 그러다가 처음부터 호위 장사 차림을 하고 있던 시위가 마침내 상대를 찍어 넘기고 시황제 쪽으로 달려오자 오히려 기습을 당한 시황제 일행이 공세를 펼치는 형국이 되었다.

"저 늙은 것을 잡아라!"

그사이 정신을 가다듬은 시황제가 말 위에서 횃불을 비춰 주고 있는 늙은이를 가리키며 소리쳤다. 그때 호위 무사들의 칼을 맞고 숨이 넘어가던 자객 하나가 간신히 몸을 일으켜 그 늙은이를 향해 소리쳤다.

"나리, 어서 피하십시오!"

하지만 늙은이는 차갑게 싸움판을 내려다보다가 오히려 말에서 훌쩍 뛰어내렸다. 그런 다음 허리에 차고 있던 칼을 천천히 뽑아 드는 품이 홀로 달아날 마음은 전혀 없어 보였다. 호위 장사 차림의 시위가 무서운 기세로 그 늙은이를 덮쳤다. 그때 다시 시황제가 소리쳤다.

"그 늙은 것을 죽여서는 안 된다. 사로잡아라!"

하지만 너무 늦었다. 시황제의 말이 끝나기도 전에 호위 장사 차림의 시위에게 가슴을 베인 늙은이가 신음 소리조차 없이 쓰러졌다. 어쩌면 그 늙은이가 칼을 뽑았던 것은 맞서려 함이 아니라, 이미 일이 글렀다고 보아 상대로부터 필살의 일격을 이끌어 내기 위해서였는지도 모를 일이었다. 시위의 칼날이 그의 가슴을 베고 들어와도 검으로 쳐내거나 피하기는커녕 오히려 가슴을 쑥 내미는 듯한 느낌마저 주었다.

늙은이가 풀썩 쓰러지자 그게 무슨 신호라도 되듯 그때까지 시황제의 시위들과 병장기를 맞대고 있던 나머지 둘도 잇따라 칼을 맞고 쓰러졌다. 그리고 그 순간 갑자기 사방이 깜깜해졌다. 달이 구름 속에 가려 있는 데다 횃불을 들고 있던 자들이 횃불을 내팽개치고 달아난 탓이었다.

"따라가지 마라."

그들을 뒤쫓으려는 호위 무사들을 말린 시황제가 그중 하나를 보고 말했다.

"가서 횃불 하나를 구해 오너라."

그리고 잡일꾼 차림의 시위가 꺼져 가는 횃불 하나를 주워 불씨를 살려 오자 그걸로 쓰러져 있는 늙은이의 얼굴을 비춰 보게 했다. 마지막 숨을 모으는 듯 헐떡이는 늙은이의 얼굴은 단정했지만 시황제에게는 전혀 낯설었다.

"너는 내가 누군지 알고 쳤느냐?"

다가온 불빛에 어렵게 눈을 뜬 늙은이를 향해 시황제가 물었다.

늙은이가 갑자기 차가운 웃음을 지으며 띄엄띄엄 말을 받았다.

"알지……. 여정(呂政)…… 그 아비 셋 가진…… 도적이다."

자신의 이름에 진나라 왕실의 성인 조(趙)도, 아득한 옛날의 성 영(嬴)도 아니고 여(呂)씨 성을 붙이는 것은 자신이 여불위의 아들이란 것을 세상에 대고 외치는 것과 같았다. 적들이 자신을 분노로 정신 잃게 하고 싶을 때마다 부르던 그 이름, 그러나 그토록 무자비하게 싸워 이제는 세상 사람들의 머릿속에서 지워버렸다고 믿었던 그 이름을 거의 20년 만에 다시 듣게 되자 시황제의 가슴속에서는 천길 업화(業火)가 치솟는 듯했다. 그러나 겨우 말을 마친 늙은이의 입에서 뭉클뭉클 솟아나는 피가 머지않은 죽음을 예고함으로써 시황제의 앞뒤 없는 분노를 진정시켰다.

"짐에게는 선왕이 계시거늘 네가 어찌 그런 망발을 하느냐?"

시황제가 간신히 목소리를 가다듬어 다시 그렇게 물었다.

"선왕이라면…… 이인(異人)…… 두 번씩이나 오쟁이 진 그 못난이를 말하는 것이냐? 살아서는 여불위 때문에 오쟁이를 지고 죽어서는 노애(嫪毐)한테 오쟁이를 진……."

이인은 선왕 장양왕(莊襄王)이 조나라에 인질로 있을 때 썼던 이름이었다. 거기다가 시황제에게는 뿌리 깊은 상처와도 같은 모후(母后)의 어지러운 행실을 들추는 그의 빈정거림에 더 참을 수가 없었다. 들고 있던 보검으로 내리치려다가 그래도 궁금한 또 한 가지를 물었다.

"나는 아무리 보아도 네 얼굴이 기억에 없다. 너는 누구냐? 무슨 일로 짐에게 이토록 모진 원한을 품게 되었느냐?"

"위위(衛尉) 갈(蝎)이라면…… 기억하겠느냐? 그가 내 아우다. 그 아이가…… 무슨 죄를 지었기에 머리는 베어져 높이 걸리고…… 사지는 수레에 묶여 찢겨야 했느냐? 그리고…… 그것도 모자라 우리 일족이 하루아침에 몰살되어야 했느냐? 마침…… 초나라에 가 있던 이 몸만 빼고……."

"갈은 노애의 역모에 가담하여 짐을 해하려 하였다. 이삼족(夷三族, 삼족을 멸함)을 당하지 않은 것만도 고맙게 여겨야 하거늘."

"너는 여불위의 씨이면서 진나라 왕좌를 차지하고 마침내는 천하까지 아울렀다. 그런데 노애의 자식이 천자가 되지 못할 까닭은 또 어디 있느냐?"

늙은이는 입으로 연신 선혈을 뭉클뭉클 토해 내면서도 말소리는 갈수록 뚜렷해졌다. 하지만 그게 마지막 한 방울까지 쥐어짠 그의 기력이었다. 드디어 더 참을 수 없게 된 시황제가 보검을 쳐들어 그의 입을 막으려는데 갑자기 그의 고개가 푹 꺾어지며 숨이 멎었다.

"살아 있는 자가 또 있는지 찾아보아라."

시황제가 칼을 거두며 그렇게 명을 내렸으나 다른 여섯도 모두 숨이 끊어져 가고 있었다. 당황한 호위 무사들이 살수를 써서 하나같이 치명상을 입은 탓인데, 그중에 미처 숨이 끊어지지 못한 하나는 스스로 혀를 깨물어 죽음을 재촉하는 중이었다.

"말하라. 함께 일을 꾸민 자들은 어디 있느냐? 누가 너희에게 짐이 이리 올 것이라 알려 주었느냐?"

시황제가 불길이 뚝뚝 듣는 듯한 눈길로 물었으나 그 자객도 끝내 한마디 대답 없이 숨을 거두었다.

시황제가 감천궁으로 돌아온 것은 삼경이 지나서였다. 옷을 갈아입고 침전에 들어야 했으나 잠이 올 것 같지 않았다. 시황제는 술을 내오게 해 홀로 비우며 어지러운 마음을 달랬다. 그러나 취할수록 죽어 가며 이죽거리던 늙은이의 목소리가 귀에 쟁쟁하고 그 차가운 비웃음의 눈길은 아직도 마주하고 있는 것처럼 눈앞에 선연하였다. 그러다가 갑자기 여불위의 환하면서도 의뭉스러운 얼굴과 함께 그가 몸을 일으키고 이름을 드날리게 된 기이한 행적이 먼저 시황제의 머릿속 가득 펼쳐졌다. 전에 이사(李斯)가 요약해 준 순서대로 였다.

여불위는 원래 옛 한(韓)나라 땅 양적(陽翟)의 장사꾼이었다. 심지가 깊고 세상과 사람을 보는 눈이 아울러 밝았는데, 그게 그를 수완 좋고 셈 빠른 장사꾼으로 만들어 일찍부터 큰 재물을 모았다. 그 뒤 호상이 되어 나라와 나라 사이를 오가며 장사를 하던 여불위는 나이 마흔에 벌써 천 금(千金, 당시 1금은 황금 1근)을 이룬 거부가 되어 조나라 도읍 한단에 자리 잡았다.

그때 한단에는 진나라 소양왕의 곁가지 손자 하나가 볼모로 와 있었다. 소양왕의 둘째 아들인 안국군(安國君)의 서자 이인으로, 어렸을 적 조나라로 보내질 때만 해도 이름뿐인 공자였다. 나중에 소양왕의 맏아들인 도(悼) 태자가 죽고 안국군이 뒤를 이어 진나라 태자가 되었으나, 이인의 처지는 별로 나아지지 않았다. 이미 안국군의 총애를 잃은 하희(何姬)란 측실의 소생인 그는 여전히 안국군의 스무 명이 넘는 서자 가운데 하나일 뿐이었다. 따라서 진나라가 이인의 안위를 아랑곳 않고 걸핏하면 대군을 내어 조나라를 들이치니, 이인은 목숨조차 위태로운 천덕꾸러기 볼모가 되어 갔다.

그런 이인의 처지를 딱하게 여긴 어떤 사람이 여불위를 찾아와 그 얘기를 해 주었다. 말없이 듣고 있던 여불위는 그 사람이 방을 나가자마자 무릎을 치며 말하였다.

"내 오늘에 이르도록 거래해 본 적이 없는 기이한 재화[奇貨]다. 놓칠 수 없다!"

여러 나라를 오가며 장사를 해 왔을 뿐만 아니라, 왕실이나 고관대작들과의 거래가 많은 여불위는 각 나라의 정치 상황에도 밝았다. 그 무렵 진나라 영토는 이미 천하의 셋 가운데 하나가 넘고 그 물산도 천하의 절반이 넘었다. 따라서 여불위도 진나라와의 거래가 많을 수밖에 없었는데, 그 바람에 특히 진나라 사정에 밝았다.

그때 진나라 소양왕은 이미 나이 일흔을 바라보고 있었고 태자인 안국군도 쉰을 넘긴 뒤였다. 안국군의 세자와 진나라 왕위 사이는 얼핏 보면 두 대(代)가 가로막혀 까마득했지만, 소양왕과 안국군의 나이를 보면 그리 먼 것도 아니었다. 그런데 안국군은 아직도 세자를 세우지 않고 있었다. 일찍 죽은 정실부인에게서 적자를 얻지 못했을 뿐만 아니라, 초나라에서 새로 맞은 정실 화양 부인(華陽夫人)에게서도 아들을 얻지 못한 까닭이었다. 거기다가 화양 부인은 아직 젊고 안국군의 총애를 받고 있지만 전혀 생산 기미가 없었다. 그것은 곧 안국군이 서자 중에서 세자를 세울 수밖에 없고, 그리되면 이인에게도 기회가 있다는 뜻이 되는데 여불위는 바로 거기에 착안했다.

손님을 보낸 뒤에 사랑으로 건너간 여불위는 아버지를 찾아뵈며 말했다.

"아버님, 소자에게는 천 금의 재물이 있습니다. 이 재물로 논밭을 사서 농사를 짓는다면 얼마나 늘릴 수 있겠습니까?"

"글쎄. 잘하면 열 배로 늘릴 수는 있겠지."

"이 재물을 모두 밑천 삼아 다시 한번 크게 장사를 벌여 보면 어떻겠습니까?"

"네 솜씨면 백 배로 늘릴 수도 있겠지."

아버지의 그와 같은 대답에 여불위가 문득 목소리를 가다듬어 다시 물었다.

"이 재물로 한나라의 임금을 만들어 낼 수 있다면 얼마나 벌어들일 수 있겠습니까?"

"그건 결국 나라를 산다는 뜻도 되는데, 글쎄…… 나로서는 헤아려 볼 수도 없겠구나."

"그렇다면 사들여 볼 만한 기화(奇貨)가 되겠군요. 기화를 놓쳐서는 안 되겠습니다."

여불위는 아버지의 대답을 허락으로 여기고 그렇게 말하며 그날로 일생일대의 장사에 들어갔다. 먼저 조나라의 구박을 받으며 한단 한구석에서 어렵게 살고 있는 공자 이인을 수소문해 찾아갔다. 벌써 여러 해 적국에 버려지다시피 살면서 비뚤어질 대로 비뚤어진 이인은 자신을 찾아온 여불위에게 빈정거리듯 말했다.

"이 적막한 곳에 그대 같은 큰 장사꾼이 찾는 게 있을 성싶지 않소만……. 그래, 무슨 일로 오셨소?"

"저는 공자의 대문을 넓혀 드리고자 합니다."

여불위가 정색을 하고 그렇게 말했다. 그러자 이인이 피식 웃으며 받았다.

"목숨조차 부지하기 어려운 볼모의 집 대문을 넓혀 봐야 무얼 하겠소? 차라리 돌아가서 그대의 대문이나 넓히는 편이 나을 것 같소."

"공자께서는 알지 못하시는군요. 공자의 대문이 넓어져야 저희 집 대문도 넓어질 수 있습니다. 곧 저희 집을 찾는 사람이 많아져야 대문을 넓힐 수 있는데, 그리되려면 공자의 대문이 먼저 넓어져야 합니다."

여불위가 여전히 정색을 풀지 않고 그렇게 말하자 이인도 뒤틀린 미소를 거두고 진지하게 물었다.

"귀공께서는 이 이인이 조나라에 볼모로 보내진 것조차 잊힌 진(秦) 소왕의 천덕꾸러기 얼손이며, 늙은 태자의 스무 명이 넘는 서자 가운데 하나일 뿐이라는 걸 알고 말씀하시는 것이오?"

"알고 있습니다. 그러기에 공자를 진나라 태자로 만들어 대문을 넓혀 드리려는 것입니다."

"진나라에는 아버님 안국공이 아직 태자로 계시는데 내가 어떻게 그리될 수 있겠소?"

"하지만 소양왕께서는 재위 40여 년 이제 일흔을 바라보고 계십니다. 언제 어떻게 되실지 모릅니다. 따라서 안국군께서는 내일이라도 왕위에 오르실 수 있습니다."

"비록 아버님께 적자가 없다 하더라도 나 같은 아들은 스무 명이 넘습니다. 거기다가 나는 멀리 조나라에 볼모로 와 있고, 나를 낳아 주신 어머님께서는 일찍부터 아버님의 총애를 잃어 내게 힘이 되어 줄 수 없습니다. 그런데 내게 태자 자리가 가당키나 하겠습니까?"

그런 이인의 말은 갈수록 겸손하면서도 간곡해졌다. 그제야 여불위가 진작부터 마음에 품고 있던 계책을 털어놓았다.

"지금 안국군께서 총애하시는 정실 화양 부인은 생산을 못해 여러 서자 가운데 하나를 안국군의 후사로 세울 수밖에 없습니다. 그런데 화양 부인은 초나라에서 시집오신 분이라 진나라 조정에 연줄이 많지 않습니다. 거기다가 나이도 아직 젊어 이미 쉰을 넘긴 안국군께서 돌아가신 뒤를 걱정해야 될 처지입니다. 따라서 화양 부인은 자신이 믿을 만한 공자를 양자로 삼고 안국군의 후사로 세워 그에게 노후를 의탁하려 들 것입니다. 그런 화양 부인의 마음만 살 수 있다면 공자께서 진나라 태자가 되는 일은 전혀 어려울 것 없습니다."

"하지만 나는 이렇게 멀리 볼모로 와 있으니 무슨 수로 화양 부인의 환심을 산단 말이오?"

"바로 그 일을 제가 해 보려고 합니다. 대단하지는 않으나 제게 약간의 재물이 있으니 그걸 가지고 함양으로 가서 화양 부인을 만나 보겠습니다. 주변에 넉넉히 재물을 뿌려 먼저 안국군의 후사를 정하는 일이 긴요함을 화양 부인에게 일깨워 주게 한 뒤에, 제가 다시 직접 만나 보고 공자의 효심을 전해 드리면 화양 부인도 반갑게 받아들일 것입니다."

그러자 이인은 감격에 떨리는 목소리로 말했다.

"만약 그렇게 해서 내가 왕위를 이어받을 수 있다면 나는 진나라를 그대와 함께 나누겠소!"

이에 자신의 저택으로 돌아온 여불위는 그날부터 가만히 가산을 정리해 1천 금으로 바꾸었다. 그런 다음 공자 이인을 찾아가 5백 금을 나눠 주며 말했다.

"공자께서는 이 돈으로 큰 저택과 좋은 의복을 마련하시고 노복과 비녀를 넉넉히 들이십시오. 이인 대신 자초(子楚)란 이름으로 널리 대문을 열어 문객을 맞이하시고, 폐백을 넉넉히 뿌려 명망 있는 이들과 사귀십시오. 비록 춘신군(春信君), 맹상군(孟嘗君)에는 미치지 못한다 해도 함양까지는 자초란 이름이 들릴 수 있어야 합니다."

'자초'란 초나라 사람이란 뜻이 비치는 이름으로, 친정이 초나라인 화양 부인을 겨냥한 개명이었다. 이인이 알아듣고 여불위의 말대로 따르기를 다짐했다. 그러자 여불위는 나머지 5백 금을 몇 수레의 돈 될 만한 물화 속에 감추고 진나라로 갔다.

함양에 이른 여불위는 겉으로는 수완 좋은 장사꾼으로서 가지고 간 물화를 함양 저잣거리에 풀어 먹였으나, 속으로는 자신에게 기화가 되는 진나라를 사는 일에 더욱 골몰하였다. 그는 먼저 금은과 진귀한 보석을 흩뿌려 진나라의 이름 있는 공자들과 대신들을 만나 보았다. 그리고 좋은 언변으로 그들의 환심을 산 뒤 은근슬쩍 자초가 된 이인의 소문을 흘렸다.

"저희 도성 한단에 자초란 귀국의 공자 한 분이 계시는데, 비록 볼모로 오셨으나 그 이름은 나라 안팎으로 드높습니다. 널리 듣고 배워 아는 것이 많은 데다 사람됨이 너그럽고 어질어 그 대문에는 문객들의 발걸음이 끊어지지 않고, 천하의 명사들도 다투어 그와 사귀기를 원하고 있습니다. 거기다가 더욱 갸륵한 것은 자초 공자의 효성입니다. 아버님 되시는 안국군은 말할 것도 없거니와, 어머니 화양 부인을 그리워하는 모습은 곁에서 보는 이마저 가슴 뭉클할 지경이라고 합니다. 일찍 안국군의 총애를 잃은 생모보다 더 따뜻이 거두어 주시던 화양 부인의 정을 떠올리며 눈물짓는 것을 본 사람도 있다는 것입니다."

그렇게 자초의 이름을 진나라 조정에 퍼뜨리는 한편, 가만히 사람을 풀어 화양 부인에게 다가갈 길을 찾아보게 하였다.

오래잖아 여불위가 화양 부인에게 다가갈 길이 될 만한 사람이 나왔다. 일찍 남편을 여의고 함양으로 와서 태자비인 동생 화양 부인에게 의지하고 있는 친정 언니였다. 멀리 초나라에서 시집와 외로운 탓인지, 화양 부인도 어느 누구의 말보다 그런 친정 언니의 말을 살갑게 듣는다는 소문이었다.

여불위는 재물을 아끼지 않고 화양 부인의 친정 언니를 구워삶아 자신이 일러 준 대로 화양 부인에게 말하게 했다.

"아름다움으로 총애를 얻은 사람은 나이가 들어 그 아름다움이 시들면 총애도 끝나기 마련이지. 아우는 지금 태자비로서 안국군의 총애를 받고 있지만, 언젠가는 늙어 시들 날이 올 것이네. 더군다나 안국군의 춘추가 벌써 쉰이 넘으셨으니 뒷일도 헤아려 볼 때가 되지 않았나? 정실이지만 적자를 생산하지 못한 아우가 혼자 살아남아 보내야 할 긴 세월 말이네. 그러니 아직 총애를 받고 있는 지금 여러 서자들 중의 하나를 골라 아들로 삼고 안국군의 후사로 세우면 장구한 계책이 되지 않겠는가? 늙고 시들어 총애를 잃은 뒤에는 아우가 그러려고 해도 안국군께서 들어주지 않을 것일세."

화양 부인이 들어 보니 일일이 옳은 소리였으나 이름조차 다 외고 있지 못한 여러 측실 소생의 공자 가운데 누구를 골라야 할지 막막했다. 머뭇머뭇 그걸 걱정하자 친정 언니가 기다렸다는 듯 말했다.

"조나라에 볼모로 가 있는 자초를 잊었는가? 거 왜, 일찌감치 뒷방 차지가 된 하희(夏姬)란 측실의 아들 말이네. 생모의 사랑을 못 받고 외톨이로 궁궐을 떠도는 어린 걸 갓 시집온 아우가 많이 거두어 주었다면서? 어릴 적 이름이 이인이라고 했던가? 그 아이는 조나라에 볼모로 끌려가서도 따뜻하게 보살펴 준 아우를 어머니로 생각하고 어른이 된 이날까지도 그리워하며 눈물짓는다고 들었네. 조나라에서 새로 바꾼 자초란 이름에도 아우를 향한 효심으로 외가인 초나라를 잊지 않겠다는 뜻이 담겨 있다더군."

그러자 화양 부인도 자초를 알 듯해졌다. 나이 든 태자의 후취로 왔지만 그래도 갓 시집온 젊은 신부의 다감함이었을까, 한동안 화양 부인은 여남은 명이나 되던 올망졸망한 서출 공자들을 더러 쓰다듬고 안아 준 일이 있었다. 자초도 그 아이들 중의 하나일 것이라는 짐작이 가자, 그 갑작스러운 효심이 의심쩍기는커녕 그동안 자초를 까맣게 잊고 지낸 자신의 무심함이 한탄스러울 지경이었다. 거기다가 친정 언니가 자초의 인품이며 조나라에서 거두고 있는 명망 같은 것들을 여불위에게서 들은 대로 늘어놓자 화양 부인의 마음은 곧 정해졌다.

화양 부인은 어느 날 안국군이 한가한 틈을 타 먼저 자초 얘기를 꺼냈다. 총애하는 화양 부인의 말이라도 워낙 난데없어 그런지, 안국군은 자초의 명망과 효심을 듣고도 무덤덤한 표정이었다. 그때 화양 부인이 다시 울면서 안국군에게 매달렸다.

"신첩은 일찍이 태자비가 되어 승은을 입었으나 불행히도 아들을 두지 못했습니다. 바라건대 자초를 신첩의 적자로 삼아 뒷날 대왕의 후사로 세울 수 있게 해 주옵소서. 그리되면 신첩의 자식 없는 한을 씻을 수 있을 뿐만 아니라, 늙어 외로운 신첩의 몸을 그 아이에게 의탁할 수 있을 것입니다."

그 애절한 호소와 눈물에 넘어간 안국군은 그 자리에서 화양 부인이 바라는 바를 모두 들어주기로 했다. 옥부(玉符)에 자초를 적자로 삼아 후사로 세우겠다는 약조를 새겨 화양 부인에게 내리고, 여불위를 동궁으로 불러들이게 했다. 나중에 안국군은 공경대신들에게 따로 자초의 일을 물어보았으나 화양 부인에게 들은 바와 다르지 않아 기껍기까지 했다.

며칠 뒤 여불위를 불러들인 안국군과 화양 부인은 자초를 사자(嗣子)로 삼는다는 약조가 새겨진 옥부와 함께 많은 재물을 내리며 말했다.

"바라건대 그대를 세자의 사부로 삼고자 하니, 앞으로도 자초를 잘 보필해 주시오."

이에 여불위는 꾀한 바를 모두 이루었을 뿐만 아니라 함양에서 흩뿌린 금은보다 더 많은 재물을 거두어 한단으로 돌아갔다. 그런데 그 일을 경하하며 벌인 잔치에서 기묘한 일이 벌어졌다.

여불위에게는 뒷날 진나라의 태후가 되어서도 조희(趙姬)라고만 알려진 애첩이 있었다. 얼굴이 아름다울 뿐만 아니라 춤 솜씨가 빼어났는데, 여불위가 벌인 잔치 자리에서 그녀를 본 자초가 한눈에 반해 버렸다. 자초는 조희가 여불위의 애첩인 줄 뻔히 알면서도 그녀를 달라고 졸랐다. 자초의 그와 같은 어이없는 간청에 처음 여불위는 분노하고 또 실망하기도 하였으나 곧 마음을 돌려먹었다. 아무리 사랑하는 조희라고 해도, 그녀 때문에 이미 자신이 모든 것을 내던져 사들인 기화를 제값에 팔아 보지도 못하고 잃을 수는 없었다.

"어쩌다 제 집에 두게 되기는 했지만 저 아이의 친정은 조나라에서도 호가(豪家)라 할 만한 집안입니다. 부디 그 집안이 저 아이를 부끄러워하지 않게 예를 갖춰 거두어 주십시오."

그렇게 조희에 대한 마지막 정을 드러내며 자초에게 넘겨주었다. 자초도 여불위의 말을 무겁게 들어 조희를 부인(夫人, 제후의 아내를 높여 부르는 말)으로 맞아 가며, 뒷날 왕위를 물려받으면 반드시 정비로 삼겠다는 약조까지 보탰다. 그리고 열두 달 뒤 조희가 아들을 낳자 정(政)이라는 이름을 붙이며 적장(嫡長)으로 내세웠다.

하지만 조희와 그녀가 낳은 아들에 대해서는 다른 소문도 있다. 자초가 데려갈 때 이미 조희는 여불위의 씨를 배고 있었으며, 여불위도 그것을 알고 일부러 잔치 자리에 그녀를 불러냈다는 주장이 그러하다. 곧 두 사람이 조희를 주고받은 그 기묘한 일은 처음부터 자신의 씨를 진나라 왕위에 앉히기 위한 여불위의 치밀한 연출에 따라 벌어졌으며, 요행히도 조희가 열두 달 만에 아이를 낳음으로써 자초에게도 의심을 받지 않을 수 있었다고 한다.

어쨌든 자초가 조희를 얻고 또 안국군의 적자로 세워져 한단 사람들이 그를 새롭게 보는 사이에 이태가 지나 소양왕 50년이 되었다. 진나라 장수 왕의(王齮)가 조나라로 쳐들어와 한단을 에워싸자 자초가 공들여 쌓아 올린 명망도 허사가 되었다. 3년 전 무안군 백기(白起)가 장평(長平)에서 조나라 군사 40만을 도륙했을 때에도 자초를 살려 두었던 조나라 사람들이 이제는 더 볼 것 없다는 듯 자초를 죽여 진나라에 앙갚음하려 들었다. 이에 다급해진 여불위는 황금 6백 근을 뿌려 자초를 가둬 놓고 지키는 관리를 매수했다. 그리고 어렵게 구해 낸 자초와 함께 한단성을 빠져나가 진나라로 돌아갔다.

자초가 달아나자 조나라는 자초의 부인이 된 조희와 아들 정을 죽이려 했다. 다행히도 한단에서 제법 호족 행세를 하던 조희의 친정이 그들 모자를 숨겨 주어 겨우 살아날 수는 있었으나, 숨어 사는 동안 그들 모자의 삶은 구차하기가 이루 말할 수 없었다. 그러다가 6년 뒤 소양왕이 죽고 안국군이 효문왕에 오르면서 자초를 태자로 세우자, 뒤탈이 두려워진 조나라는 마침내 그들 모자를 진나라로 보내 주었다.

'그때 짐의 외가를 핍박하고 모후와 짐을 노렸던 무리들은 모두 천벌을 받았느니…….'

이사에게 들은 말로 요약된 회상에서 자신의 기억으로 넘어가면서 시황제는 속으로 중얼거렸다. 재위 19년 조나라를 쳐부순 뒤 몸소 한단으로 간 시황제는 예전에 외가와 원혐을 진 일이 있거나 그들 모자를 구박한 이들을 모두 잡아들이게 해 산 채로 땅에 묻어 버렸다.

'함양으로 와서 다시 뵙게 된 선왕은 어찌 그리도 낯설던지. 나를 바라보던 문신후(文信侯)의 끈끈한 눈길은 또 왜 그렇게 역겹던지. 그에게 중부(仲父)라고 부르게 한 선왕의 명은 또 왜 그리 욕스럽던지.'

이어 시황제는 그렇게 중얼거리며 이상하게 뚜렷해 오는 열 살 소년 때의 기억으로 여불위를 다시 떠올렸다.

소양왕의 장례를 마친 효문왕이 즉위한 지 사흘 만에 죽자 뒤를 이은 부왕 장양왕은 여불위와의 약속을 충실히 지켰다. 여불위를 승상으로 삼아 조정의 실권을 쥐어 주고 또 문신후로 세워 낙양 10만 호를 식읍으로 내렸다. 또 어린 시황제에게는 여불위를 작은아버지란 뜻인 중부로 부르게 하였다.

한단의 장사꾼에서 하루아침에 승상이 된 여불위는 곧 그 진가를 드러냈다. 그는 야심이 컸던 만큼이나 식견이 넓고 수완이 좋아 진나라를 잘 이끌었다. 장양왕 원년에는 동주(東周)를 정벌하여 그 영토를 모두 진나라 땅으로 만들었고, 몽오를 시켜 조나라와 한나라를 치게 한 뒤 그 땅을 빼어 태원군과 상당군을 설치하였다.

그러다가 장양왕이 재위 3년 만에 죽고 시황제가 열세 살의 나이로 즉위하자 여불위의 위세는 더욱 커졌다. 겨우 서른둘에 태후가 되어 섭정을 맡게 된 어머니 조희가 다시 여불위와 사통(私通)하면서 그에게 권세와 작록을 더해 준 탓이었다.

크게 문호를 연 여불위는 안으로 식객 3천에 이사(李斯)와 같은 재사를 사인(舍人)으로 거느리고 『여씨춘추(呂氏春秋)』를 편찬하는가 하면, 장안군(長安君) 성교(成蛟)의 반란을 진압하여 왕권을 더욱 공고하게 만들었다. 또 밖으로는 몽오, 왕의, 표공 같은 장수들을 손발로 써서 합종하여 밀려오는 육국을 물리치고 동쪽으로 영토를 크게 확장하였다.

하지만 시황제가 점차 어른이 되어 가면서 여불위는 자신이 태후와 사통하고 있는 게 못내 불안했다. 그의 나이도 어느새 중년을 훌쩍 뛰어넘어 태후와의 방사도 이전 같지 못했다. 여불위는 궁리 끝에 음경(陰莖)이 크고 방사술에 능한 노애(嫪毐)란 자를 환관으로 위장하여 태후궁에 들여보냈다…….

자신의 기억으로 여불위를 돌아보다 거기서 다시 전해 들은 것을 바탕으로 회상한 시황제는 치욕과 혐오감이 부글거리는 마음으로 노애의 기물(奇物)스러운 얼굴을 떠올렸다.

노애는 원래 있지도 않은 방서(方書)를 내세우며 되잖은 기예를 팔고 다니던 떠돌이 잡술사였다. 그는 특히 『황제내경(黃帝內徑)』에 있었다는 「소녀경(素女經)」이란 거짓 경서를 높이 쳤는데, 거기다가 또 음경을 키우고 양기를 돋운다는 세간의 비전(秘傳)을 닦아 스스로 방중음양술(房中陰陽術)에 일가를 이루었다고 떠벌리고 다녔다.

어느 날 그 노애가 여불위를 찾아와 문객 되기를 청하면서 말했다.

"큰 인물의 문하에는 때로 닭 울음소리나 좀도둑질[鷄鳴狗盜] 같은 하찮은 재주도 소용이 있다 들었습니다. 비록 천하경륜의 큰 계책에는 미치지 못하나, 제게도 한 가지 별난 기예가 있는데 승상께서 한번 보아 주시겠습니까?"

"그게 어떤 것인가?"

그때 한창 문하에 인재를 거둬들이던 여불위가 그런 물음으로 허락을 대신했다. 그러자 노애가 옷을 훌훌 벗어부쳐 엄청나게 큰 양물(陽物)을 드러냈다. 그는 거기다가 북채를 묶고 큰북을 치는데, 그 소리가 손으로 잡고 치는 것보다 더 컸다. 이어 노애는 오동나무로 깎은 작은 수레바퀴 같은 것을 꺼내 자신의 거대한 양물로 그걸 굴리고 던지고 받고 했다. 역시 손으로 하는 것보다 더 능숙했다.

옷을 걸친 노애가 이리저리 주워섬긴 남녀 교접(交接)의 기묘한 이치나 갖가지 희한한 방중술의 기교도 남다른 데가 있었다. 한단의 풍채 좋은 호상으로서 여자라면 높고 낮고를 가리지 않고 어지간히 겪어 본 여불위조차 생전 듣도 보도 못한 것이 많았다. 노애의 말이 끝나자 여불위가 실소와 함께 말했다.

"그것 참 기술(奇術)이로다. 내 집에 머물러도 좋다."

그렇게 하여 노애는 여불위의 3천 문객 가운데 하나가 되었는데, 드디어 여불위가 그 기술을 쓰게 된 셈이었다.

여불위는 태후궁에 불려 가는 악공과 창기(倡伎) 사이에 노애를 슬쩍 끼워 넣어 궁궐 안에서 그 기이한 재주를 부리게 했다. 그리고 사람을 넣어 그런 노애의 소문이 태후 조희의 귀에 들어가게 했다. 그러잖아도 어린 왕의 섭정을 맡아 거리낄 게 없는데다, 나이 마흔을 바라보는 여자의 농익은 육욕에 들떠 있던 태후였다. 여불위가 갈수록 자신을 피하는 듯할뿐더러 어쩌다 잠자리를 같이해도 이미 나이 들어 신통찮아진 방사(房事)에 불만스러워하던 태후는 소문을 듣자 과연 노애를 곁에 두고 싶어 했다.

그걸 안 여불위가 다시 손을 썼다. 가만히 사람을 시켜 노애에게 부형(腐刑)에 해당하는 죄를 뒤집어씌웠다. 부형은 궁형(宮刑)이라고도 하며, 벌로 거세를 당하는 형벌이었다. 노애가 관부로 끌려가 궁형을 기다리는 사이 여불위가 태후를 찾아보고 넌지시 일러 주었다.

"노애란 자가 죄를 짓고 궁형을 기다리고 있습니다. 태후께서 궁형을 맡은 관리를 불러 재물을 내리고 달래시면 시늉으로만 궁형을 받게 하실 수 있을 것입니다. 그런 다음 노애를 환관으로 삼아 태후궁에 들이시면 언제나 곁에 두고 부릴 수가 있지 않겠습니까?"

태후는 그래도 아직은 사사롭게 정을 통하는 사이인 여불위에게 민망해하는 구석도 없이 그가 일러 준 대로 했다. 부형을 맡은 관리를 매수하여 노애의 수염과 눈썹만 뽑고 남자 구실은 그대로 살려 놓게 했다. 그리고 얼마 뒤 노애를 환관으로 꾸며 태후궁으로 맞아들이고 방사를 벌여 보니 과연 헛소문이 아니었다. 이에 태후는 그날부터 노애와 밤낮으로 함께 기거하며 음락(淫樂)을 즐겼다.

하지만 즐거움이 있으면 근심도 따르기 마련, 태후가 노애의 씨를 배게 되면서 걱정이 생겼다. 나날이 불러 오는 배를 싸매고 묶으며 감추려고 허덕이는데, 이번에는 노애가 꾀를 냈다. 대궐을 드나드는 점쟁이를 매수하여 태후가 함양에 머물면 불길하다는 소문을 퍼뜨리게 한 뒤에 옹(雍)에 있는 별궁으로 거처를 옮기게 했다. 이때 노애와 함께 수많은 시종이 따라가니 태후궁이 옹 땅으로 옮겨진 듯했다.

태후는 그 뒤로도 노애를 총애하여 옹 땅에서 노애의 아들을 둘이나 낳았다. 그러나 시황제가 아직 관례를 치르지 못해 태후의 섭정은 계속되었다. 태후는 노애를 장신후(長信侯)에 봉하고 산양 땅을 주어 그곳에 살게 하다가 다시 하서의 태원군을 그 봉국으로 삼게 했다. 거기다가 봉국 안의 궁실과 거마와 복색이며 원유(苑囿), 치렵(馳獵)에 이르기까지 노애가 마음대로 할 수 있게 하고, 또 진나라의 크고 작은 정사도 노애의 결정을 따르니 그의 위세는 여불위에 버금갈 지경이었다. 그러자 만금의 재물과 천 명의 문객이 절로 노애에게 몰려들었다.

떠돌이 술사에서 제후가 되고 많은 재물과 문객까지 모여들자 노애는 슬며시 욕심이 생겼다. 여불위가 시황제의 생부라고 믿고 있던 그는 태후가 낳은 자신의 두 아들이라고 해서 진나라 왕이 되지 못하란 법은 없다 여겼다. 때가 되면 시황제를 제치고 자신의 아들을 왕위에 앉히려고 남몰래 세력을 키워 나갔다.

그런데 시황제 9년, 관례를 마치고 칼을 차게 된 시황제가 친정을 시작하면서 노애는 갑자기 다급해졌다. 시황제가 뜻밖으로 영명하여 한 치 빈틈을 보이지 않는 데다 누군가 노애의 일을 시황제에게 모조리 일러바친 사람이 있었다. 듣고 난 시황제가 화를 누르며 가만히 노애를 잡을 채비를 하는데, 제 발이 저린 노애가 먼저 일을 벌였다. 왕과 태후의 옥새를 위조하여 도성의 군사 및 궁궐의 시위, 관아의 기병들을 불러내고, 융적의 우두머리와 가신들을 움직여 시황제가 거처하는 기년궁(蘄年宮)을 들이치려 했다.

그때 시황제는 시황제대로 이미 노애를 받아칠 준비가 되어 있었다. 시황제는 승상 여불위의 패거리도 아니고 노애의 득세에 휩쓸리지도 않은 이들 가운데 한 갈래를 골라 친위 세력으로 길러왔다. 화양 태후의 친정 피붙이들로 여불위의 견제를 받아 앙앙불락하고 있던 초나라 공자 창평군과 창문군이 이끄는 세력이었다. 시황제는 창평군을 상국으로 세우고 창문군을 장군으로 삼아 함양의 군사를 장악하게 해 두었는데, 노애가 멋모르고 위조된 옥새로 그 군사를 불러 쓰려다 반역을 들켜 버렸다.

시황제는 창평군과 창문군에게 도성의 군사를 일으켜 함양성

안으로 쳐들어온 노애의 패거리를 받아치게 했다. 내시와 시위들도 모두 무기를 들고 나가 그들을 도왔다. 한바탕 전투 끝에 노애가 보낸 군사들은 수백 개의 머리를 남기고 함양성 밖으로 쫓겨났다. 시황제는 용감히 싸운 장졸들에게 모두 작위를 내리고, 싸움을 거든 내시와 시위들도 한 등급씩 작위를 올려 주었다.

일이 글렀다 여긴 노애는 무리를 이끌고 달아났으나 시황제가 백만 냥의 상금을 내걸고 쫓게 하자 멀리 가지는 못했다. 며칠 안 돼 노애의 무리 수백 명이 모두 사로잡혀 왔다. 시황제는 노애의 삼족을 멸하고 그를 따르던 자들도 모두 수레에 묶어 찢어 죽인 뒤에 그 목을 저잣거리 높은 곳에 매달았다. 태후 조희가 낳은 노애의 두 아들도 그때 죽었다. 위위갈(竭)을 비롯해 내사사(肆), 중대부령 제(齊) 등 노애를 따라 깨춤을 추던 조정의 벼슬아치 20여 명이 한꺼번에 죽은 것도 그때였다.

시황제는 진작부터 노애의 일에 상국 여불위가 깊이 연루되어 있음을 알고 있었다. 노애를 식객으로 거두어 그 기술(奇術)을 사둔 것이며, 그를 가짜 환관으로 만들어 태후궁에 들여보낸 것이 모두 여불위의 꾀였다는 것을 들었을 때 시황제는 여불위도 함께 죽이고 싶었다. 그러나 선왕을 구해 내 왕위에 오르게 함으로써 마침내는 시황제 자신이 날 수 있게 한 공과 지난 10년 승상으로서 진나라를 위해 애쓴 공을 쉽게 지울 수가 없었다. 이래저래 처결을 미루다가 이듬해에야 여불위를 승상에서 면직하고 식읍이 있는 낙양으로 내쫓는 선에서 마무리를 지었다.

'몽매한 것들은 짐이 그때 여불위를 살려 준 일을 두고 그가 짐의 생부인 까닭이라 수군거렸다고 한다. 하지만 짐은 결코 여불위가 짐의 생부였다고는 보지 않는다. 사람의 자식이 어찌 어미의 배 속에 열두 달, 열석 달씩 있을 수 있는가. 그런데도 짐이 그러했다는 것은 짐을 여불위의 자식으로 폄하하기 위해 억지로 끌어다 붙인 소리다. 태의의 말로는 사람은 어미의 배 속에서 열 달도 다 채우지 못한다 하였다. 비록 황제(黃帝)가 어머니 부보(附寶)의 배 속에 스물넉 달 있었다고 하나, 그것은 또 그 나름의 까닭이 있어 지어낸 말일 것이다. 거기다가 피를 나눈 천륜이면 반드시 그 느낌이 있을 터, 짐은 어릴 적부터 여불위가 받고 있는 혐의를 들어 알고 있었지만 그에게서 그 어떤 끌림도 느껴 보지 못했다.'

남으로부터 전해 들은 것을 요약한 회상에서 다시 자신의 추억으로 돌아간 시황제는 들고 있던 잔을 단숨에 비우면서 그렇게 중얼거렸다. 실로 그랬다. 아무리 어린 날의 기억을 들추어 봐도 여불위에게서 혈연의 끈끈함 같은 것을 느껴 본 적은 한 번도 없었다. 그보다는 처음 그에게 중부(仲父)라 부르라는 선왕의 명을 들었을 때 느꼈던 까닭 모를 경계와 경원이 여불위에 대한 느낌의 전부였다. 소년 시절에도 마찬가지였다. 한때는 여불위가 상국이면서 세자의 사부를 겸해 거의 매일 마주쳐야 했지만, 그때 시황제가 느낀 것은 왠지 유들유들하게 느껴지는 예절과 깊이 모를 심산뿐이었다.

하지만 선왕 장양왕에 대한 느낌은 아주 달랐다. 너무 어렸을 적에 헤어졌고 6년이나 떨어져 산 탓이긴 하지만 열 살 때 함양궁에서 다시 만난 부왕은 얼굴조차 낯설었다. 거기다가 각별히 다정하게 자신을 드러내는 부왕도 아니었으나, 그때 어린 시황제가 본능적으로 느꼈던 것은 서툴고 어색한 대로 따스한 부성(父性)이었다. 뿐만 아니라 그로부터 3년 뒤 세상을 버릴 때까지 부왕 어디에서도 자신의 혈통을 의심쩍어하며 살피는 눈길 같은 것을 느껴 본 적은 없었다.

추억이 거기에 미치자 시황제는 문득 무슨 핑계를 대듯 그런 여불위를 죽음으로 내몬 일을 떠올렸다. 여불위가 승상 자리에서 물러난 지 이태 뒤였던가. 그의 동태를 살피러 낙양에 갔다 온 어사가 돌아와 말했다.

"낙양은 우리 함양만큼이나 번창하였고, 여상국의 저택에는 각처에서 찾아드는 제후들의 수레가 줄을 잇고 있었습니다. 대문은 드나드는 문객과 천하의 재사들로 저잣거리를 이루어 상고(商賈)들이 전을 펼 지경이었습니다."

그 말을 듣자 시황제의 가슴속에서는 흉흉한 불길이 다시 치솟았다. 선왕을 두 번이나 욕보인 이 천한 장사꾼이 정말로 진나라의 반쪽을 차지한 게 아닌가 싶으면서 애써 억눌렀던 분노와 살의가 되살아났다.

"여불위를 죽여야겠다. 더 늦으면 대군을 보내 토벌해야 할 것이다."

그때 스물다섯 살이었던 시황제는 자신도 모르게 주먹을 부르쥐며 그렇게 소리쳤다. 그리고 한참이나 생각에 잠겼다가 붓을 가져오게 해 흰 비단 위에 썼다. 딱 석 줄이었다.

그대는 진나라에 무슨 공을 세웠기에 진나라는 그대를 하남 땅에 봉하고 식읍으로 10만 호를 내렸는가.

[君何功於秦 秦封君河南 食十萬戶]

그대는 진나라 왕실과 어떤 친족이기에 중부라고 불리었는가.

[君何親於秦 呼稱仲父]

이제 그만 가솔들과 더불어 촉 땅으로 옮겨 살도록 하라.

[其與家屬徙處蜀]

사자가 낙양으로 달려가 그와 같은 서신을 전했을 때 여불위는 그 자리에서 시황제의 뜻을 알아차렸을 것이다. 새삼 여불위의 공을 물은 것은 이제 그의 지난 공을 인정치 않겠다는 뜻이었고, 이제 와서 왕실과의 친분을 물은 것은 더는 따져 볼 만한 친분이 남아 있지 않다는 뜻이었다. 이태 전 노애의 반란에 연루되고서도 여불위가 살아남을 수 있었던 것은 바로 지난날 그가 진나라를 위해 세운 공과 선왕에게 왕위를 얻게 해 주면서 쌓은 왕실과의 친분 때문이 아니었던가. 거기다가 촉은 아직 미개하고 거친 변방, 무엇보다도 노애를 따르던 무리가 귀양 간 땅이었다. 가속을 이끌고 촉 땅으로 옮겨 가 살라는 말은 여불위의 가속에게도 노애를 따르던 무리와 똑같은 대우를 하겠다는 말과 다름없었다.

'죽으라는 말이로구나. 험한 꼴 보이며 황제에게 주살당하지 않고 가속들이라도 온전하게 보존하는 길은 내가 스스로 죽는 수밖에 없구나.'

여불위는 아마도 그렇게 중얼거리면서 짐독(鴆毒)을 마셨을 것이다. 그러나 시황제의 음험한 분노는 여불위가 죽은 것으로 풀리지 않았다. 군사를 보내 장례도 치르지 못한 여불위의 시신을 아무렇게나 묻어 버리게 한 뒤 장례를 치르러 온 여불위의 가신들을 모두 붙들어 등급에 따라 벌을 주었다. 여불위의 가신으로 그의 장례를 치르려 한 진(晉)나라 사람들은 모두 국경 밖으로 내쫓고, 진(秦)나라 사람으로 봉록 6백 석 이상인 자는 관직을 삭탈한 뒤 노애의 무리가 쫓겨 간 방릉(房陵)으로 옮겨 가게 하였으며, 5백 석 이하로 장례에 오지 않은 자는 그 관직은 삭탈하지 않고 방릉으로 옮기게 했다.

'그때 짐이 지나쳤던가. 어쩌면 불우한 공자로서 이름 없이 살다 죽어 갔을 선왕을 대진의 태자로 만들고 마침내는 오늘날의 짐이 있게 한 원훈을 너무 모질게 내친 것은 아닌가. 더군다나 끈질기게 세간을 떠도는 말처럼 그가 참으로 짐의 생부라면…….'

시황제는 20년 가까운 옛일을 돌아보다 문득 그답지 않은 자문에 빠졌다.

하지만 그는 시황제였다. 나라는 엄격하고 가혹하게 다스려져야 하며, 모든 일은 법에 따라 처결되어야 하고, 인의나 은덕이나 자애로움을 베풀지 말아야만 오덕(五德)의 명수(命數)에 부합한다고 믿는 대진(大秦) 제국의 군주였다. 어울리지 않는 회한과 의

구도 잠시, 시황제는 곧 철혈(鐵血)의 통치자로 돌아가 단호하게 중얼거렸다.

"이 무슨 나약함인가. 국법은 그릇됨이 없고[國法無謬] 군왕은 부끄러움이 없는[君王無恥] 것을. 그가 설령 짐의 생부였다 해도 마찬가지로 그는 그렇게 죽었어야 했다. 사직과 왕통을 기화(奇貨)로 여겨 천금으로 농단하고, 음사(陰邪)를 기술(奇術)이라고 거두어 선왕과 모후를 욕보인 죄만으로도 그는 죽어 마땅했다."

그러고는 진작부터 불안하게 침전 주변을 서성이고 있는 조고를 불러 말했다.

"낭중령에게 일러 지금부터 함양뿐만 아니라 관중 일대를 샅샅이 뒤지게 하라. 이번에는 반드시 간악한 동모(同謀)들을 잡아내고 짐이 어떻게 그 시각에 미복으로 난지에 이를지를 알았는지 밝혀내야 한다!"

그러자 다시 위위갈의 형이라던 그 늙은이가 퍼뜩 떠올랐다. 입으로 뭉클뭉클 선혈을 토하며 죽어가면서도 그치지 않던 저주 같은 그 이죽거림도.

귀곡의 나그네

옛 한(韓)나라 땅 영천군 양성에 청계(淸溪)라고 불리는 골 깊은 계곡이 있었다. 양성 벌에서 험준한 환원산(轘轅山)으로 백여 리나 파고든 청계는 여러 골짜기를 거느리고 있었는데 그 가운데 하나가 귀곡(鬼谷)이었다. 귀곡은 얼핏 들으면 으스스한 이름이지만, 자연으로 돌아가 살려는 이에게는 아주 멋지게 어울리는 이름일 수도 있다. 옛글에서 귀(鬼)는 귀(歸)와 통해, 귀곡은 '귀신의 골짜기' 아니라 '돌아갈 골짜기' 또는 '돌아온 골짜기'로 풀이되기도 하는 까닭이다.

한적했던 그 골짜기가 귀곡이란 이름으로 세상에 알려지기 시작한 것은 전국시대 중기 그곳에 한 기인(奇人)이 자리 잡고 난 뒤가 된다. 그러나 그 골짜기에 그 이름이 붙여진 내력은 분명하지 않다. 그 기인이 거기에 초당을 얽고 스스로 귀곡자(鬼谷子)라 일컫자 사람들이 그 골짜기를 귀곡이라고 불렀다는 말도 있고, 원래 귀곡이라 불리던 골짜기에 그 기인이 살았기 때문에 사람들이 그를 귀곡자라 부르게 되었다고도 한다.

귀곡자는 초나라 사람으로 성은 왕(王)이요 이름은 후(詡)나 허(栩) 또는 선(禪)이라고 알려져 있지만, 어느 것도 확실하지는 않다. 아주 뒷날에 써진 전기(傳奇)에 따르면 그 성조차도 원래 왕씨가 아니라 기구한 유전 끝에 액땜을 위해 왕씨 집에 양자로 가서 얻은 것이라고 한다. 그리고 나머지 신상과 이력도 오직 뒷사람들이 지어낸 기이한 얘기 속 짙은 신비의 안개에 싸여 있다.

어려서 출가한 귀곡자는 먼저 채(蔡)씨 성을 쓰는 진인(眞人)을 만나 8년 동안 가르침을 받았다고 한다. 거기서 그는 삼황오제로부터 하, 은, 주 3대와 제자백가에 이르기까지의 모든 가르침과 아울러 천지만물의 이치를 배우고 오묘한 변화의 도(道)를 들었다. 또 용병과 포진(布陣), 의술과 무복(巫卜)이며 검술과 거문고와 기박(碁博)에다 사람을 속이고 꾀는 기술[詐人術]까지 익혔다는 말도 있다.

채진인 다음으로 귀곡자가 만난 것은 묵가(墨家)였다. 그는 묵가에게서 사람을 두루 사랑하고[兼愛], 어진 이를 높이 여기며[尙賢], 바른 귀신을 섬길 줄 알고[明鬼], 물자를 아껴 쓰며[節用], 남을 공격하지 않는다[非攻] 같은 가르침들을 들었다. 아울러 남을 공격하지 않고 자신을 지키기 위해 별묵(別墨, 묵가의 별파)들이 발전시킨 방어와 농성의 전법이며 거기 필요한 기관과 무기의 제

조법도 배웠다고 한다.

묵가를 떠난 귀곡자는 다시 손오(孫吳)와 사마(司馬) 병법에 인연이 닿아 그 진전(眞傳)을 익히고 또 태공의 육도(六韜)를 얻어 용병의 원리를 스스로 깨쳤다. 팔괘의 변화와 역(易)의 이치에도 일가를 이루었으며, 기문둔갑(奇門遁甲)의 법술에도 통달하여 정사(正邪)에 두루 막힘이 없었다. 하지만 귀곡자의 편력은 거기서 멈추지 않았다.

마지막으로 귀곡자는 다시 화산(華山)의 도인 양거(陽擧) 밑에서 3년이나 더 노자의 도와 선술(仙術)을 들었다고 한다. 그는 거기서 만물은 청정무위(淸淨無爲)를 근본으로 삼고 생식변화(生息變化)를 그 말단으로 삼으며, 본성을 온전히 보전하고 참된 것[眞]을 지켜 냄이 도의 요체란 것과 화복이 변화하는 이치, 부드러움과 굳셈의 상극을 조절하는 지혜를 배웠다.

그 뒤 배움을 찾아 떠돌기를 멈춘 그는 귀곡에 자리 잡고 타고난 슬기와 오랜 배움으로 얻은 것을 아울러서 한 대도(大道)로 익혀 갔다. 그리고 이름을 듣고 찾아온 이들을 받아 선가(仙家)에서 속세의 제자백가에 이르기까지 두루 가르침을 베풀고 여러 이름난 제자를 길러 냈다. 그중에서도 귀곡자의 가르침을 병가와 종횡가로 풀어 쓴 제자들이 특히 뛰어났는데, 모두가 장군이나 재상이 되어 전국시대 후기의 어지러운 천하를 주름잡으면서 귀곡자의 명성을 드높였다.

귀곡자가 쓴 책으로는 『귀곡자』 열네 편을 비롯해 『음부진경(陰符眞經)』, 『병가요결(兵家要訣)』, 『천무심경(天武心經)』, 『천수영

문(天隧靈文)』, 『상장금구괘(相掌金龜卦)』 등이 있다. 그 밖에도 기문둔갑과 산술(算術), 점복(占卜), 사악한 기운 쫓아내기, 상법(相法)에 관한 책들이 여럿 전하나, 그 가운데는 뒷사람이 이름만 빌린 것도 있다. 끊임없이 도를 갈고닦은 귀곡자는 나중에 범상함을 뛰어넘어 성인의 경지에 들었으며[超凡入聖], 백여 년을 살다가 대낮에 하늘로 떠올랐다[白日昇天]고 한다.

하지만 그 기록은 귀곡자가 죽고 아주 오랜 세월 뒤에 써진 선가류(仙家流)의 전기(傳奇)라 어디서부터 어디까지를 사실로 믿어야 할지 종잡을 수 없다. 도교나 선술처럼 귀곡자의 시대에는 아직 제대로 형성되지도 않았던 것을 순전히 상상력에만 의지해 앞당겨 쓴 것도 있고, 어떤 것은 진실에 바탕했더라도 지나치게 왜곡되거나 과장과 윤색의 혐의가 짙다. 다만 몇 가지는 분명한데, 곧 하남 양성에 귀곡이란 골짜기가 있었고, 거기에 귀곡자란 기인이 살았으며, 그는 자신의 이름과 같은 『귀곡자』란 저술을 남겼고, 뛰어난 제자를 여럿 길러 냈다는 것 따위가 그러하다.

그 가운데서 『귀곡자』란 책은 귀곡자의 삶이 어째서 그렇게 휘황한 전설로 꾸며질 수 있었는지를 짐작하게 해 준다. 오랫동안 『귀곡자』는 귀곡자의 다른 저술들과 마찬가지로 뒷사람의 위작(僞作) 또는 가탁(假託)으로 여겨져 왔다. 한대(漢代)의 서지(書誌)에 그 책 이름이 보이지 않는다는 것 때문이었는데, 근래에 와서는 학자들의 견해가 많이 달라졌다. 귀곡자가 직접 쓴 것은 아닐지 몰라도 『귀곡자』는 틀림없이 그의 구술에 바탕한 것이며, 그게 전해 들은 것으로 내려오다가 전한(前漢) 이후에 문자로 정착

했거나, 일찍 책으로 만들어졌어도 시황제의 분서(焚書) 때 묻혔다가 나중에 발굴된 것으로 보는 사람들이 많다.

그런데 그 내용의 제가혼일적(諸家混一的) 경향이 귀곡자의 다양한 편력과 복합적인 성취를 신비한 전설의 수준으로 끌어올리게 해 준 듯하다. 「벽합(捭闔)」, 「반응(反應)」, 「내건(內揵)」, 「저희(抵巇)」, 「비겸(飛箝)」, 「오합(忤合)」, 「췌(揣)」, 「마(摩)」, 「권(權)」, 「모(謀)」, 「결(決)」, 「부언(符言)」, 「전환(傳丸)」, 「거란(胠亂)」 등 『귀곡자』 열네 편 가운데 남아 전하는 열두 편은 얼핏 보면 대방(對方)을 가진 실전 변론술로서 소진(蘇秦)과 장의(張儀) 같은 종횡가들만을 위한 가르침 같다. 하지만 개념적으로 압축된 내용을 깊이 숙지한 뒤에 실제 상황에 적용해 보면 병가의 지침서로서도 훌륭하다. 예를 들면 「벽합」, 「반응」 같은 것은 미리 승패를 헤아려 전쟁의 개시 여부를 정하는 데 원용할 수 있고, 「췌」와 「마」는 상대방의 실정을 알아보고[揣情] 그 의도를 헤아리는[摩意] 것으로서 지피(知彼)와 같은 것이 될 수도 있는데, 거기서 손빈(孫臏)과 방연(龐涓, 『사기』 주에는 방견으로 읽으라고 나와 있으나 이미 방연으로 널리 알려진 터라 그대로 쓴다. 『삼국지』에서 곽범(郭汜)이 곽사(郭汜)가 된 경우와 비슷하다.) 같은 병가가 귀곡자의 제자가 될 수 있었다. 또 '낭중지추(囊中之錐)'란 성어를 만들어 낸 모수(毛遂)와 월왕 구천의 재상 범려(范蠡)도 귀곡자의 제자라는 말이 있고, 모몽(茅蒙) 같은 선가도 그 제자로 알려져 있다. 거기다가 『귀곡자』는 뒷날 상술(商術)과도 이어져 상담(商談)의 기술을 익히는 책으로 여겨질 만큼 여러 가지 뜻으로 해석되다 보니 그 저자인 귀곡자도 그처럼 신비화된 듯하다.

시황제 33년 늦은 가을 그 귀곡에 한 늙은 나그네가 들어섰다. 여강군 거소 사람 범증(范增)으로 나이 벌써 예순이 넘었으나 힘찬 걸음걸이에 번들거리는 눈빛이 여느 늙은이 같지 않았다.

'임자는 바뀌어도 물과 산은 예와 다름이 없구나…….'

골짜기 입구에서 차고 맑게 흐르는 가을 물과 스산하게 날리는 낙엽을 바라보며 범증이 감회에 차서 중얼거렸다. 문득 이제는 초나라 남공(南公)으로 세상에 더 잘 알려진 젊은 날의 벗과 함께 책을 지고 스승을 찾아[負笈求師] 그 골짜기로 들던 옛날이 떠올랐다. 그때는 이른 봄날이었고, 벌써 40년이 넘는 세월이 흘렀지만, 지금 골짜기 초입에서 바라보는 풍경은 기억 속의 그것과 전혀 달라진 게 없었다.

하지만 인적 없는 골짜기 안으로 들어서자마자 범증은 이내 그곳이 예전의 그 귀곡이 아님을 섬뜩하게 느낄 수 있었다. 범증과 남공이 처음 귀곡을 찾아갔을 때는 벌써 귀곡자가 세상을 떠난 지 70년이 다 돼 가고, 거기서 배워 천하를 주무르던 소진과 장의의 영광이 끝난 지도 50년이나 지난 뒤였다. 하지만 그때만 해도 그 골짜기는 귀곡자의 문도(門徒)를 자처하는 사람들로 살아 있었다. 귀곡자의 가르침을 나름대로 절충하여 작은 동아리를 만들고, 저마다 그 의발을 받았다고 다투기는 해도, 귀곡이 번성했던 시절에 문도들이 거처하던 오두막이나 암자들은 모두 차 있었고, 골짜기에서도 알지 못할 활기가 느껴졌다.

그 10년 뒤 실망한 범증이 그곳을 떠날 때도 다소 기세가 꺾이긴 했지만 아직 귀곡은 살아 있었다. 병가와 종횡가 계통이 시들어 버린 대신 선가와 음양가로 귀곡자의 가르침을 계승한 부류가 그 빈자리를 메웠고, 거기에 다시 새로운 경세실학(經世實學)으로서 상술(商術)과 귀곡자를 접목하려는 잡가류(雜家流)가 더해졌다. 그로 인해 그때만 해도 귀곡에서는 희미해진 대로 옛 영광의 잔영을 느낄 수 있었다.

그런데 범증이 30년 만에 다시 들어서는 귀곡은 그렇지가 못했다. 골짜기 안으로 접어들어 한 마장도 가기 전에 여기저기 비어 있는 듯한 오두막과 암자들이 보였다. 멀리 산비탈에는 쓰러진 암자가 내버려져 있기도 했다. 그러다가 한군데 오솔길 가에 먼지를 뒤집어쓰고 있는 작은 석비를 보고 범증은 문득 가슴이 서늘해져 걸음을 멈추었다.

'손방(孫龐) 유허(遺墟)'

옛적 손빈(孫臏)과 방연(龐涓)이 귀곡자에게서 배울 때 함께 썼다는 오두막이 있던 곳이었다. 30년 전 떠날 때만 해도 멀지 않은 곳에 아직 사람이 쓰고 있는 그 오두막이 있었는데, 그사이 오두막은 자취도 없이 사라지고 작은 비석 하나만 서 있었다. 범증은 잠시 그 비석 앞에 걸음을 멈추고 서서 그곳에서 젊은 꿈을 키웠던 그 두 사람의 흥망을 떠올려 보았다.

손빈과 방연은 귀곡자의 가르침을 병가로 풀어 크게 성취한 사람들이었다. 손빈은 병법으로 이름난 손자(孫子)의 후손으로 어려서 부모를 잃고 어렵게 자라다가 인연을 얻어 귀곡 문하에 들게 되었다. 그런 손빈과 달리 방연은 위나라 호족의 자제로 일찍부터 병가에 뜻을 두고 스스로 귀곡자를 찾아온 야심만만한 젊은이였다.

출신과 처지는 달라도 귀곡 문하에서 만난 두 사람은 한눈에 서로의 빼어남을 알아보았다. 처음에는 지기로 존중하다가 나중에는 의형제를 맺고 한 오두막에 거처하며 귀곡자의 가르침을 받았다. 귀곡자도 두 사람의 남다른 재주와 열성을 기특하게 여겨 그들이 원하는 대로 병가의 진전(眞傳)을 물려주었다.

10년이 지난 뒤 방연이 먼저 세상에 불려 나가게 되었다. 위나라 혜왕이 방연의 소문을 듣고 그를 불러내 장수로 쓰려 했다. 귀곡자는 방연의 공부가 더 무르익은 뒤에 떠나기를 바랐으나 출세에 조급해진 방연은 참지 못하고 떠났다. 그러나 손빈은 남아 다시 몇 년을 더 병법에 전심했다.

그렇게 혼자 남은 손빈에게 귀곡자가 자신이 비장(秘藏)하고 있던 『손자병법』을 내주어 그만 익히게 했다는 말이 있으나 이는 무언가 앞뒤가 맞지 않는 데가 있다. 그때는 손무가 죽은 지 백 년도 안 되었을 뿐만 아니라, 병법이 거의 실학으로서 의미를 가진 때라 아직 『손자병법』이 그렇게 비전(秘傳)으로 전해질 만큼 희귀해지지는 않았다. 또 그렇게 되었더라도 그 비전이 하필이면 귀곡자에게만 전해진 까닭을 설명하기가 어렵다. 따라서 방연이 떠나간 뒤의 몇 년 손빈이 공들여 다듬은 것은 아마도 나중에 『손빈병법』으로 알려진 그 자신의 새로운 병가 이론이었을 것이다.

한편 위나라의 장군이 된 방연은 작은 병력으로 제나라의 대군을 격퇴하여 이름을 얻고 대장군에 올라 위나라의 권세까지 거머쥐었다. 그런 방연을 못마땅하게 여기는 위나라의 재상 왕책에게 누가 손빈을 알려 주었다. 손빈이 방연과 함께 귀곡자에게서 배웠을 뿐만 아니라, 방연이 떠난 뒤에도 여러 해 귀곡에서 병법에 전념해 마침내 일가를 이루었다는 말을 듣자, 왕책은 그를 불러들여 방연을 견제하려 했다. 위 혜왕에게 손빈을 치켜세우며 불러서 쓰기를 권하자 욕심이 난 혜왕은 사람을 보내 손빈을 불렀다.

손빈이 멋모르고 그 부름을 받아들여 위나라로 가자 방연은 겉으로는 반갑게 동학(同學)이자 지기요, 의형제인 손빈을 맞았다. 그러나 방연의 속은 손빈을 다시 만난 때부터 의심과 시기로 사납게 들끓고 있었다. 손빈은 함께 공부할 때도 자신보다 뛰어났을 뿐만 아니라, 자신이 떠난 뒤에도 몇 년이나 더 갈고닦아 조상의 『손자병법』에 못지않은 병법을 완성했다는 소문을 방연도 듣고 있었다. 그런 손빈이 같은 조정에 들었으니 그와 재능을 겨룰 수밖에 없는데, 그게 방연에게는 별빛으로 달빛을 가리려 드는 짓이나 다름없어 보였다.

의심과 시기로 마음속의 암귀(暗鬼)를 길러 가던 방연은 어느 날 드디어 독수를 썼다. 위 혜왕에게 손빈이 제나라와 내통해 위나라를 해치러 왔다고 모함을 하고 교묘하게 꾸민 증거를 댔다. 다른 사람도 아닌 손빈의 의형제 방연이 하는 말인 데다, 그럴싸한 증거까지 대자 위 혜왕은 그 말을 믿었다. 방연에게 손빈을 문초하여 그 죄를 밝히게 했다.

방연은 먼저 손빈의 양쪽 무릎에서 연골을 잘라 내는 월형(刖刑)을 시행하게 한 뒤에 다시 얼굴에 먹물로 글자를 뜨는 묵형(墨刑)을 더해 그 몸부터 온전히 쓸 수 없게 만들었다. 하지만 쓸데없는 욕심이 일생의 독한 계책을 그르쳤다. 손빈이 새로 다듬었다는 병법을 탐낸 게 그랬다.

"자네가 이 지경이 되도록 보고만 있어야 하는 내 처지가 정말 한스러웠네. 하지만 이렇게나마 목숨을 부지할 수 있게 된 것도 실은 내가 대장인(大將印)을 걸고 우리 대왕께 빈 덕분이라는 걸 알아주게. 게다가 이제 다시 한 가닥 자네가 살아날 수 있는 길이 열렸기에 알려 주러 왔네. 대왕께서 자네가 새로 병법을 창안했다는 걸 아시고 그걸 궁금해하시네. 어서 몸을 회복하여 그 병법을 정리해 주게. 그러면 대왕께서도 자네의 재주와 충심을 믿고 지난 일을 불문에 붙이실 뿐만 아니라 앞으로는 무겁게 써 주실 걸세."

방연이 감옥에 있는 손빈을 사사로운 거처로 옮겨 치료받게 하며 가장 걱정해 주는 척 그렇게 말했다. 그렇게 속여 『손빈병법』을 손에 넣는 대로 손빈을 죽이고 자기의 병법으로 만들려는 속셈이었다. 그러나 방연의 그 같은 속셈을 알 리 없는 손빈은 그 말을 믿었다. 몸이 낫는 대로 자신의 머릿속에 있는 병법을 정리해 방연에게 넘기려 했다.

그런데 그 무렵 위나라 도읍 대량에 와 있던 제나라 사신이 우연히 그런 손빈의 소문을 들었다. 가만히 손빈을 찾아가 방연의 속셈을 들려주고 『손빈병법』을 쓰지 못하게 했다. 일설에는 손빈이 먼저 방연의 속셈을 알아차리고 제나라 사신에게 도움을 청했다고도 한다. 어쨌든 손빈은 방연에게 『손빈병법』을 넘기지 않고 우물에 빠져 죽은 것처럼 꾸며 놓은 뒤 갇혀 있던 곳에서 빠져나갔다. 제나라 사신은 그런 손빈을 자신의 수레에 숨겨 제나라로 데려갔다.

그때 제나라에서는 장군 전기(田忌)가 세력을 떨치고 있었다. 도읍 임치에서 크게 문하를 열고 있던 전기는 손빈이 오자 그를 문객으로 거두어 잘 대접했다. 그리고 부국강병의 뜻이 있는 제나라 위왕(威王)에게도 손빈을 데려가 그의 병법을 듣게 했다. 손빈이 부서진 몸과 마음을 가다듬고 물음에 답하자 위왕도 그 재주와 학식에 놀라워하며 손빈을 스승처럼 대했다.

오래잖아 위나라가 다시 방연을 대장으로 삼아 조나라를 쳤다. 다급해진 조나라가 제나라에게 구원을 요청했다. 제 위왕이 그 요청을 받아들여 대군을 내고 손빈을 대장군으로 삼으려 했다. 손빈이 사양했다.

"형벌을 받아 병신이 된 사람을 대장으로 써서는 아니 됩니다. 달리 좋은 장수를 골라 대장군으로 세우십시오."

이에 위왕은 전기를 대장군으로 세우고 손빈을 군사(軍師)로 삼아 조나라를 구하게 했다.

손빈은 치중을 싣는 수레에 자리를 만들고 거기 앉아 계책을 세웠다. 제나라를 나선 전기는 곧장 대군을 이끌고 조나라로 달려가려 했다. 뼈에 사무치는 원한으로 하루빨리 방연에게 복수를 하고 싶었으나 손빈은 서두르지 않았다. 차분하게 전기를 말리며 말했다.

"무릇 어지럽게 뒤엉킨 실타래를 푸는 데 주먹을 내질러서는 아니 되며, 두 사람의 싸움을 말리는데 가운데 들어가 함께 치고 받아서는 아니 됩니다. 그리하면 실은 더 헝클어지고 싸움은 더욱 치열해지기 때문입니다. 싸움을 말리려면 말리고 싶은 쪽의 급소를 치고 허점을 찔러 더 싸울 수 없는 형세로 만들어야 합니다. 그리하여 그쪽이 어쩔 수 없이 물러나면 싸움은 절로 그치게 될 것입니다. 지금 위나라와 조나라는 서로 싸우느라 날래고 매서운 군사들은 모두 나라(도성) 밖에서 힘을 다하고 있고, 늙고 쇠약한 군사들만 나라 안에 남아 있을 것입니다. 따라서 우리가 비어 있는 대량을 치면 조나라에 가 있는 위나라의 대군은 조나라를 치기 전에 먼저 자기 도성부터 구하지 않을 수가 없습니다. 그때 계릉쯤에 우리 대군을 매복하고 기다리다가 허겁지겁 달려오는 적군을 불시에 들이치십시오. 그리되면 우리는 한 번 군사를 움직여 조나라의 위급을 구해 주고, 아울러 위나라의 대군을 쳐부수어 지난 패배를 설욕할 수 있습니다."

전기가 그런 손빈의 말을 옳게 여겨 따르자 결과는 그대로 되었다. 조나라를 치러 갔던 방연은 제나라 군사들이 본국 위나라로 밀고 든다는 소리를 듣자 조나라 땅을 제대로 밟아 보지도 못하고 군사를 돌렸다. 그리고 도성 대량이 위급해졌다는 소문에 무리하게 서둘다가 손빈의 계책에 따라 계릉에 매복하고 있던 제나라 군사에게 참패하고 말았다.

하지만 방연의 보다 비참하고 결정적인 패배는 계릉 전투로부터 13년 뒤에 있었다. 그동안 힘을 기른 위나라는 그해 태자 신(申)과 장군 방연에게 10만 대군을 주어 한(韓)나라를 치게 했다. 위급해진 한나라가 제나라에 구원을 요청하자 제나라는 이번에도 장군 전기에게 5만 군사를 주어 구원하게 했다.

전기는 군사로 따라나선 손빈이 권하는 대로 다시 위나라의 대량을 치는 것을 한나라를 구하는 계책으로 삼았다. 방연이 그 소식을 듣고 놀라 한나라를 버려두고 대량으로 달려왔다. 그러나 손빈은 방연의 대군이 온다는 말을 듣고도 계속하여 제나라 군사들을 서쪽으로 몰아 위나라로 밀고 들게 했다. 그러다가 한나라에서 돌아온 방연의 군사가 이틀거리로 따라붙을 무렵 해서야 전기를 찾아보고 말했다.

"저 삼진(三晉, 진나라를 쪼개 생긴 한, 위, 조 세 나라. 여기서는 특히 위나라를 가리킨다.)의 군사들은 원래 사납고 용감하여 제나라를 얕보고 제나라 군사들을 겁쟁이라고 부릅니다. 싸움을 잘하는 이는 그때그때의 형세를 따져 보고 거기서 이로움을 이끌어 내는 법. 이번에는 그런 위나라 사람들의 마음가짐을 이용해 보는 게 어떻겠습니까? 병법에 보면, '백 리를 급하게 달려가 이로움을 얻으려 하면 상장군이 쓰러질 것이요[百里而趣利者蹶上將], 50리를 무리하게 달려가 이로움을 얻으려 하면 그 군사의 절반만이 이르게 될 것이라[五十里而趣利者軍半至] 했습니다. 위나라 군사들이 우리를 얕보는 마음을 키우고, 나아가 조급으로 바꿀 수 있다면, 그들을 쳐부수고 그 장수를 사로잡는 일은 주머니에 든 물건을 꺼내는 일보다 더 쉬울 것입니다."

그 말에 전기가 물었다.

"어떻게 하면 그렇게 만들 수 있겠소?"

"이제부터 위나라 땅으로 들어가되 첫날 숙영하는 곳에서는 군사들이 밥을 지은 아궁이 흔적을 10만 개로 하고, 다음 날에는 5만 개로 하며, 그다음 날에는 3만 개로 하십시오."

손빈이 그렇게 말하자 전기도 그 뜻하는 바를 알아듣고 시키는 대로 했다.

한편 한나라에서 돌아온 방연은 위나라로 들어선 제나라 군사를 뒤쫓다가 사흘째 되던 날 무엇을 보았는지 몹시 기뻐하며 말했다.

"나도 일찍이 제나라 군사들이 겁쟁이인 줄은 알고 있었지만 이토록 심할 줄은 몰랐다. 우리 땅에 들어온 지 사흘 만에 달아난 병사가 절반이 넘는구나."

부장들이 의아해 묻자 방연이 제나라 군사들이 남긴 아궁이 흔적을 가리키며 까닭을 일러 주었다.

"그제는 적의 아궁이 흔적이 10만 명을 위한 것이었고, 어제는 5만이더니 오늘은 다시 3만으로 줄었다. 우리가 뒤쫓는 걸 알고 겁을 먹은 제나라 군사들이 밤새 도망쳐 버린 탓이다."

그러고는 목소리도 우렁차게 명을 내렸다.

"저 정도의 군세라면 우리 대군 10만이 다 움직일 것 없다. 치중과 움직임이 늦은 보졸들은 모두 남기고 기병과 걸음 날랜 보졸만으로 제나라 놈들을 뒤따라 잡는다. 밤낮 없이 달려가 뒤를 덮치면 놈들은 갑옷 한 조각 성하게 건져 돌아가지 못할 것이다!"

하지만 그때 이미 손빈은 방연을 잡을 만반의 채비를 갖춰 놓고 있었다. 가벼운 차림으로 달려올 위나라 군사의 행군 속도를 헤아려 마릉이란 골짜기에 무서운 함정을 팠다.

마릉 골짜기는 길이 좁은 데다가 양편 비탈이 험해 군사들이 매복하기 좋은 곳이었다. 손빈은 그 골짜기에 군사들을 매복시키고, 한군데 숲이 짙은 곳을 골라 가운데 큰 나무 한 그루만 남기게 하고 주변 나무들은 모두 베어 내게 했다. 이어 손빈은 갑자기 생긴 공터 안에 한 그루만 남은 그 큰 나무의 껍질을 벗기게 하고 거기에다 무언가를 손수 썼다. 그리고 그 공터를 내려다보는 사방에 쇠뇌 만 장(張)을 걸어 두고 활 잘 쏘는 군사들을 골라 맡기면서 명을 내렸다.

"오늘 밤 저 나무 부근에서 횃불이 켜지거든 모두 한꺼번에 그곳을 쏘라!"

그런 줄도 모르고 군사들을 재촉해 제나라 군사를 뒤쫓던 방연은 손빈이 헤아린 대로 그날 밤이 깊어서야 마릉 골짜기에 이르렀다. 평소 같으면 적의 매복을 의심할 만한 곳이었으나 워낙 제나라 군사들을 얕보고 뒤쫓아 온 터라 방연은 서슴없이 골짜기 안으로 위나라 군사들을 몰아넣었다.

숲 사이로 난 길을 따라 한참 가다 보니 갑자기 한군데 공터가 나타나고 그 공터 한가운데 굵은 줄기가 허옇게 보이는 큰 나무 한 그루가 보였다. 앞선 군사 하나가 달려가 보고 돌아와 방연에게 말했다.

"누가 나무줄기를 깎아 거기다가 무어라고 써 놓았습니다."

그 말을 들은 방연이 큰 나무 곁으로 가서 보았으나 어두워서 잘 읽을 수가 없었다. 이에 군사들에게 명을 내려 횃불을 밝히고 들여다보니 거기에는 이렇게 쓰여 있었다.

"방연은 이 나무 아래에서 죽는다[龐涓死于此樹之下]."

그 글을 다 읽은 순간 방연은 자신이 적의 계략에 빠진 것을 퍼뜩 깨달았으나 때는 이미 늦은 뒤였다. 공터의 큰 나무 부근에 횃불이 밝혀지는 걸 본 제나라 군사들은 손빈이 명한 대로 그쪽을 향해 만 장의 쇠뇌를 일시에 쏘아붙였다. 비 오듯 쏟아지는 쇠뇌의 살에 온몸이 고슴도치처럼 되어 쓰러지면서야 비로소 방연은 그 모든 것이 손빈의 계략이었음을 알아차렸다.

"끝내 그 더벅머리 놈의 이름만 높여 주고 말았구나!"

그런 탄식과 함께 스스로 목을 찔러 괴롭게 남아 있는 목숨을 거두었다. 뒤이어 매복해 있던 제나라 군사들이 일시에 일어나 위나라 군사들을 여지없이 쳐부수고 태자 신(申)을 포로로 잡아 제나라로 돌아갔다.

손빈은 10여 년 이를 갈며 계략을 짜내 방연을 죽였으나, 그 처절한 복수가 끝나면서 그의 삶도 함께 허물어져 버렸다. 갑자기 세상일에 시들해진 손빈은 제나라 군사 노릇을 그만두고 물러났으되 동문을 죽인 터라 귀곡으로는 돌아오지 못했다. 이름 없는 산골짜기에 몸을 숨기고, 갈수록 휘황해지는 『손빈병법』의 전설 뒤편에서 외롭고 조용하게 살다가 죽었다.

범증이 남공의 거처를 물어 찾아가니 오래 와 보지 못한 사이 남공의 거처는 바뀌어 있었다. 옛적에 범증과 함께 거처하던 오두막을 떠나 제법 모양새 갖춘 초당으로 옮겨 앉았는데, 규모로 보아 그도 집안에 문도(門徒) 한둘은 거느리게 된 것 같았다.

"스승님께서는 며칠 전 연단(煉丹)하는 이들과 함께 환원산 깊이 드셨습니다. 그러나 오늘 너무 늦지 않게 돌아오기로 하셨으니 우선 여장을 풀고 기다리시지요."

남공의 제자인 듯한 젊은이 하나가 초당을 지키다가 범증을 맞아 그렇게 말했다. 마치 범증이 올 것을 들어 알고 있었다는 투였다. 불쑥 나선 길이라 미리 기별할 여가도 없고, 또 기별하려 해도 마땅한 수단이 없어 갑자기 찾아들게 되었지만, 범증도 남공이 그만 한 일 정도는 헤아려 자신을 기다려 줄 줄 믿고 있었다. 그런데 남공이 연단하는 사람들과 어울려 환원산으로 들었다니 아무리 기일에 맞춰 돌아온다고 했다 해도 조금은 서운하였다.

"남공도 이제 음양가를 넘어 황로학(黃老學)과 선술(仙術)로 접어드는가."

범증은 그렇게 중얼거리며 젊은이가 깨끗하게 치워 놓은 방에 여장을 풀었다. 방 한구석에는 남공이 짚고 다니던 궤장이 기대 세워져 있었다. 그걸 보자 꼭 10년 전에 마지막으로 만난 남공의 얼굴이 떠올랐다.

경세(經世)의 실학으로 병가와 종횡학에 아울러 뜻을 두고 40년 전 남공과 함께 귀곡으로 찾아들었던 범증은 그 두 갈래 학통 모두가 이미 귀곡의 주류가 아님을 진작 알아차렸다. 마땅히 배울 만한 스승도 찾지 못한 채 10년이나 홀로 밤길 가듯 더듬으며 수업하다가 끝내는 귀곡을 나오고 말았다. 그러나 남공은 그때 한창 귀곡에서 세력을 얻어 가고 있던 음양학과 도가류로 길을 바꾸어 그대로 귀곡에 눌러앉았다.

집으로 돌아간 범증은 그 뒤 20년간 기울어 가는 조국 초나라를 위해 나름대로 힘을 다했다. 특히 시황제 6년 초나라가 한(韓), 위(魏), 조(趙), 연(燕) 네 나라와 합종을 성사하여 진나라와 싸울 때는 범증도 초나라의 젊은 변사로서 한몫을 했다. 하지만 다섯 나라가 합종하여 진나라를 치고 수릉을 빼앗아 기세를 올린 것도 잠시, 진나라의 대군이 몰려나오자 합종군은 여지없이 패퇴하고 말았다. 그리고 초나라가 망할 때까지 남은 10여 년은 범증에게 그대로 실의와 좌절의 세월이었다.

여불위를 흉내 낸 춘신군의 아들이 효열왕을 이어 유왕이 되면서 초나라는 걷잡을 수 없는 내리막길을 굴렀다. 재위 10년 만에 죽은 유왕(幽王)으로부터, 형을 이어 즉위했으나 두 달 만에 죽임을 당한 애왕(哀王)과, 아우를 죽이고 왕위를 훔친 애왕의 서형(庶兄) 부추(負芻)에 이르기까지, 3대 15년 초나라 왕실은 상잔의 피를 뿌리며 급속하게 시들어 갔다. 그러다가 시황제 5년 마침내 진나라 장군 몽무(蒙武)에게 초나라가 멸망당하니, 범증은 출사 한번 제대로 못 해 보고 망한 나라에 살아남은 백성이 되고 말았다.

이따금 귀곡을 나와 천하를 주유하던 남공이 마지막으로 거소에 있는 범증을 찾은 것은 초나라 왕 부추가 진나라로 잡혀간 그 이듬해였다. 부추를 대신하여 창평군을 왕으로 옹립한 항연이 진나라 장수 몽무에게 몰리다가 자결함으로써 초나라 부흥의 한 가닥 희망마저 사라져 버린 그해 가을, 남공이 불쑥 범증의 오두막에 나타났다. 아직 『남공(南公)』 열세 편을 묶어 내기 전이지만, 그때 이미 남공은 세상이 다 알아주는 음양가로서 특히 흥폐지수(興廢之數)에 밝다고 소문이 나 있었다.

"아무리 하찮은 술객이라도 나라는 있는 법. 그런데 나는 두 눈 뻔히 뜨고 내 나라가 망하는 걸 보고만 있었으니 무슨 낯으로 이름을 따로 가지겠는가? 이제부터 나는 이름도 없고 그저 초나라 땅의 남가(南哥)일 뿐일세. 자네들이 남공이라고 바꾸어 불러주는 게 오히려 과분할 지경이네."

남공은 근엄한 방사의 차림에 걸맞지 않게 자괴와 비감에 빠져 그렇게 탄식했다. 하지만 한편으로는 듣기만 해도 가슴 뛰는 예언 또한 잊지 않았다.

"하지만 초나라가 이대로 끝나지는 않을 것이네. 일생을 음양의 이치와 역술(曆術), 역수(易數)에 빠져 보낸 내 헤아림을 믿어주게. 초나라에 단 석 집만 남아도 진나라를 망하게 할 것은 반드시 초나라일 것이네[楚雖三戶 亡秦必楚]."

새벽녘 남공이 그렇게 말할 때 범증은 자신도 모르게 몸을 벌떡 일으키며 물었다.

"그것은 또 무슨 이치인가? 진나라에게 망한 나라가 한둘이 아닌데, 어째서 하필 우리 초나라인가?"

"초나라 백성들의 분한(憤恨) 때문이네. 뭉친 분한의 힘일세.

진나라에게 망한 여섯 나라치고 어느 나란들 억울하고 원통하지 않겠는가만, 그래도 초나라만큼은 아닐 것이네. 일생을 진나라의 연횡책에 속아 땅을 도둑맞고 백성을 잃다가, 종당에는 진(秦) 소왕(昭王)의 꾐에 빠져 부로(俘虜) 아닌 부로로 함양에서 욕되게 돌아가신 우리 회왕(懷王)의 분한만으로도 진의 명수는 절반이 감할 걸세. 설령 진나라가 제나라까지 아울러 일통천하를 이루더라도, 같은 지지(地支)가 되돌아올 때까지조차 버텨 내기 어려울 것이네."

범증의 귀에는 아직도 그때 남공의 목소리가 귓가에 윙윙 울리는 것 같았다. 같은 지지가 되돌아올 때를 보기 어렵다면 같은 띠가 돌아올 때까지의 12년을 이어 가지 못한다는 뜻, 하지만 진나라가 천하를 아우른 뒤로 벌써 그 절반이 넘는 세월이 지나갔다. 그런데 시황제의 다스림은 갈수록 더 철벽같구나……. 생각이 거기에 미치자 늙어 가는 범증의 가슴이 다시 후끈 달아올랐다.

범증이 초당을 나온 것은 무료함을 달래기보다는 치솟는 울화를 가라앉히기 위해서였다. 나이를 먹을수록 희로를 지긋이 삭일 수 있어야 하는데 어찌 된 셈인지 예순을 넘기고도 갈수록 그게 어려웠다. 그 때문에 내몰리듯 방 안에서 나온 범증은 깊고 긴 한숨으로 마음속 울화를 털어 내고 천천히 주변을 거닐기 시작했다.

범증이 걸으면서 무심코 주변을 돌아보니 어딘가 많이 눈에 익은 곳이었다. 특히 맞은편 나지막한 바위 언덕은 틀림없이 자신이 아는 곳 같았다. 한참을 바라보던 범증은 비로소 30년 전의 기억을 되살려 냈다.

'아, 소장대(蘇張臺)…… 그래 바로 소장대로구나. 저 바위산 모퉁이를 돌아가면 소장구거(蘇張舊居)가 있고…….'

소장대는 옛날 소진(蘇秦)과 장의(張儀)가 그 위에 올라 변설을 닦았다는 바위 언덕이고, 소장구거는 소진과 장의가 함께 기거하며 공부했다는 오두막이었다. 거기까지 떠올리자 범증은 자신도 모르게 손빈, 방연과는 또 다른 길을 간 귀곡의 두 동문이 세상에 남긴 휘황한 전설 속으로 빠져 들어갔다. 40년 전 젊은 그를 귀곡까지 이끌었던 전설이었다.

소진은 동주(東周) 낙양 사람으로 일찍이 종횡에 뜻을 두고 동쪽으로 가서 귀곡자에게 배웠다. 장의는 위나라 사람인데 역시 유세(遊說)를 익히고자 귀곡자를 찾아와 소진과 함께 가르침을 받았다. 그때 두 사람은 한 세대 전의 손빈과 방연처럼 한 집에 기거하며 친히 지냈고, 늙은 귀곡자도 그들을 귀하게 여겨 아낌없이 진전(眞傳)을 털어놓았다고 한다.

뒷날까지 전하는 말로는, 귀곡자에게서 배우기를 마치고 세상으로 나간 뒤에도 소진과 장의 모두 오랫동안 고단하고 외로운 시절을 겪었다고 한다. 그러다가 둘 중 흔히 소군(蘇君)으로 높여 부르는 소진이 먼저 빛을 보게 되었다. 세상의 모멸(侮蔑)이 이끌어 낸 분발 덕분이었다.

귀곡에서 나온 소진은 여러 해 천하를 돌며 제후들에게 유세하고자 했으나 아무도 그 말을 들어주지 않았다. 헛되이 세월과 재물만 버리고 빈손으로 돌아오자 형제와 처첩이 모두 소진을 비웃었다. 그걸 부끄럽고 비참하게 여긴 소진은 그날부터 방문을 닫아걸고 다시 책에 파묻혔다. 그중에 특히 주서(周書) 『음부(陰符)』를 찾아내어 읽는데, 졸리면 송곳으로 허벅지를 찔러 피가 무릎을 적셨다. 주서 『음부』는 『태공음부(太公陰符)』라고도 하며, 원래 병가의 책이나 소진은 그걸 통해 귀곡자에게서 들은 「췌(揣)」, 「마(摩)」의 묘리를 한층 깊이 깨쳤다. 손빈과 방연이 귀곡자에게서 병가를 익힌 것과 같은 이치이다.

한 해가 지나 자신을 되찾은 소진은 다시 전국칠웅을 두루 찾아다니며 유세를 펼쳤다. 하지만 이번에도 시작은 그리 순탄하지 못했다. 그는 먼저 주(周) 현왕을 찾아갔으나 받아들여지지 않았고, 다시 진나라 혜왕(惠王, 이때는 혜문군)을 찾아가 천하를 병탄할 수 있는 계책을 올렸으나 역시 점잖게 거절당했다.

"나래와 깃이 다 자라지 않으면 새는 날 수 없는 법이오. 아직 이 나라를 다스리는 이치도 밝게 알지 못했는데 어찌 남의 나라를 겸병할 수 있겠소?"

상앙을 죽인 지 얼마 안 되는 혜왕은 그때까지도 여러 나라를 유세하며 돌아다니는 변사들을 좋게 보지 않았다.

소진이 세 번째로 찾아간 조나라에서도 그리 좋은 꼴은 보지 못했다. 조나라의 실권을 잡고 있는 봉양군(奉陽君)이 가로막아 소진은 조나라 군주를 만나 보지도 못하고 연나라로 가야 했다. 연나라에 가서도 소진의 유세는 쉽게 풀리지 않았다. 한 해가 지나도록 이리저리 연줄을 대고서야 겨우 연나라 군주인 문후(文侯)를 만나 볼 수 있었다.

소진은 문후에게 연나라의 지리와 물력을 자세히 따져 말한 뒤에 조나라와의 합종을 권했다. 이번에는 소진의 유세가 먹혀들었다.

"우리나라는 작아서 서쪽으로는 강대한 조나라가 핍박하고, 남쪽으로는 제나라가 길게 닿아 있소. 그대가 만약 합종으로 우리 연나라를 평온케 해 줄 수 있다면 과인은 온 나라를 들어 그대의 뜻을 따를 것이오!"

연나라 문후가 그러면서 좋은 수레와 말에다 유세에 쓸 재물을 넉넉히 내주고 조나라로 보냈다. 그 무렵 마침 봉양군이 죽어 이번에는 조나라 군주인 숙후(肅侯)를 바로 만나 볼 수 있었다.

소진은 숙후 앞에서 진나라와 함곡관 동쪽 여섯 나라의 형세와 득실을 헤아려 보인 뒤에, 비로소 원대한 합종책의 전모를 밝혔다. 한마디로 서쪽의 강대한 진나라에 대항하여 동쪽에 남북으로 길게 늘어서 있는 여섯 나라(연, 조, 한, 위, 제, 초)가 서로 동맹을 맺어야 한다는 주장인데, 이름을 합종책(合縱策)으로 한 까닭은 남북을 세로[縱]로 보아서였다.

"그대가 천하를 보존하고 여러 나라를 평안케 할 계책을 가진 듯하니, 나 또한 이 나라를 들어 그대의 뜻에 따르겠소."

조나라 군주가 그 말과 함께 치장한 수레 백 대와 황금 2만 냥, 백옥 백 쌍에 비단 1천 필을 내려 소진이 동방의 제후들을 찾아보고 합종을 유세하는 데 경비로 쓰게 했다.

한편 그때 장의는 별 소득 없는 유세로 열국을 떠돌다가 끝내는 호된 일을 당하고 고향 집으로 돌아와 있었다. 초나라 재상 집에서 기식하며 초왕(楚王)에게 유세하려다가, 초왕은 만나 보지도 못하고 도둑으로 몰려 모진 매를 맞고 풀려난 일이 그랬다. 겨우 병신을 면하고 집으로 엉금엉금 기어들어 온 장의가 아내에게 입을 벌려 보이며 물었다.

"여보, 내 혓바닥이 아직 입 속에 남아 있는지 보아 주시오."

"혀는 붙어 있는 것 같은데요."

아내가 어이없어 웃으며 그렇게 대답하자 방금 다 죽어 가는 것처럼 비실거리던 장의가 툭툭 털고 몸을 일으키며 말했다.

"그럼 됐소. 혀만 남아 있다면 얼마든지 다시 시작할 수 있소."

그리고 집에서 쉬며 피폐해진 몸과 마음을 가다듬었다. 그때 소진이 몰래 보낸 사람이 장의를 찾아와 말했다.

"선생께서는 소진과 함께 같은 스승에게서 배웠고, 예전에는 서로 사이도 좋지 않았습니까? 지금 소진은 제후들의 믿음을 사 크게 출세하였습니다. 어째서 그를 찾아가 도움을 요청하지 않으십니까?"

장의는 그 말을 듣고 소진을 찾아갔다. 하지만 찾아온 손빈을 맞던 방연과는 달리 소진은 처음부터 장의를 한껏 푸대접한 뒤에 모진 말로 나무라기까지 하며 내쫓았다. 이에 장의는 이를 갈며 소진을 떠나 진나라로 갔다. 동방의 다른 제후들은 모두 소진의 말에 넘어갔지만, 진나라만은 어떻게 따로 달래 볼 수 있을 것 같았다.

그런데 진나라로 가는 길에 장의는 한 고마운 장사꾼을 만났다. 함양까지 수레를 태워 주고 숙식을 대 준 그 장사꾼은 함양에 이르러 더욱 장의에게 고마운 일을 했다. 수레 가득 싣고 간 금과 폐백을 아끼지 않고 뿌려 장의가 진나라 혜왕을 만나 볼 수 있도록 주선해 주었다.

장의가 찾아가자 그렇잖아도 소진이 꾸미는 합종책을 걱정하고 있던 혜왕은 장의를 반갑게 맞았다. 한나절 장의가 펼쳐 내는 연횡책(連橫策)을 듣고 몹시 기뻐하며 장의를 객경(客卿)으로 삼고 두텁게 대접했다. 연횡책은 서쪽의 진나라가 동쪽에 세로로 늘어선 여러 나라 가운데 어느 나라와 동서로 손을 잡고 나머지 나라들을 하나하나 도모해 간다는 계책인데, 동서를 가로[橫]로 보아 그런 이름이 붙었다.

마침내 뜻을 이룬 장의가 갑자기 조나라로 돌아가려는 장사꾼에게 말했다.

"나는 당신의 도움을 받아 비로소 세상에 드러나게 되었소. 어떻게 해야 이 크나큰 은혜를 갚을지 모르겠소. 그런데 왜 이렇게 급히 떠나려 하시오?"

그러자 그 장사꾼이 말하였다.

"선생을 알아본 것은 제가 아니고 소군(蘇君)이십니다. 소군께서는 진나라가 조나라를 들이쳐 합종의 맹약을 깨지게 만들까 봐 걱정이십니다. 그 때문에 선생이 아니면 진나라를 휘두를 수 있는 분이 없다고 여겨, 일부러 선생을 격동시킨 뒤에 진나라로 떠나보내신 것입니다. 그리고 사인(舍人)인 저에게 수레와 재물을 주어 선생을 뒤따르게 하며 몰래 도우라 하셨습니다. 이 모든 것이 소군의 계책이고, 거기에 따라 선생께서 진나라에 등용되셨으니 이제 저는 이만 돌아가 봐야겠습니다."

장의가 그 말에 감격하여 말했다.

"오오, 그랬구려. 남을 격동케 하여 분발시키는 것은 내가 배운 유세의 기술 가운데 있었던 것인데, 내가 미처 깨닫지 못했구려. 내가 소군만 못하외다. 가서 소군에게 고맙다는 뜻과 함께 전해 주시오. 내가 이제 겨우 새로 뽑혀 쓰이게 되었는데, 어떻게 진나라로 하여금 조나라를 치게 만들 수 있겠소? 소군이 살아 있는데 이 장의가 무슨 말을 하며, 소군이 있는 곳에 이 장의가 무슨 일을 벌일 수 있겠소?"

하지만 소진과 장의 두 동문의 그 두터운 우의도 그리 오래 지켜지지는 못했다.

그 뒤 소진은 한나라 선왕(宣王)과 위나라 양왕(襄王)과 제나라 선왕(宣王)과 초나라 위왕(威王)을 차례로 설득하여 육국의 합종을 성사하였다. 제후가 아니면서도 합종맹약의 우두머리가 되고, 또한 여섯 나라의 재상 노릇을 겸하였다. 한편 장의도 착실하게 연횡책을 갈고 다듬어 마침내는 진나라의 재상이 되고, 위나라, 초나라, 한나라를 차례로 농락하며 동방 여섯 나라의 합종을 흩어 버렸다.

그렇게 되자 천하는 강대한 진나라의 연횡책과 동방 육국의 합종책이 피를 뿌리는 싸움터가 되었고, 소진과 장의는 각기 가장 날카로운 창과 가장 든든한 방패가 되어 불꽃을 튀기며 부딪쳤다. 그 무렵의 전국(戰國)도 이미 동문의 우의나 젊은 날의 순수한 정이 살아남기에는 너무 살벌한 풍토였다. 그러나 소진과 장의의 전설은 갈수록 휘황하게 윤색되어 손빈, 방연과는 대비되는 미담으로 자라 갔다. 거기다가 그들 둘이 이쪽저쪽에서 누린 권력과 명성이 후광을 더하면서, 그들을 길러 낸 귀곡은 많은 젊은이들이 동경하는 곳이 되었다. 40년 전 범증을 귀곡으로 불러들였던 것도 바로 그 동경이었다.

'하지만 그때 내가 왔을 때 이곳에는 전혀 다른 전설도 있었다. 소진과 장의 모두 귀곡에서 공부했지만 함께 배운 적은 없으며, 그들의 연배도 세간에 전하는 것과는 달랐다. 어떤 사람은 소진이 장의보다 10여 년 먼저 죽은 것이 아니라 오히려 장의보다 30년 가까이나 더 살았다고 우기기도 했다. 사람을 평함에 있어서도 소진에게 훨씬 박했다. 그러나…… 천하가 진나라에게로 귀일(歸一)된 지금 그 모든 시비가 얼마나 부질없는 짓인가…….'

범증이 옛 기억을 더듬다가 속으로 그렇게 중얼거리며 소장대 곁의 작은 산굽이를 도는데 귀에 익은 목소리가 등 뒤에서 들려왔다.

"거기 가는 늙은이, 혹시 거소에 사는 범(范) 아무개 아닌가?"

돌아보니 초당 쪽에서 뒤따라온 듯한 남공이 등 뒤의 멀지 않은 곳에서 빙긋이 웃으며 서 있었다. 그가 새로 닦기 시작했다는 신선술(神仙術) 덕분인지 못 보고 지낸 10년 사이에 전보다 오히려 건장해진 모습이었다.

“시초(蓍草)도 서죽(筮竹)도 반가운 옛 벗이 온다고 하더니 역시 자네였군. 하지만 시각까지 맞추지는 못해 자네를 기다리게 한 것 같으이. 이제 그만 초당으로 돌아가세나.”

범증이 미처 무어라고 대꾸하기도 전에 남공이 다시 그렇게 말하며 스스로 돌아서 앞장을 섰다. 걸음을 빨리해 남공을 따라잡은 범증이 약간 뒤틀린 목소리로 받았다.

“여기는 예나 이제나 두루춘풍이군. 그래, 환원산에서는 불로단(不老丹)을 빚을 약재라도 구했는가?”

“여기도 진나라 천하의 한 모퉁이, 낙목한천(落木寒天)이기는 마찬가지네. 이 세상에 불로단이 어디 있겠는가? 노생(盧生)이니 후생(侯生)이니 하는 것들과 서불(徐巿)의 무리가 지금은 시황제에게 바짝 붙어 갖은 요사(妖邪)를 다 떨고 있으나, 그게 언제 불벼락이 되어 이 골짜기까지 살라 버릴지는 아무도 모르는 일이네.”

남공이 범증의 말투에 개의치 않고 그렇게 지긋한 태도로 받았다. 그러나 범증의 말투는 여전했다.

“나는 이눔의 세상이 방사와 술객들의 차지가 된 줄 알았는데 그도 아닌 모양이네. 자네도 그들의 별바른 자리에 끼어 앉은 게 아니던가…….”

“공연한 소리. 요즘 일고 있는 황로지학(黃老之學)은 허황된 불로불사의 방술과는 부류를 달리한다네. 그런데 그건 그렇고…… 자네는 무슨 바람이 불어 예까지 왔나?”

“답답해서 멀리 바람이나 쐴까 하고. 생각해 보게. 이 어이없는 한살이, 벌건 대낮에 방 안에 틀어박혀 궁리한다는 기계 묘책이 얼마나 하염없는 것이겠는가……."

범증도 드디어 뒤틀린 목소리를 거두고 쓸쓸한 웃음과 함께 말했다.

"그래도 난데없는 일이네. 그때 그리 떠난 뒤로 30년이 가깝도록 한번도 되돌아본 적이 없는 이 골짜기가 아닌가?"

"실은 자네를 만나 다시 묻고 싶어 왔네. 10년 전 자네는 거소의 내 오두막을 찾아와 진나라의 일통천하는 열두 지지(地支)가 한 바퀴 도는 것을 다 보지 못할 것이라 했네. 그런데 벌써 진나라가 천하를 아우른 지 7년, 그 열두 해 중에 절반을 넘어섰지만 진나라의 다스림은 갈수록 철벽같지 않은가. 올해만 해도 시황제는 몽염에게 30만 군을 주어 융적을 내쫓고 북쪽으로 크게 영토를 넓혔으며, 남쪽으로도 육량 땅을 새로 개척하여 상, 계림, 남해 세 군을 만들었네. 유중에서 음산에 이르기까지 40개의 현을 새로 설치하고, 천하의 백성을 끌어다가 만 리에 이르는 장성을 쌓고 있는데, 그 모두가 아직도 뻗어 가는 진나라의 기세를 보여주는 게 아니겠는가. 정말로 진나라의 다스림이 시황제를 시작으로 만세에 이를 것 같네. 자네 말대로 이제 남은 5년 안에 진나라가 망할 날을 볼 수 있을 것 같지는 않단 말이네. 다시 한번 대답해 주게. 정녕 그게 언제인가? 언제 진나라의 날이 끝나는가? 이제 내 나이도 그럭저럭 예순다섯, 일생을 갈고닦은 경세의 실학은 끝내 무용하게 묻혀 버리고 말 것인가? 살아서 내가 세상에 쓰일 날은 영영 오지 않는 겐가?"

범증이 가슴속에 뭉친 것을 토해 내듯 그렇게 쏟아 놓자 남공이 걸음을 멈추고 물끄러미 그런 범증을 바라보다가 깊은 한숨과 함께 대꾸했다.

"세월이 지나도 자네의 직정(直情)은 변치 않는군. 자네 지금 대명천지 길가에서 천지의 명수(命數)를 헤아려 달라는 것인가? 이만 초당으로 돌아가세. 다시 한번 시초를 뽑고 서죽을 헤아리더라도 거기 가서 보세나."

하지만 초당으로 돌아간 남공은 범증에게서 아무 말도 듣지 못한 것처럼 그저 오랜 벗을 맞은 일사(逸士)로 바뀌었다. 날이 저물 때까지 범증에게 마지막으로 귀곡을 나가본 뒤 10년 가까이나 돌아보지 않은 바깥세상의 일을 이것저것 물으면서 쌓인 회포를 풀었다. 그러다가 저녁상을 받을 무렵 해서야 젊은 제자를 불러 말했다.

"오늘 밤 자시에 칠성초(七星醮)를 올릴 것이니 채비하라. 내 진군(眞君, 북극 진군)의 현현기수(玄玄氣數)에 물을 것이 있느니라."

그리고 자신은 개울로 내려가 차고 맑은 가을 물로 몸을 깨끗이 했다.

자시가 되자 남공은 북두칠성에게 정성 어린 초제(醮祭)를 올린 뒤 자신의 정실로 돌아가 새벽이 되도록 귀갑(龜甲)과 수골(獸骨)을 굽고 시초와 서죽을 갈랐다. 귀갑과 수골을 굽는 것으로 미루어 이미 실전(失傳)되었다는 상역(商易)을 주역(周易)과 아울러 쓰는 듯했다. 그러다가 날이 밝은 뒤에야 일찍 일어난 범증을 찾아보고 말했다.

"강고하게 보인다고 해서 강고한 것은 아니며, 장구할 것 같다고 해서 장구해지는 것은 아니라네. 진나라의 역수는 그대로 변함이 없네. 신묘(辛卯)에 조룡(祖龍)이 죽고, 임진(壬辰)에 대풍(大風)이 일며, 갑오(甲午)에는 패상(霸上)에 진인(眞人)이 들어 진나라의 명수를 거둘 것이네."

"조룡이 누구를 가리키는지 모르지만, 어쨌든 진나라가 천하를 아우른 해가 경진(庚辰)이니 자네가 짚어 준 역수(易數)대로라면 임진년에 큰 불바람으로 진나라가 끝난다는 말 아닌가? 그런데 다시 갑오년에 관중의 패상으로 든다는 진인은 또 누구인가?"

선잠에서 깨어난 범증이 잘 돌아가지 않는 머리로 남공의 말을 새겨듣다가 문득 그렇게 물었다. 남공이 지쳐 훨씬 더 주름진 얼굴로 천천히 대답했다.

"새로운 천하의 임자일 테지. 어쩌면 자네가 그리도 간절하게 기다리고 있는 사람."

"그가 누구인가? 어디 가면 그를 찾을 수 있겠는가?"

"그건 아무도 모르네. 아마 그 스스로도 아직은 그걸 모르고 있을 수도 있을 것이네."

"그렇다면 나는 어떻게 그를 만나는가? 언제 그를 만나 새 세상을 여는 데 나를 쓸 수 있게 되는가?"

"지금까지 해 온 것처럼 기다리게. 기다리면 그쪽에서 찾아올 날이 있을 걸세."

"나는 이미 30년이나 기다려 왔네. 일흔을 바라보는 이 나이에 언제까지 기다린단 말인가? 내가 그를 찾아 나서 그날을 앞당길

수는 없겠는가?"

"서두르지 말게. 서두르다 일을 그르치면 그때야말로 일생의 기다림이 헛되게 되네."

남공이 그러면서 범증을 지그시 바라보다가 불길한 느낌이 들 만큼 무겁고도 가라앉은 목소리로 덧붙였다.

"진인이 날 때에는 곳곳에서 사이비(似而非)가 일 것이네. 서두르다 주인을 잘못 고르면 아니 만남만 못할 터, 그럼 잘 가게. 이 며칠 환원산을 헤맨 데다 간밤에 너무 많은 기력을 쓴 듯하이. 이 길로 운기조식(運氣調息)에 들어가면 며칠은 나오지 못할 것이네."

엎드린 호랑이

천하가 진(秦)의 이름 아래 하나가 되기 전 초나라는 다른 육국에 비해 특히 이질성이 두드러졌다. 다른 나라가 대강(大江, 양자강) 이북에 자리 잡은 반면, 오(吳)와 월(越)을 아우른 초나라는 강남에 자리 잡고 있었다. 북방의 나라들이 황토의 들판을 말을 타고 내닫는 만큼이나 초나라는 곳곳에 널린 호수와 하천에서의 물질에 능했다. 농사와 주식도 달라 강북의 육국이 밀과 보리농사를 많이 짓고 가루음식을 주식으로 하는 데 비해, 초나라는 벼농사를 주로 해 쌀밥으로 끼니를 삼았다.

종족과 언어가 다르고 문화도 달랐다. 북방은 한족(漢族)과 그 언어를 중심으로 『시경(詩經)』의 문화를 이룬 데 비해, 초나라는 형만(荊蠻)이라고 부르던 남만(南蠻)의 갈래와 그 언어를 바탕으로 한 『초사(楚辭)』의 문화가 있었다. 아름답고 매혹적인 초나라의 춤도 남방 문화의 특색을 이룰 만했으며, 애절한 오나라의 노래[吳歌]는 나중에 중국 시가의 한 형식으로 자리 잡기도 했다.

사람들의 성격도 어렵잖게 서로를 구분할 수 있을 만큼 북방 여러 나라와 초나라는 달랐다. 북방의 사람들은 느긋하면서도 다소간 음모적이어서 새롭게 도모함과 변화에 대응함이 아울러 느렸다. 그러나 한번 일을 벌이면 끈질기고 완강하게 밀고 나가는 습성이 있었다. 그에 비해, 초나라 사람들은 성격이 직정적(直情的)이고 맹렬하며 자극을 받으면 쉽게 분기(奮起)했다. 하지만 그만큼 감성적이고 여린 데가 있어, 한번 사기가 상하면 걷잡을 수 없이 무너져 내리는 약점도 있었다.

진(秦)의 시황제가 천하를 아우를 때도 가장 힘을 들인 곳이 초나라였다. 소양왕(昭襄王)을 비롯한 윗대부터의 침공과 약탈로 이어져 온 약화 정책으로 초나라는 피폐할 대로 피폐해 있었지만, 처음 초나라를 치기 위해 보낸 이신(李信)과 몽염(蒙恬)의 20만 대군은 태반이 살아 돌아오지 못했다. 시황제가 몸소 찾아가 은거해 있던 명장 왕전(王翦)을 다시 불러내고도, 진나라를 비우다시피 해 긁어모은 60만 대군을 딸려 보내서야 겨우 초나라를 무너뜨릴 수 있었다.

시황제는 그렇게 힘들여 얻은 초나라 땅에 먼저 초군(楚郡)을 두었다가 뒤에 다시 남군, 구강, 회계 세 군으로 나누었다. 그중에서도 회계군은 월나라의 옛 땅인 회계산에서 이름을 따온 군이지만, 치소(治所)는 오나라의 옛 땅인 오중(吳中)에 두고 있었다.

둘 사이의 요란스러운 쟁투로 '오월동주(吳越同舟)'나 '와신상담(臥薪嘗膽)' 같은 유명한 고사성어를 남긴 오나라와 월나라는 원래 오패(五霸)의 하나로 넣는 이가 있을 정도로 강성한 나라들이었다. 그러나 오나라는 월왕 구천(句踐)에 의해 춘추시대에 이미 없어졌고, 그때 오나라를 아우른 월나라도 오래잖아 시들어 그 왕 무강(無疆)이 초나라 위왕과 싸우다 죽은 뒤에는 초나라의 속국이나 다름없었다. 따라서 시황제의 통일 뒤 회계군은 당연히 초나라의 옛 땅으로 여겨졌다.

그 회계군 오중 땅에 항량(項梁)이란 장년의 사내가 있었다. 예닐곱 해 전 항적(項籍)이란 조카 하나만 데리고 숨어들듯 그리로 흘러든 이였다. 하지만 처음 나타날 때 그들의 행색에서 내비치던 고단함이나 외로움과는 달리, 그는 곧 오중 사람들의 믿음을 사고 인정을 받아 그들 속에 깊이 뿌리를 내렸다. 그리고 그걸 바탕 삼아 보이지 않는 힘을 길러, 그 무렵은 진나라 조정에서 내려온 관리들과는 또 다른 방식으로 오중 거리를 주무르고 있었다.

항량은 특별히 기골이 장대하고 용맹스러워 뵈지는 않았으나, 사람들이 곧잘 믿고 따라 줄 만큼 탄탄하면서도 단정한 용모를 지니고 있었다. 거기다가 배우지 못한 이들이 의지할 만한 학식을 지녔으면서도 너그럽고 따뜻한 인품은 쉽게 정감을 느끼게 했다. 하지만 무엇보다도 오중 사람들이 가슴으로 그를 받아들일 수 있게 한 것은 그 혈통이었다.

항씨(項氏)는 옛 초나라의 이름난 장군 집안으로서, 그 조상이 일찍이 항(項) 땅의 제후로 봉해졌기 때문에 성을 그렇게 쓰게 되었다. 대대로 초나라를 위해 걸출한 장수를 배출해 왔는데, 특히 초나라의 마지막 명장 항연(項燕)은 오래도록 모든 초나라 사람들의 존경과 사랑을 받았다.

항연은 하상 사람으로 초나라 효열왕(孝烈王) 때 장군이 되어, 기우는 나라의 든든한 버팀목 노릇을 했다. 그가 훌륭한 장수였다는 점에서도 대개의 기록이 일치한다. 하지만 그 마지막 왕 부추(負芻, 형왕)와의 관계는 책에 따라 다르게 전해지고 있다. 곧 『자치통감』은 진나라 장수 왕전이 먼저 항연이 이끄는 초군(楚軍)을 격파하고 그를 죽인 뒤, 다시 이듬해 초나라로 쳐들어가 그 왕 부추를 사로잡았다고 한다. 그러나 『사기』에는 부추가 먼저 사로잡힌 뒤 항연이 왕족 창평군(昌平君)을 초나라 왕으로 세우고 회남에서 군사를 일으킨 것으로 나와 있다. 그리하여 초나라 재건을 위해 왕전과 싸우다가 왕전이 창평군을 잡아 죽이자 그도 자살했다고 한다.

이치로 보아서는 근 천 년이나 뒤에 쓰인 『자치통감』을 믿어야 할 것이나, 다른 여러 문헌에 나타나 있는 당시 초나라 유민들의 감정으로 미루어 보아서는 『사기』의 기록에 더 믿음이 간다. 왜냐하면 초나라 부흥 운동과 실패가 자아내는 비장감이 아니고서는 항연을 향한 초나라 사람들의 그 흔치 않은 흠모와 미련을 설명할 수 없기 때문이다. 죽은 지 10년이 지난 뒤에도 항연은 여전히 어딘가 숨어 살며 초나라의 부흥을 도모하고 있는 것으로 얘기되고 있었으며, 초나라 유민들의 저항 의지를 자극하는 상징적 존재로 기능했다.

"단 석 집이 남아 있어도 진(秦)을 망하게 하는 자는 반드시 초나라의 유민(遺民)일 것이다."

진나라에 의해 천하가 통일된 뒤 은밀히 세상에 떠돈 말 중에는 그런 것이 있었다. 남공(南公)의 말이 민간에 널리 퍼지게 된 것인데, 그것은 무엇보다도 초나라가 육국의 다른 나라들에 비해 특히 이질적이었던 것과 초나라 회왕의 비극 때문에 그리되었을 것이다.

진나라 소양왕은 연횡책으로 초나라를 농락하던 끝에 동맹을 맺자고 속여 초나라 회왕을 진나라 영토인 무관(武關)으로 꾀어 들였다. 그리고 회왕이 속아 무관으로 들자 매복해 둔 군사로 그를 사로잡아 함양으로 끌고 갔다. 그 뒤 진나라는 초나라의 땅을 뺏기 위해 회왕에게 온갖 위협과 모욕을 주다가 죽은 다음에야 초나라로 돌려보냈다. 그 때문에 그때까지 진나라와 의연히 맞서오던 남방의 강국 초나라는 크게 혼란해졌다. 갑작스레 임금을 잃고 우왕좌왕하는 사이에 스스로 지키기에도 급급한 약소국으로 전락했다가, 마침내는 진나라 장수 왕전이 이끈 대군에 어이없이 멸망당하고 만다.

하지만 진나라가 반드시 초나라의 잔여 세력에게 망하리라는 말은 또한 항연의 초나라 부흥 운동에서 비롯되었다는 주장도 있다. 멸망당한 육국 중에서 임금을 다시 세우고 진나라에 맞선 최초의 나라와 인물은 초나라요, 항연이기 때문이다. 그런데 항량은 바로 그 항연의 아들이었다. 조국을 위해 싸우다 장렬하게 전사한 것으로 알려져 있지만, 실은 어딘가에 숨어 조국의 부흥을 도모하고 있다는 영웅의 아들. 그런 뜬소문만으로도 항량은 오중 사람들의 존중을 받기에 넉넉하였다. 거기다가 다시 사람들 사이에 은밀하게 나도는 그 망명의 이유는 더욱 사람들을 감동시켰다.

초나라의 마지막 숨통이 끊어지던 그해 끝내 싸움에서 진 항연이 자살했다고 전해지자 하상에 있는 그의 집안은 풍비박산이 났다. 수백을 헤아리던 노비와 식객들은 항연에게 오래 시달린 진병(秦兵)들의 보복이 두려워 달아나고, 더부살이하던 피붙이들도 슬금슬금 흩어지기 시작했다. 하지만 항연의 아들 사 형제는 대를 이은 명가의 자제다웠다.

맏이 항백(項伯)은 어질면서도 생각이 깊었고, 가운데 항중(項仲)과 항숙(項叔)은 기골이 장대하고 용맹이 뛰어났다. 막내 항계(項季)는 아비 항연을 닮아 지략이 있고 결단이 빨랐다. 떠나는 이들에게 재물을 아끼지 않고 나눠 준 그들 사 형제는 끝까지 남아 함께 죽기를 원하는 사람들과 더불어 밀려드는 진나라 세력에 맞서 마지막 저항을 펼쳤다.

항씨 사 형제와 그들을 따르는 족당(族黨) 식객들은 먼저 조국을 망하게 한 내부의 적부터 쓸어버리기 시작했다. 하상 일대에서 전부터 연횡책을 내걸고 진나라의 간세 노릇을 해 온 매국노들과 진주해 오는 진병을 스스로 나아가 웃음으로 맞아들이는 비굴하고 간교한 무리들이 바로 그들이었다. 때로는 정복자로서의 횡포를 부리는 진병들도 타격의 대상으로 삼았다.

하지만 상대도 맥없이 목을 내놓지는 않아 그와 같은 항씨 사 형제의 저항과 매국노 처단은 곧 조직적인 반격을 받았다. 한동안 싸움은 작지만 치열한 내전의 형태로 진행되다가, 진나라의 대군이 밀려들면서 쫓기는 것은 오히려 그들 사 형제가 되었다. 어느 날 밤 진병과 그 앞잡이들의 갑작스러운 반격을 받아 항중, 항숙을 비롯한 많은 일족과 식객들이 죽고, 남은 사람도 서로의 생사를 모른 채 기약 없이 흩어져 달아났다.

항계는 그때 만형 항백과 헤어진 뒤 형 숙(叔)의 한 점 혈육 항적(項籍)만을 간신히 구해 내 함께 하상을 빠져나왔다. 그리고 이름을 량(梁)으로 바꾼 뒤 진병을 앞세우고 그들을 뒤쫓는 원수들을 피해 여기저기 떠돌다가 오중까지 흘러들게 되었다. 하지만 오래잖아 요란한 소문이 되어 항량을 뒤따라 내려온 하상에서의 일들은 항연의 아들이라는 그의 남다른 혈통 못지않게 오중 사람들을 감동시켰다. 시황제가 마지막으로 제나라를 무너뜨려 혼일사해(混一四海)를 이루었던 해의 일이었다.

'벌써 일곱 해가 지났는가? 아니면 여덟 해…….'

그날 오중성 밖의 한적한 장원 사랑채에 앉아 때 아닌 회상에 빠져 있던 항량은 그렇게 중얼거리며 사창(紗窓)을 열고 밖을 내다보았다. 어느새 봄이 짙어져 뜰 안 이곳저곳에 봄꽃이 환히 피어 있었다. 더는 뒤쫓는 사람이 없다 싶자 조카 항적과 함께 살기 위해 사들인 장원인데, 가꿔 놓은 뜰이 제법 볼만했다.

그러고 보면 급하게 쫓기면서도 용케 지니고 온 재물 또한 그들 아재비와 조카가 위엄을 잃지 않고 오중에 뿌리를 내리는 데 한몫을 크게 했을 것이다. 빈틈없는 성격을 지닌 항량은 진작부터 여러 대에 걸친 문벌 항씨가의 재산을 갈무리하기 쉬운 보화로 바꾸어 하상 여러 곳에 나누어 감춰 두었다. 그러다가 어쩔 수 없이 쫓기게 되자 그것들 중 일부를 거두어 망명 길에 올랐다. 이제 그들 숙질이 군색하지 않게 자리 잡고 살게 된 오중의 그 장원도 그 재화 덕분이었다.

'그런데 저게 무얼까?'

꽤 넓은 뜰 안을 돌아보던 눈을 날카롭게 찔러 오는 듯한 한줄기 빛이 있어 항량이 눈길을 그곳으로 돌렸다. 뜰 한구석 한적한 나무 그늘 저쪽이었다. 무언가 흰 장막 같은 것이 펼쳐져 있다가 이내 걷혔다. 그 안에서 드러난 것을 보니 한 자루 장검을 들고 있는 청년이었다.

'우(羽)로구나. 우가 칼을 익히고 있었구나…….'

우는 조카 항적이 몇 해 전에 늦은 관례를 치르면서 받은 자였다. 항량은 문득 한없는 자애의 눈길로 항우를 살펴보았다.

항량에게 항우는 죽은 가운데 형이 남긴 한 점 혈육인 동시에 초나라에서도 알아주던 자신의 가문, 하상 항씨의 유일한 후사이기도 했다. 큰형 백(伯, 항백)은 생사를 알 수 없고, 나이 쉰이 가까운 항량 자신은 그때까지 소생이 없었다. 쫓기는 몸이라 예를 갖춰 아내를 맞아들이기 어려웠을뿐더러, 몇몇 정을 붙여 몸을 섞은 여인이 있어도 어찌 된 셈인지 태기를 호소하는 일은 없었다.

'그렇다면 조금 전에 내가 본 흰 장막 같은 것이 저 아이가 펼친 검기(劍氣)였단 말인가. 벌써 저 아이의 검술이 그 경지에 이르렀단 말인가.'

한참이나 항우를 먼빛으로 바라보고 있던 항량이 문득 몸을 일으키며 그렇게 중얼거렸다. 이제는 작은아버지로서가 아니라 한 무사로서 흥미가 인 듯했다.

장군가의 자제답게 항량도 어려서부터 무예를 익혔다. 당연히 성취도 있어 유협들 사이에서도 무예 때문에 업신여김을 당하지는 않았고, 난군 속에 떨어져도 몸을 가릴 만큼은 되었다. 하지만 방금 본 검기는 그런 항량이 보기에도 눈부셨다.

가만히 방문을 열고 밖으로 나선 항량은 짐짓 발소리를 죽이며 뜰을 가로질러 항우에게로 갔다. 조카의 무예 수련을 방해하지 않겠다는 뜻이었지만, 그에 못지않게 몰래 조카의 성취를 가늠해 두고 싶은 마음도 있었다. 떨기나무와 굵은 나뭇등걸에 몸을 감추며 다가가는 것도 그 때문이었다.

항우는 칼 끝을 땅바닥 쪽으로 늘어뜨린 채 거칠어진 숨을 고르고 있었다. 여덟 자 키에 우람한 몸매와 순진해 뵈면서도 위엄 서린 얼굴이었다. 당시의 자[尺]는 약간 짧아, 여덟 자라 해 봤자 뒷날로 치면 여섯 자 남짓이었으나, 그 키만으로도 일반적으로 왜소한 초나라 사람들과 견주면 산악 같다 할 만했다. 그 늠름하고 환한 항우의 모습이 다시 항량의 입가에 흐뭇한 미소를 짓게 했다.

그사이 한숨을 돌린 항우는 장검을 칼집에 거두더니, 나뭇등걸에 기대 세워 두었던 창을 집어 들었다. 긴 자루 끝에 쌍날이 달려 베기와 찌르기를 겸할 수 있는 창으로, 날은 진과(秦戈)와 달리 쇠로 벼려져 있었다. 자루도 철갑을 씌워 여느 창보다는 몇 배나 무거워 보였다.

항우는 계부(季父)가 숨어서 보고 있음을 알기나 하듯 창을 들어 천천히 창법을 펼쳐 보였다. 처음에는 단병접전(短兵接戰)에서의 창법이었는데 찌르고 베는 기세가 사납고 매섭기 그지없었다. 다음은 여럿과의 차륜전(車輪戰) 형태인데 대여섯 군데에서 번갈아 치고 드는 적을 받아 내는 동작이 여간 엄밀하지 않았다. 마지막이 대병 속의 혼전을 헤쳐 나가는 창법이었다. 사방팔방, 상하좌우에서 베고 질러 오는 창칼을 퉁겨 내며 맞받아 베고 찌르는 것인데, 시간이 흐를수록 창날의 속도는 빨라졌다. 그러다가 어느 때가 되자 다시 항우의 몸은 창대가 짓는 그늘과 창날이 내뿜는 빛의 장막에 가려져 보이지 않았다.

'놀랍구나. 어느새 이 아이의 솜씨가 이토록 휘황하게 어우러졌단 말이냐…….'

항량은 그렇게 감탄하며 문득 항우가 처음 무예를 배우기 시작한 날을 떠올렸다.

몇 년 전 항량이 처음 항우에게 가르친 것은 글이었다. 비록 어려서부터 떠돌아다니며 숨어 살았지만 태어난 가문 덕분인지 항우는 그때도 초나라의 서법(書法) 정도는 대강 알고 있었다. 그러나 천하를 아우른 시황제가 문자를 하나로 통일하자 항우는 문맹이나 다름없이 되어 버렸다. 이에 항량은 다시 진의 서체인 전서(篆書)를 배우게 했던 것인데, 결과는 뜻 같지가 못했다.

"끝엣아버님, 대장부에게 문자란 자기 이름만 쓸 줄 알면 넉넉한 것입니다. 도필리(刀筆吏, 문서를 맡은 관리)로 일생을 살고자 하지 않을 바에야 무엇 때문에 그 많은 문자를 다 익혀야 합니까?"

어느 날 항우는 그렇게 말하며 책을 덮더니 다시는 펴려 하지 않았다. 항우의 고집을 잘 알고 있는 항량이라 억지로 글을 가르치려 들지는 않았다. 한동안 항우를 살피다가 슬며시 권해 보았다.

"그럼 칼 쓰기를 배워 보겠느냐? 무(武)란 대장부가 마땅히 본업으로 삼을 만한 것이니라."

항우는 그 새로운 권유를 순순히 받아들였다. 처음 얼마간은 항량으로부터 직접 가르침을 받기도 하고, 때로는 돈 들여 불러들인 무예의 달인들로부터 새로운 무예 초식(招式)을 전수받기도 했다. 하지만 그것도 잠시였다. 반복 단련에 싫증이 났는지 곧 검술에 시들한 태도를 보였다.

"우리 초나라가 진에게 망한 것은 결코 문(文)이 뒤져서가 아니었다. 사람의 목을 잘라 오는 것을 그 어떤 공보다 으뜸으로 삼는 저들의 상무(尙武)에 진 것이었다. 너는 진병의 칼날 아래 피를 뿜고 쓰러진 부조(父祖) 두 대에 걸친 한을 잊지 말라!"

항량은 항우가 무예 익히기를 게을리할 때마다 그렇게 다그쳤으나, 항우는 왠지 불만한 기색을 숨기려 들지 않았다.

"무(武)라는 게 손목과 팔로 창검을 익히는 것만은 아닐 것입니다."

하지만 항량은 그 말을 자신의 게으름을 감추기 위한 핑계로만 받아들였는데, 이제 보니 그게 아닌 듯했다. 그 몇 년 항우는 무예에 온 힘을 쏟아 상당한 성취를 이루었고, 이제는 그 성취를 바탕 삼아 보다 높고 새로운 경지로 나아가기를 바라고 있음에 틀림없었다.

"어르신, 주인 어르신."

갑자기 등 뒤에서 부르는 소리에 항량이 얼른 돌아보았다. 늙은 청지기가 아전바치(군리) 하나를 데리고 저만치 서 있었다.

'또 무슨 일인가. 이번에는 몇 명이나 긁어모아야 하나…….'

아전바치를 알아본 순간 항량은 짜증부터 났다. 대낮부터 사람을 보낸 것으로 보아 회계수(會稽守, 회계 태수. 태수란 관명은 한 대부터 쓰인다.)가 또 군역(軍役)이나 요역(徭役)에 끌고 갈 사람을 졸라 댈 작정인 듯했다. 하지만 당장은 조카에게 자신이 엿보고 있었음을 들키게 된 게 더욱 짜증났다.

"무슨 일이냐?"

"관아에서 사람이 왔습니다."

그제야 항량도 군에서 나온 관리를 알은체하며 그에게로 걸음을 옮겼다.

"공조리(功曹吏)께서 어인 일로 또 오시었소?"

그러면서 흘긋 항우 쪽을 보니 항우는 어느새 창을 거두고 짙은 나무 그늘로 사라지고 있었다. 성난 듯한 그의 뒷모습에서 좋건 나쁘건 자신을 쉽게 남 앞에 드러내지 않으려는 조카의 자존망대한 습성이 그대로 드러나고 있었다.

“군수께서 나리를 찾으십니다.”

항량의 속마음을 읽기라도 한 것인지 군리가 공연히 주눅 든 얼굴로 대답했다.

‘보아하니 이번에는 뭔가 저 혼자만으로는 가운데서 절충하기 어려운 일을 내게 떠넘기려는 모양이구나…….’

항량은 문득 군수 은통(殷通)의 의뭉스러운 얼굴을 떠올리며 그렇게 중얼거렸다. 하지만 어쨌든 은통은 수십만 호 회계 백성들의 생사여탈을 주무르는 군수였다. 그가 사람을 보내 찾는다니 우선 조카의 일은 잠시 잊을 수밖에 없었다.

천하가 하나로 되면서 진나라가 벌인 이런저런 토목공사 때문에 천하 서른여섯 군에서 적지 않은 사람이 인부로 끌려갔다. 그러다가 시황제 32년 연나라의 방술사 노생(盧生)이 동해에서 참위(讖緯)의 글귀를 얻어오면서 한층 더 많은 사람을 끌고 가게 되었다.

‘진나라를 망하게 할 자는 호다[亡秦者胡].’란 구절을 본 시황제는 호(胡)를 말 그대로 오랑캐, 그것도 북쪽 흉노(匈奴)로 해석했다. 그해 바로 장군 몽염에게 군사 30만을 딸려 주며 흉노를 치게 했고, 이듬해부터는 그 땅 곳곳에 요새를 쌓아 쫓겨난 그들이 다시 돌아올 수 없게 했다. 또 그 이듬해부터는 천하에서 널리 일꾼들을 끌어내 중원으로 밀려오는 흉노를 막을 장성을 쌓기 시작했다.

그렇게 되니 천하의 군현이 모두 군사와 인부를 대기 위해 진땀을 빼야 했다. 병졸로 나가든 막일하는 역도로 떠나든 돌아오기를 기약하기 어려운 길이라, 백성들은 누구도 선뜻 떠나려 하지 않았다. 일거리가 많은 진나라 도성이나 흉노와의 싸움터뿐만 아니라 장성을 쌓을 요해처가 모두 서북의 멀고 험한 땅에 몰려 있는 데다, 도달해야 할 날은 엄하게 정해져 있어도 돌아갈 날은 정해져 있지 않았기 때문이었다. 따라서 조정에서 보내라는 사람의 머릿수를 맞춰 대기가 군현마다 여간 힘들지 않았다.

그중에서도 회계군은 특히 더했다. 땅 자체가 진나라 중심부에서 멀리 떨어져 있을뿐더러, 그 어느 지역보다 반진(反秦)의 감정으로 불온한 옛 초나라 땅이었다. 무리하게 백성을 끌어내다가 어떤 일이 벌어질지 몰랐다. 누군가 진나라 조정에서 내려보낸 관리와 오중의 토착민 사이를 중재하고 조정할 사람이 꼭 필요했다.

시황제가 보낸 진(秦) 회계 군수 은통은 몇 년 전부터 그 일을 항량에게 맡기고 있었다. 항량이 초나라의 명문자제라는 풍문이라든가, 어딘가 반역의 냄새를 풍기는 그의 감춰진 전력이 께름칙하지 않은 것은 아니었으나, 우선 급한 것은 발등에 떨어진 불이었다. 언제 터질지 모르는 오중 백성들의 불만을 어루만지기 위해서는 그들로부터 믿음과 사랑을 받는 항량을 내세워 달래는 수밖에 없었다.

항량도 기꺼이 그 일을 떠맡아 왔다. 당장 진나라를 뒤엎고 초나라를 되일으켜 세울 수 없을 바에야, 적당한 양보를 얻어 내고 진나라에 순응하는 것이 오중 사람들을 지키는 길이었다. 은통과의 담판에서 군역을 부역으로 바꾸고, 보낼 사람의 머릿수를 원래보다 줄인 뒤, 다시 오중의 부로(父老)들을 모아 줄어든 부담을 받아들이도록 달래는 것이 대개 그가 하는 중재와 조정의 내용이었다.

항량이 관아에 이르러 보니 은통은 객청에서 홀로 기다리고 있었다. 평소에는 무슨 두꺼운 가죽이라도 덮어쓴 듯 속내를 짐작할 길 없던 그의 크고 무표정한 얼굴이 그날따라 어둡게 굳어 있는 걸로 보아 예사 아닌 어려움이 있는 것 같았다.

"항 씨 아우님."

차 한잔 다 비우기도 전에 은통이 가라앉은 목소리로 서두름을 감추며 항량을 불렀다. 언제부터인가 은통은 항량보다 몇 살 손위임을 내세워 항량을 아우로 부르면서 친분과 신임을 과장하고 있었다.

"위에서 점점 고약한 문서들이 내려오고 있네. 아마도 우리 황제께서는 천하 백성들을 모조리 끌어다가 싸움터 아니면 일터로 넣으실 작정인가 보이."

그럴 때의 은통은 시황제의 권위를 대신하여 내려온 삼엄한 관리가 아니라 정말로 같은 고장에 함께 사는 형 같은 데가 있었다. 항량도 걱정스러움을 과장하며 물었다.

"무슨 일이십니까?"

"조정에서 장성을 쌓을 역도 1만과 남월(南越, 이때의 남월은 계림, 상군, 남해를 가리킨다.)에 수(戍)자리 보낼 장정 만 명을 우리 군에서 보내 달라는군. 한꺼번에 2만씩이나 내놓으라니 이 형은 그저 아뜩할 뿐이네. 항량 아우, 이 일을 어쩌면 좋겠나?"

한창 때의 회계군이 22만 호. 이제는 전란으로 죽고 여기저기 끌려가 20만 호에 훨씬 못 미치니, 진나라 조정이 원하는 2만을 내려면 다시 열 집에 장정 한 명은 내야 한다. 더구나 작년, 재작년 이태를 거듭 몰아쳐 이미 석 집에 하나꼴로 역도를 끌고 가지 않았던가. 하지만 그렇다고 아무도 보내지 않고 그냥 버틸 수는 없을 것이다. 항량은 속으로 가만히 오중 땅이 더 낼 수 있는 머릿수를 가늠해 보았다.

"그 일이라면 이젠 저도 어찌해 볼 수 없습니다. 작년 함양에 일꾼 만 명을 낼 때도 이미 젊은이들만으로는 모자라 머리 허연 늙은이들까지 나서지 않았습니까?"

이윽고 마음속의 선을 정한 항량이 먼저 그렇게 운을 떼어 은통의 속을 떠보았다. 은통이 능청을 떨었다.

"나도 알고 있네. 하지만 어쩌겠나? 늙은 이 한 몸 벼슬과 목을 내놓는 일이야 어렵지 않지만, 뒤이어 밀어닥칠 조정의 대군은 또 어떻게 하나? 만약 정한 머릿수를 보내지 않으면 황제께서는 반드시 우리 회계에 반역의 죄를 물으실 터인즉……."

가장 회계군 사람들을 생각하는 척하면서 하는 위협이었다. 하지만 진나라의 엄한 법령이나 점점 더 자기도취에 깊이 빠져 들어가는 시황제의 가혹한 결정들을 돌이켜 보면, 그저 말로만 해 보는 위협은 결코 아니었다. 그 한 예가 그해 온 천하를 흉흉하게 한 책 불사르기 소동[焚書]이었다.

옛 제나라 땅 사람인 박사 순우월(淳于越)이 지금 진나라가 천하에 시행하고 있는 군현제에 왕족들끼리 서로를 지켜 주는 기능이 없음을 걱정하며, 지난 시대의 봉건제를 부활해야 한다고 주장한 적이 있었다. 그러자 승상 이사가 글로 이렇게 아뢰었다.

오제(五帝)의 다스림이 서로 중복되지 않고, 하(夏), 상(商), 주(周) 삼대가 서로 이어받음 없이 각자의 방식으로 천하를 다스린 것은 서로를 반대해서가 아니라 시대가 변하여 달라졌기 때문입니다. 이제 폐하께서 대업을 창시하시어 만세의 공덕을 세우셨으니, 어리석은 유생들로서는 진실로 그 뜻을 이해할 수 없을 것입니다. 하물며 순우월이 말한 것은 3대의 일이니 어찌 반드시 본받아야 할 일이겠습니까.

이전에는 제후들이 서로 다투었으므로 나라마다 높은 관직과 후한 봉록으로 떠도는 선비들을 불러들였습니다. 그러나 이제는 천하가 하나로 안정되어 법령이 통일되었으며, 백성들은 집 안에서 농공(農工)에 힘쓰고 선비들은 법령과 형률(刑律)을 배우고 있습니다. 다만 유생의 무리들만 지금의 것을 배우지 않고 옛것만을 배워 지금의 세상을 그르다 헐뜯으며 백성들을 미혹하고 있습니다.

이에 승상인 이사는 감히 아뢰옵니다. 옛날에는 천하가 혼란스러워 어느 누구도 천하를 통일하지 못했습니다. 그러므로 제후들이 서로 군사를 일으키고 하는 말마다 옛것을 내세워 지금을 헐뜯고, 허망한 것을 늘어놓아 실질적인 것을 어지럽혔습니다. 또 저마다 사사로이 배운 것만을 높이 치켜세움으로써 천자의 조정에서 세운 제도를 비난하였던 것입니다.

하지만 이제 황제께서 천하를 통일하시어 흑백을 가리고, 모든 것은 지존(至尊)한 분에 의해 결정되도록 하셨습니다. 그런데도 사사로이 배운 것으로 조정의 법령과 교화를 비난하고, 법령을 들어도 자신의 학문으로 그 법령을 따질 뿐이며, 조정에 들어와서는 마음속으로 비난하고, 조정을 나가서는 길거리에서 의논하는 일이 잦습니다. 임금에게 자신을 과시하여 명예를 얻으려 하고, 기이하고 별난 주장을 내세워 자신을 높이려고 하며, 백성들을 모아 조정을 헐뜯고 깎아내리는 말을 퍼뜨리기도 합니다.

만약 이러한 일들을 엄하게 금지하지 않는다면 위에서는 황제의 위세가 떨어지고 아래에서는 붕당이 갈라질 것이니 실로 걱정입니다. 신이 청하옵건대 사관(史官)에게 명하시어 진나라의 전적이 아닌 것은 모두 태워 버리게 하시고, 박사관(博士館) 이외의 곳에 있는 '시(詩)', '서(書)' 및 제자백가들의 저서는 지방의 관리들이 모두 모아 태우게 하옵소서. 감히 '시'와 '서'를 이야기하는 자는 저잣거리에서 사형에 처하시어 백성들에게 본보기로 삼게 하시며, 옛것으로 지금의 일을 나무라면 그 일족을 모두 죽이시옵소서. 또 그와 같은 일을 보고도 잡아들이지 않는 관리는 같은 죄로 다스리시고, 명령이 내려진 지 한 달이 지나도 책을 태우지 않은 자는 얼굴에 먹을 뜨고[黥刑]

멀리 변방으로 노역[城旦刑]을 보내소서.

불태워 없애지 않을 서적은 의약과 점복(占卜)과 종수(種樹)에 관하여 쓴 것들만으로 하시고, 만약 법령을 배우고자 하는 자가 있다면 다만 관리를 스승으로 삼게 하소서.

아무리 법가의 논리라고 하지만 지나치게 철저하고 비정한 전개이며, 아첨이라면 너무도 지독한 아첨이다. 자신의 정서나 이념에 맞지 않는다 해서 남의 책을 함부로 태워 없애는 짓, 어쩌면 시황제를 폭군 또는 반문화의 상징으로 굳어지게 한 것은 바로 그 때문인지도 모른다. 그런데도 시황제는 그런 이사의 말을 받아들여, 그해 천하 모든 거리의 회벽이 책 태우는 연기에 검게 그을릴 지경이었다.

"좋습니다. 남월에 몇 천 명을 보내는 일이라면 어떻게 한번 달래 보지요. 그것도 멀지 않은 곳의 수자리라 오중 부로들에게 입이라도 떼어 볼 수 있는 겁니다."

이윽고 항량이 그렇게 절충으로 들어갔다. 은통이 어림없다는 듯 받았다.

"나라의 명에도 체면이라는 것이 있네. 장성의 역도 또한 이미 말을 냈는데 어떻게 없었던 것으로야 할 수 있겠나? 그쪽도 몇 천은 보내야 하네. 남월 쪽은 적어도 5천을 넘겨야 할 것이고……."

"그렇다면 저는 이만 이 일에서 손을 떼겠습니다. 빈대도 낯짝이 있다고, 제가 무슨 낯으로 다시 이 땅의 늙은 부모들로부터 자식을 빼앗고 아낙네들로부터 지아비를 떼어 낼 수 있겠습니까?"

"그렇지만 어쩌겠나? 우리 진나라의 엄한 법령은 아우도 잘 알고 있지 않나? 아우야말로 다시 한번 멀리 내다보고 방도를 내보게. 어떻게 조정의 노여움을 사지 않도록 저 사람들을 잘 달래볼 길은 없겠나?"

그렇게 두 사람의 밀고 당기기는 한동안 이어졌다. 그러다가 마침내 이루어진 절충은 장성과 남월에 각각 5천씩만 보내되, 보내는 기일을 끌 수 있는 대로 끈다는 것이었다.

'늙은 너구리 같은 놈. 아마도 처음부터 절반만으로 예상하고 있었을 것이다. 내가 오중 사람들을 위해 한 일이 있다면, 기껏해야 그들이 조금 더 천천히 채비를 갖춰 떠날 수 있게 한 것뿐일지도 모르겠다.'

항량은 그렇게 속으로 중얼거리며 공연히 쓴맛이 도는 차 한 잔을 비우고 관아를 나왔다. 그런데 관아를 벗어난 항량이 저잣거리를 지나갈 무렵이었다. 누가 뒤따라오면서 큰 소리로 항량을 불렀다.

"항 대협님, 항 대협님."

항량이 돌아보니 만구(曼狗)란 건달이었다. 정한 거처도 하는 일도 없이 저잣거리를 빈둥거리면서 이런저런 허드렛일이나 잔심부름으로 겨우 입치레나 하며 지내는 녀석이었다. 항량도 일이 있으면 언제나 그를 불러 머슴처럼 부렸다.

"무슨 일이냐?"

항량이 걸음을 멈추고 묻자 숨이 턱에 닿도록 달려온 만구가 헉헉거리며 말했다.

"어찌 그리 소리 소문 없이 관아를 드나드십니까? 안에서 말씀 나누고 계시다는 말을 듣고 진작부터 문밖에서 기다렸는데…… 문지기의 얘기를 듣느라 잠시 한눈파는 사이에……."

"무슨 일이냐니까."

말 많은 것을 싫어하는 항량이 다시 그렇게 만구의 말허리를 잘랐다. 그제야 만구도 조금 숨이 가라앉았는지 차분하게 대답했다.

"굴씨가(屈氏家) 노마님께서 돌아가셨습니다. 젊은 나리께서는 통곡만 하고 계시고 몇 안 되는 집안사람들이나 이웃도 어찌할 바를 몰라 대협님만 찾고 있습니다."

굴씨는 초나라의 왕성(王姓)으로, 경씨(景氏), 소씨(昭氏)와 더불어 3대 왕족의 하나였다. '초나라에 세 집[三戶]만 남아도 진나라를 망하게 할 것은 반드시 초나라일 것이다.'라는 말에서 세 집은 말 그대로 세 가구가 아니라 그들 세 왕성을 가리킨다고 해석하는 사람도 있다. 하지만 그 일이야 어쨌든, 나라가 기울어지면 그 왕족 또한 욕을 면할 길이 없는 법, 굴씨도 마찬가지였다. 먼저 그 가문의 빼어난 인재인 굴원(屈原)과 굴개(屈丐)가 원통하고 욕스럽게 죽어 머지않은 초나라의 멸망을 예감케 했다.

회왕(懷王) 때 삼려대부(三閭大夫)였던 굴원은 이름이 평(平) 또는 정칙(正則)이고 자는 영균(靈均)이었다. 견문이 넓고 의지가 굳세었으며, 치란(治亂)에 밝고 문사(文辭)에도 능숙하였다. 그는 좌도(左徒)로 일하면서 제나라와 합종하여 진나라에 맞서기를 주장해 왔는데, 상관대부(上官大夫)인 근상(靳尙)이란 자의 참소로 조정에서 쫓겨나고 말았다.

그 뒤 굴원은 별로 중용되지 못했으나 나라를 생각하는 마음은 변함이 없었다. 길이 있을 때마다 올바른 진언으로 회왕을 깨우쳤다. 연횡책을 앞세운 진나라 승상 장의(張儀)의 농간을 가장 잘 알아본 것도 그였으며, 진나라 소왕의 속임수에 넘어가 무관(武關)으로 가려는 회왕을 누구보다 힘써 말린 것도 그였다.

하지만 자신을 다시 불러 써 줄 회왕은 끝내 무관으로 갔다가 진나라의 매복계에 걸려 함양으로 끌려간 후 시체가 되어서야 초나라로 돌아왔다. 거기다가 회왕의 뒤를 이은 경양왕 또한 간신의 참소에 넘어가 굴원을 다시 불러 쓰기는커녕 오히려 먼 곳으로 유배까지 보냈다. 그리하여 절망한 굴원은 멱라수(汨羅水)에 몸을 던지게 되는데, 그때의 애절한 심사는 그가 남긴 「어부사(漁夫辭)」 한 구절에 잘 드러나 있다.

> …… 내 들으니 새로 머리를 감은 사람은 반드시 갓을 털고, 새로 멱을 감은 사람은 옷을 털어 입는다 하였다. 어찌 이 맑고 깨끗한 몸으로 더러운 것들을 받아들일 수 있으랴. 차라리 저 푸른 물결에 몸을 던져 물고기 밥이 될지언정 어찌 희고 맑은 이 몸으로 세상의 티끌을 뒤집어쓸 수 있으랴…….

굴개 또한 회왕 시절의 장수로서 초나라 장졸들에게 두루 신망을 얻고 있었다. 그러나 회왕이 진나라로부터 땅 6백 리를 얻게 해 주겠다는 장의의 꾐에 넘어가 제나라와의 맹약을 저버리면서 고약한 싸움에 빠져들게 되었다. 결국 진나라 땅은 얻지 못하고 동맹국인 제나라의 신의만 잃게 되자, 성난 회왕이 진나라에게 무모한 싸움을 건 탓이었다.

굴개는 왕명을 받아 갑작스럽고도 내키지 않는 싸움을 하러 진나라로 쳐들어갔다. 하지만 미리 사태를 예견하고 기다리고 있던 진나라 군대에게 단수(丹水)와 석수(淅水) 가에서 여지없이 지고 말았다. 이때 초나라 군사 8만 명이 목을 잃었고, 한중 땅을 진에게 빼앗겼으며, 장수인 굴개도 사로잡혀 욕되게 죽었다. 연횡책을 내세운 진나라의 간계에 당했다는 점에서는 굴원과 비슷한 데가 있다.

그러하다 보니 통일을 이룬 뒤에도 진나라 조정이 굴씨들을 곱게 보아줄 리가 없었다. 초(楚) 땅에서 불온한 움직임이 있을 때마다 눈을 부릅뜨고 그들을 살폈고, 구실만 찾으면 여느 사람들보다 몇 배나 가혹하게 다루었다. 이에 굴씨들은 초나라의 도읍인 영(郢)을 떠나 사방으로 흩어졌다. 오중으로 흘러들었다가 방금 상을 당한 집안도 그중의 하나였다.

항량은 생전의 굴씨가의 노마님을 본 적도 없고 집안의 다른 사람들과도 특히 친하게 지낸 적은 없었다. 하지만 전부터 동병상련의 정은 느껴 오고 있었다. 먼저 그 집안의 형세가 외롭고 가난함을 헤아려 급한 일부터 만구에게 일러 주었다.

"알았다. 만구 너는 상문객(喪門客)부터 몇 모아 보내라. 그리고 피리 부는 주오(朱五)네 패거리도 찾아보고."

그 시대는 산 사람을 보살피는 일[養生]보다 죽은 사람을 보내는 일[喪死]이 훨씬 무겁고 귀하게 여겨지던 때라, 장례에 관련된 일로 벌이를 삼는 사람들이 많았다. 상문객(喪門客)은 장례식에 가서 삯을 받고 울어 주는 사람들을 말하며, 피리 부는 사람 또한 상가에서 일삼아 장송곡을 연주하는 악단의 일부였다.

항량은 먼저 곡해 주는 사람들과 피리 부는 사람부터 부르게 함으로써 장례의 겉모양부터 갖추게 했다. 하지만 장례의 실질은 죽은 이를 산 사람들로부터 떼어 내는 일로, 그 과정에서 슬픔을 일정한 형식으로 나타내 객관화하기 위해서는 더 많은 사람이 필요하였다. 항량은 상가로 가는 도중에 다시 몇 군데 들러 자신이 부릴 사람들을 떠오르는 대로 모두 불러 모았다.

항량이 상가에 이르니 굴씨가의 젊은 상주는 경황없이 울고만 있었다. 나라 잃고 떠돌아다니는 왕족의 군색함과 고단함이 그대로 드러나는 살림이었다. 집 안은 몇 안 되는 노복과 가동(家僮)들만이 어찌할 바를 몰라 하며 오락가락하다가 항량이 불러들인 한 떼의 상문객들이 곡상봉(哭喪棒)을 들고 몰려들어서야 비로소 상가답게 어우러졌다.

오래잖아 항량의 부름을 받은 오중의 자제들이 하나둘 굴씨가로 몰려들기 시작했다. 항량은 그들을 맞아 평소에 알아 둔 바 능력대로 일을 맡겼다. 셈이 빠르고 이재에 밝은 사람에게는 장례에 쓰이는 금전의 출납을 맡겼고, 발이 넓고 물자의 흐름을 잘 살피는 이에게는 제기(祭器)와 장구(裝具)의 수급을 맡겼다. 또 상주의 친지와 연비(聯臂)를 많이 아는 이에게는 발이 빠른 젊은 이를 붙여 되도록 널리 상을 알리게 했다.

문상 오는 손님들도 항량의 조직과 배치에서 빠져나갈 수는 없었다. 예만 표시하고 돌아가도 되는 문상객은 그냥 보내 주었지만, 쓸모가 있으면 붙들어 그가 있어야 할 곳에 있게 하였다. 상주를 대신하여 빈객을 맞아야 할 사람이면 상주 곁에 두고, 잡일을 거들어야 할 사람이면 각기 필요한 곳으로 보내는 식이었다.

항량은 이전부터 누구든 상사가 있어 부탁만 하면 팔을 걷어 붙이고 나서 일을 도맡았다. 살림이 넉넉하고 권세 있는 자가 죽으면, 상가 한가운데 진세라도 벌이듯 자리 잡고 앉아 성대하게 장례를 치러 줌으로써 상주의 슬픔을 달래고 그 허영을 채워 주었다. 또 보잘것없는 저잣거리 늙은이가 죽어도 마찬가지였다. 가난하고 힘없는 상주라도 울며 매달리면, 항량은 평소에 알아둔 자기 사람들을 불러 모아 그 누구에 못지않게 격식을 갖춘 장례를 치러 주었다. 그 어느 편에서든 그렇게 상사를 도맡아 치르는 항량을 보면 마치 많은 군사를 부리는 장수 같았다고 한다. 『사기』는 그런 항량의 능력을 이렇게 요약하고 있다.

> 오중의 요역(繇役)과 상사가 있을 때마다 항량이 도맡아 일을 처리하였는데, 은밀히 병법을 사용해서 손님과 젊은이들을 배치하고 지휘하였으며, 또 그로써 그들의 재능을 알아 두었다.

요역을 도맡아 처리했다는 것은 아마도 군수인 은통과 오중 사람들 사이에 부역을 두고 벌어질 수 있는 긴장 관계를 조정하고 절충한 일을 가리키는 말이다. 또 은밀히 병법을 사용했다는 것은 그만큼 일을 꾸미고 사람을 부리는 게 군사를 움직이듯 했다는 뜻일 것이다.

그런데 '그로써 그들의 재능을 알아 두었다.'는 구절은 다른 뜻에서 눈길을 끈다. 곧 항량은 그때 이미 뒷날을 내다보고 나름으로 준비를 하고 있었다는 뜻이기 때문이다. 실제로 나중 초나라 땅에서 봉기한 여러 갈래의 세력 중에서 초기의 조직과 배치가 가장 잘된 것은 항량이 이끄는 세력이었는데, 그것은 바로 그가 오중에서 살 때 여러 크고 작은 장례를 치르면서 알아 둔 능력에 따라 사람들을 썼기 때문이었을 것이다.

발인 날을 받고 산역(山役)에까지 채비가 미쳐서야 상가는 경황 중에도 어느 정도 진정이 되었다. 날은 어느새 저문 뒤였다. 항량이 비로소 한숨을 돌리며 술 한잔으로 목을 축이고 있는데 젊은 가동 하나가 찾아와 숨을 헐떡이며 말했다.

"주인마님, 급히 돌아가 보셔야 하겠습니다. 지금 작은 주인마님께서……."

"우가? 우에게 무슨 일이 있단 말이냐?"

자식보다 더 귀하게 여기는 조카 항우의 일이라 어지간한 항량도 놀라 소리를 높이며 물었다.

"주인마님께서 나가시고 오래잖아 한 장사가 찾아와 작은 주인마님과 무예를 겨루었는데……."

"그래, 우리 우가 패하기라도 했단 말이냐?"

"그렇지는 않으나, 주먹과 손바닥을 맞대는 것에서 시작한 겨루기가 막대와 몽둥이를 지나 도검(刀劍)과 과극(戈戟)에 이르고 있습니다. 아무래도 피를 보고서야 끝이 날 것 같습니다. 날이 저물어 와도 겨루기를 그치기는커녕, 횃불을 마련해 사방을 밝히라는 작은 주인마님의 말씀에 걱정이 되어 이렇게 큰 주인마님을 찾아 나섰습니다."

"그 장사는 누구라더냐?"

"이름을 대기는 하였으나 낯설었습니다. 다만 환초(桓楚)의 수하라는 것밖에는……."

"환초의 수하?"

항량은 자신도 모르게 벌떡 몸을 일으켰다. 환초라면 오중에서도 가장 뛰어난 장수감으로 알려진 사나이였다. 힘이 세고 무예가 높을 뿐만 아니라 제법 인망도 얻어 따르는 무리가 많았다. 겉으로 보아서는 항량보다 더 큰 오중의 세력가였다. 하지만 그렇게 겉으로 너무 드러나 있다는 게 오히려 탈이었다.

"오중에서 누가 진나라를 상대로 일을 낸다면 그것은 환초일 것이다."

언제부터인가 사람들은 그렇게 수군거렸고 진나라 관부는 그런 환초를 일찍부터 눈여겨 살피고 있었다.

"정말 환초의 수하라면 서로 피를 보아서는 안 된다!"

항량은 그렇게 중얼거리며 서둘러 말에 올랐다. 언젠가는 서로 부딪히게 될지도 모르지만 진나라를 상대로 하고 있는 한 서로

등져서는 안 될 세력이 환초네 패거리였다.

저만치 저택이 보이는 곳에 이르니 수많은 횃불로 뒤뜰 하늘이 벌겋게 타오르듯 밝았다. 큰 야전(夜戰)이라도 벌어지고 있는 듯 병장기 부딪는 소리가 멀리까지 요란했다. 달리는 말에 채찍질을 더해 집으로 돌아간 항량은 말에서 뛰어내리기 바쁘게 뒤뜰로 달려갔다.

횃불로 훤한 뒤뜰 한가운데서는 짐작대로 두 사람의 장사가 길고 무거운 무기를 맞대고 있었다. 항우의 방천극(方天戟)과 낯선 사내의 장창(長槍)이었다. 칼을 빼고 뛰어들어 먼저 싸움부터 말려 놓고 보려던 항량은 그들의 병장기가 뿜어내는 무거운 기세에 흠칫했다. 하도 빈틈없는 막을 이루며 얽혀 있어 뛰어들 틈이 보이지 않았다.

함부로 소리를 지르기도 두려웠다. 갑작스러운 고함이 한쪽의 기력을 흩어 놓을 수도 있는데, 그게 조카인 항우가 된다면 여간 큰일이 아니었다. 그 바람에 엉거주춤 멈춰 선 항량은 한동안이나 다른 가동들처럼 싸움을 보고 있을 수밖에 없었다.

그런데 얼마나 지났을까. 구경하고 있는 항량의 얼굴에 차츰 안도의 기색이 떠올랐다. 미세하나마 조카의 우세가 느껴진 까닭이었다.

'무엇 때문인가 저 아이가 한 수 접어 주고 있다. 조금 전 그 한 초식도 한 치만 더 내질렀으면 저자의 목을 꿰어 놓을 수 있었다. 그런데 적아(籍兒, 항우)는 오히려 방천극을 거둬들였다. 두

고 볼 일이다…….'

그런 항량의 헤아림은 크게 틀리지 않았다. 밥 한 그릇을 다 비울 시간도 가기 전에 갑자기 항우가 한소리 큰 외침과 함께 방천극을 내지르더니 그 자루를 봉(棒)처럼 휘둘러 상대의 오른팔을 쳤다. 상대가 가벼운 신음과 함께 창대를 놓쳤다.

'처음부터 상대를 다치지 않고 이기려 하다 보니 시간을 끌었구나. 무슨 뜻일까.'

이제 항량은 느긋한 마음이 되어 조카가 하는 양을 살폈다. 무예에서는 한 수 뒤졌지만 인품만은 상대도 항우에 뒤지지 않았다. 비로소 사태를 알아차린 듯 두 손을 모았다.

"병장기에는 눈이 없다는데, 이렇게 인정을 베풀어 주셔서 고맙소이다. 내가 미련해서 진작에 항 형(項兄)의 고명한 솜씨를 알아보지 못한 듯하오. 오늘 이 용저(龍且), 한 수 크게 가르침을 받았소."

"과찬의 말씀이시오. 무예를 배운 이래 용 형(龍兄)처럼 날카로운 적수를 만나 본 적이 없소."

항우가 제법 그렇게 겸양을 했다. 그제야 항량이 나섰다.

"장사, 어디 다치신 곳은 없소?"

"항 형이 인정을 써 살 껍질을 조금 상했을 뿐이니 걱정 마십시오."

"다행이오. 그럼 안으로 들어갑시다. 우야, 나는 먼저 들어가서 자리를 마련할 테니 너는 손님을 모시고 뒤따라 들어오너라."

잠시 뒤 항량의 저택에서는 조촐하나마 정감 어린 잔치가 벌어졌다. 처음에는 그 용저라는 장사 뒤에 있는 환초라는 인물 때문이었으나, 차츰 용저를 위한 잔치가 되었다.

용저는 고향도 조상도 기억 못하는 떠돌이 무사였다. 어디서 배웠는지 모르나 무예가 빼어났고, 환초를 흠모하여 일찍부터 그 패거리와 어울렸다. 그러다가 항우의 힘과 무예가 뛰어나단 말을 듣고 겨뤄 보러 달려온 것인데 그때 그의 나이 스물, 항우와는 동갑내기였다.

항량은 용저를 통해 환초의 세력과 근래의 형편을 알아보았고, 더 깊게는 환초의 됨됨이와 그가 세력을 모아 이루고자 하는 바까지 캐물었다. 그러면서도 속으로는 그렇게 용저의 마음을 산 조카에게 감탄을 금치 못했다.

'나는 이 아이가 성급하고 고집이 세다 하여 걱정했는데 뜻밖에도 사람을 알아보고 끌어들일 줄도 아는구나. 그렇다면 사람을 부릴 줄도 알 터이니 아버님의 장재(將材)는 오히려 이 아이가 물려받았다. 내가 미칠 바 아니다…….'

하지만 항량을 감탄시킨 일은 거기서 그치지 않았다. 그날 저녁 용저가 잠자리에 들고 숙질 둘만 남자 항우가 무겁고도 신실한 표정으로 말했다.

"끝엣아버님, 칼은 한 사람만 대적할 수 있을 뿐이니 오래 배울 만한 것이 못 됩니다. 저는 만인에 맞서 싸울 수 있는 길을 배웠으면 합니다."

"만인에 맞서 싸우다니? 그 무슨 말이냐?"

항량은 짐짓 아무것도 모르는 척 되물었다.

"여정(呂政)의 세상은 멀지 않았습니다. 하지만 천하를 통일한 그 여세를 지우자면 어차피 한차례 큰 싸움이 있어야 하지 않겠습니까?"

그렇다면 더는 둘러말할 필요가 없었다. 잠시 입을 다물고 생각에 잠겨 있던 항량이 진작부터 생각해 온 일인 양 말했다.

"네 뜻이 정히 그러하다면 이제부터 병법을 익혀 보아라. 그게 창칼을 휘두르기보다는 만인을 대적하기에 보다 나은 방책일 것이다. 마침 내게 모아 둔 병서가 약간 있으니 내일부터라도 시작해 보자."

회음을 떠나며

한신(韓信)은 임회군 회음(淮陰) 사람으로 성은 옛 한나라 왕실과 같이 썼지만 그 가까운 종실은 아니었다. 먼 윗대 조상이 한(韓) 왕실의 곁가지였을 뿐, 회음으로 옮겨 와서는 이미 여러 대를 포의(布衣, 베로 지은 옷이란 뜻으로, 벼슬 없는 선비를 일컫는 말)로 보냈다. 그러나 농사를 지으며 이름 없이 살아도, 여느 평민들과는 달리 그들은 왕손의 자부를 잃지 않으려고 애썼다. 조상 대대로 물려 온 보검을 벽에 걸어 두고 그걸 다시 차고 다닐 수 있는 자손이 나기를 기다렸다.

한신의 부모는 장원을 차릴 만큼은 아니지만 그래도 꽤 넓은 땅을 물려받은 부농이었다. 한신을 낳자 자식만은 왕손답게 기르려고 회음 현성 가까운 하향(下鄕) 마을로 옮겨 앉았다. 그런 부모 덕택에 한신은 어려서부터 성안의 호족이나 부농의 자제들과 함께 좋은 스승의 가르침을 받을 수 있었다.

그런데 아버지가 일찍 죽으면서 한신의 삶에는 어두운 그림자가 드리웠다. 한신의 어머니는 나이 마흔도 차기 전에 과부가 되어 어린 외아들을 홀로 길러야 했다. 자식을 기른다는 것이 어찌 먹이고 입히는 일뿐이겠는가. 배우고 익히게 하여 그 정신을 잘 길러 내는 것이 오히려 더 큰일이 된다. 한신의 어머니는 그 모든 일을 홀로 떠맡아야 했지만, 결코 낙담하지 않았다. 여자 몸으로 넓은 땅을 농감(農監)하면서도 아들을 가르치는 데 가진 힘과 정성을 다해, 이웃들로부터 맹모(孟母)에 견주어지곤 했다.

한신의 어머니는 한신이 현성을 드나들며 상서(庠序, 당시의 초급 학교)를 마칠 때까지 아쉬운 것 없도록 보살폈고, 관례 뒤에 여러 학문을 익히는 동안도 그 뒷바라지에 소홀함이 없었다. 한신이 좋은 스승을 찾아보고 올리는 폐백이나 그 곁에 머물러 배우는 동안에 드는 경비는 언제나 넉넉하게 댔으며, 귀한 서책이나 문구를 사들이는 데도 재물을 아끼지 않았다. 그러다 보니 여자 혼자 지은 농사만으로는 다 감당해 낼 수 없어, 차츰 물려받은 땅을 줄여 가며 아들의 학비를 댔다.

전국시대 말기 서생들이 흔히 그러했듯 한신도 먼저 법가를 익히고 형명학(形名學)이나 종횡학(縱橫學)에도 뜻을 두었다. 그러나 정작 볼만한 성취는 스물이 넘어 익히기 시작한 병가에서 두드러졌다. 한신은 태공(太公)으로부터 손오(孫吳), 사마양저(司馬穰苴)에 이르기까지 그들 병법의 진전(眞傳)을 이은 이가 있다고 하면 천 리를 멀다 않고 찾아가 배웠다. 그리고 사이사이 틈나는 대로 이름난 옛날의 전쟁터를 돌며 그 지세와 당시의 정황을 살피기를 10년 가까이 했다. 거기다가 병진(兵陣)에 대한 타고난 감각 같은 것도 겹쳐, 한신은 서른도 안 된 나이에 벌써 병법으로 일가를 이루었다.

끝 모를 자부심과 패기에 부풀어 집으로 돌아온 한신은 오랫동안 자기 집 벽에 걸려 있던 보검을 내려 허리에 찼다. 훤칠한 키와 희멀쑥한 얼굴에 보검까지 늘어뜨리니 겉보기는 그럴듯했다. 하지만 그때 이미 한신은 빈털터리가 되어 있었다. 선친이 물려준 적잖은 땅과 재물은 모두 그의 배움을 뒷바라지하는 데 쓰여, 남은 것은 오두막을 겨우 면한 집 한 채와 늙어 가는 어머니뿐이었다.

당장 하루하루 생계가 급해진 한신은 자신을 써 줄 이를 찾아보기로 했다. 병법의 전설적인 대가들이 득의했던 시절만 떠올리며 주인을 찾을 때만 해도 한신의 호기는 만 길이나 치솟았다. 내일이라도 밝은 주인을 만나면 허리에 대장인을 빗겨 차고 천군만마를 휘몰아 천하를 다투게 될 것 같았다. 하지만 그 모든 것은 이제 막 책을 덮고 세상에 나온 설익은 서생의 망상에 지나지 않았다.

때는 일통천하 초기의 시황제 시절이라 한신의 병법을 비싸게 사 줄 육국도 제후도 이미 모두 사라진 뒤였다. 오직 진나라의 관리가 되는 길이 있었으나 그나마 한신을 추천해 관리로 만들어 줄 연줄이 없었다. 급한 대로 농사를 지어 보려 해도 농사지을 땅이 남아 있지 않았고, 그렇다고 이제 와서 장삿길에 나서거나 저자 바닥에 난전을 펼 처지도 못 되었다. 한신에게 남은 길은 오직 하나 남에게 기대 사는 것뿐이었다.

가진 게 없으면 마음도 온전할 수 없다[無恒産 無恒心]던가, 가난은 종종 미련스러움이나 뻔뻔함의 다른 말로 오해를 받는다. 한신의 경우에도 마찬가지였다. 가진 것 없이 여러 해를 남에게 얻어먹거나 빌붙어 살다 보니 그를 게으르고 염치없는 사람으로 여겨 싫어하는 사람이 많았다. '벼슬에 오르기 전에는 가난하고 행실이 볼만한 게 없었다[布衣時 貧無行].'란 『사기』의 평은 그래서 나왔다. 그 바람에 멀쑥한 허우대와 남다른 재주는 갈수록 빛을 잃고 한신은 차츰 회음 거리의 천덕구니가 되어 갔다.

그런데 엎친 데 덮친 격으로 갑자기 한신의 홀어머니가 세상을 떠났다. 그러잖아도 거덜 나 있던 한신의 살림은 그 몇 해 고단하게 사는 동안에 더욱 피폐해져, 그때는 뼈에 발린 속살은 물론 뼈까지 우려먹은 꼴이 난 뒤였다. 한신에게 남은 것이라고는 다 쓰러져 가는 집 한 채뿐이라 어머니의 장례조차 제대로 치를 수가 없었다.

하지만 어머니의 산소를 쓸 때는 한신의 뜻이 여느 사람과는 다름을 잘 보여 주었다. 한신은 만 호(戶)의 집이 들어설 수 있을 만큼 널찍하고 높은 곳을 골라 어머니를 묻고는 배짱 좋게 말했다.

"이 한신의 친산(親山)이라면 얼안이 이만한 넓이는 되어야지. 크게 재궁과 사당이 들어서고 천자만손(千子萬孫)이 그 발치에

누울 터이니.”

어떤 이는 왕릉을 만 호의 민가(民家)가 지키게 되어 있어, 한신이 스스로 왕이 될 재목임을 그때 이미 내비친 것이라고도 한다. 그 어느 쪽이 맞든, 실로 대단한 자부심과 자신감이 아닐 수 없다.

하지만 그때부터 한신은 정말로 혹심한 궁핍에 벌거숭이로 내몰렸다. 어머니가 살아 있을 때만 해도 죽이건 밥이건 끼니를 거르는 일은 없었다. 목숨이 다하는 날까지도 어머니는 늙은 몸으로 날품을 팔거나 남의 집 허드렛일까지 하고, 그도 없으면 몇 남지 않은 가재도구를 잡히거나 팔아 아들을 먹였다. 그런데 이제 한신은 그 마지막 바람막이마저 잃고 만 셈이었다.

줄이고 줄이다 오두막을 겨우 면한 낡은 집에 홀로 남은 한신은 많지도 않은 알음에 기대 스스로 여기저기서 밥을 빌어먹었다. 하지만 이미 빌어먹은 지가 오래라 사람들이 고개를 돌리니 끼니를 때울 때보다는 거를 때가 더 많았다. 거기다가 그렇게 한 해를 넘기자 그나마도 더는 기댈 데가 없었다. 그때 꼼짝없이 험한 꼴을 보게 된 한신을 거두어 여러 달을 먹여 준 게 남창(南昌)이란 마을의 정장(亭長)이었다.

남창은 하향 마을에 있는 정(亭)의 이름으로 회음성 동남쪽에 있었다. 그 남창정을 맡은 정장이 벼슬은 하찮아도 제법 협기(俠氣)가 있고 또 사람을 볼 줄 알았다. 어느 날 오랜 굶주림에 시달린 나머지 긴 칼을 지팡이 삼아 비칠거리는 한신을 잡고 말했다.

“험한 시절을 만나 왕손(王孫)이 고난을 겪는구려. 우리 집으로

갑시다. 비록 거친 밥[疏食]이라도 이제부터 끼니는 우리 집에 와서 들도록 하시오."

왕손은 그 시절 젊은이를 엇비슷하게 높여 부르는 말이었다. 진나라에게 망한 나라가 하도 많고, 그만큼 불우하게 떠도는 왕손들도 많아, 잘 모르는 젊은이를 높여 부를 때는 모두 그리 부르게 되었다는 말도 있다. 염치를 돌아볼 처지가 아니라 한신도 그런 정장의 말을 고맙게 따랐다. 그날부터 끼니때마다 남창 정장의 집을 찾아가 그들 내외와 함께 먹었다.

하지만 정장의 아내가 그런 한신을 오래 참아 주지 않았다.

"저리 고생할 사람이 아니오. 형제처럼 거두어 주시오."

그런 남편의 말에 처음에는 군소리 없이 한신을 식구로 거두어들였으나, 며칠도 안 돼 정장의 아내는 남편에게 잔소리를 해댔다. 쥐꼬리만 한 정장의 녹봉에 한신처럼 허우대 크고 식량(食量)이 많은 군식구는 여간 큰 짐이 아니었다. 이번에도 정장이 점잖은 말로 아내를 달랬다.

"머지않아 반드시 높고 귀하게 될 사람이오. 그때 백 배, 천 배로 우리 은공을 갚을 터이니, 그가 먹는 걸 너무 아까워 맙시다. 조금만 더 참고 돌봐 주시오."

그 말에 귀가 솔깃해진 정장의 아내가 다시 몇 달을 더 참았다. 그러나 아무리 눈 씻고 살펴도 한신이 높고 귀하게 될 조짐은 어디서도 보이지 않았다. 모든 것이 못마땅하기만 한 그녀의 눈에, 한신은 끼니가 해결되자 훤하게 펴진 신수로 성안을 들락거리며 술 비럭질이나 하는 허풍선이에 지나지 않았다.

"높고 귀하게 될 사람이 따로 있지, 어느 천 년에……. 이젠 더 못하겠어요. 흙 퍼다 밥을 짓는 것도 아니고, 무슨 수로 우리가 저 큰 식충이를 길러요?"

다시 시작된 그녀의 잔소리가 차츰 악다구니로 바뀌어 갔다. 그때쯤에는 정장도 자신의 공연한 호기가 조금씩 후회되기 시작했다. 한신에게 걸었던 기대는 막연해지는 반면, 그를 먹이는 일은 갈수록 힘겹게 느껴졌다. 점잖은 헛기침으로 맞받기도 한두 번, 마침내 남창 정장은 아내의 악다구니에 대꾸도 잘 못하고 눈치만 살피는 처지가 되었다. 그러자 영악한 정장의 아내가 어느 날 밤 남편을 다그치듯 말했다.

"우리 이제 그만 이 터무니없는 짓 끝냅시다. 저 키 큰 식충이가 다시는 우리 집에 오지 않도록 할 터이니 당신은 내가 하는 대로 잠자코 보고만 계세요."

그리고 다음 날 새벽같이 일어나 아침밥을 짓더니 아직 남편이 누워 있는 이부자리 곁으로 음식을 날라 왔다.

"자, 여기서 어서 드세요. 그리고 당신은 그 식충이가 오기 전에 정(亭)으로 나가세요."

정장의 아내가 그렇게 남편을 재촉하여 이부자리에 앉은 채로 음식을 먹어치우고는[蓐食] 따로 아침상을 차리지 않았다.

아무것도 모르는 한신은 그날도 아침 끼니때가 되자 여느 날처럼 남창 정장 집으로 갔다. 그런데 상은 깨끗이 치워져 있고, 정장은 벌써 정으로 나가고 없었다. 한신이 한참이나 집 안을 서성거리며 인기척을 내 보았으나 정장의 아내는 안방에서 내다보지도 않았다. 그제야 정장 내외의 뜻을 알아차린 한신은 성이 나서 대문을 박차고 나와 버렸다. 그리고 그때까지만 해도 남아 있던 오기로 두 번 다시 그 집을 찾지 않았을 뿐만 아니라 형제같이 지내던 정장과도 의절하고 말았다.

다시 한신에게 먹는 때보다 굶는 때가 많은 날이 시작되었다. 한신은 점점 더 구걸을 닮아 가는 밥을 빌어먹으며 회음 거리를 어슬렁거리다가 이번에는 스스로 돌아봐도 기막힌 밥을 먹게 되었다. 남의 빨래를 해 주고 사는 아낙네[漂母]가 나눠 주는 밥이었다.

한신이 사는 하향 마을에서 그리 멀지 않은 회음성 밖으로 회수(淮水)가 흐르고 있었다. 반갑잖아 하는 사람들에게 밥을 빌어먹기에도 지친 한신은 어느 날 그 회수 가로 낚시를 나갔다. 물고기라도 몇 마리 건져 올려 남에게 빌붙지 않고 끼니를 때워 볼 작정이었다.

회수에 낚시를 드리운 한신이 몇 마리 낚기도 전에 어느새 점심때가 되었다. 그러나 집으로 돌아가 봤자 먹을 게 없는 한신이었다. 주리다 못해 쓰려 오는 배로 그 자리에서 내처 낚시를 했다. 그러다가 해 질 무렵에야 운 좋게도 씨알이 굵은 잉어 몇 마리를 건져 올려 집으로 돌아갔다.

잡은 물고기를 이웃에 갖다 주고 저녁 한 끼를 잘 얻어먹은 한신은 다음 날 또 낚싯대를 메고 회수로 나갔다. 전날과 마찬가지로 하루 종일 굶으면서 낚시를 하다가 다시 해 질 무렵에야 물고기 몇 마리를 낚아 집으로 돌아갔다. 그날 밤은 잡은 물고기를 스스로 익혀 저녁밥 대신으로 허기를 달랬다.

셋째 날도 한신은 하릴없이 낚싯대를 메고 회수 가로 나갔다. 그날도 아침, 점심을 내처 굶고 낚싯대에 매달려 있는데, 아래쪽에서 누가 불렀다.

"이봐요, 왕손. 잠깐 이리 내려오지 않겠수?"

한신이 낚시를 하고 있는 강둑 아래쪽 넓은 강변을 독차지하며 빨래를 하고 있던 아낙네였다. 남의 빨래를 해 주고 사는 사람 같았는데, 따로 베를 물들여 말리거나 햇볕에 희게 바래 주고 삯을 받기도 하는지 강변이 온통 그녀가 널어 놓은 여러 색깔의 베로 덮여 있었다. 한신이 잠시 낚싯대를 거두어 두고 내려가니 마음씨 후해 보이는 중년 아낙네가 도시락 보퉁이를 풀어헤치며 말했다.

"젊은 양반이 점심도 안 먹고 무슨 낚시질이우? 마침 내가 넉넉히 싸 온 게 있으니 이리 와서 함께 먹읍시다."

아마도 그 사흘 내리 회수 가로 나와 끼니를 걸러 가며 낚시를 하는 한신을 눈여겨보고 있었던 듯했다. 그렇잖아도 시장기로 창자가 졸아붙는 듯하던 한신은 함께 먹자는 그녀의 말에 귀가 번쩍 뜨였다. 한마디 사양하는 시늉을 하다가 아낙이 내미는 공기와 젓가락을 받고 나눠 주는 음식을 허겁지겁 먹었다. 한신이 먹는 모습을 가만히 바라보던 아낙이 자신의 음식을 더 덜어 주며 말했다.

"왕손은 내일도 낚시를 나올 작정이우?"

"아, 예. 당분간 머리 좀 식히고 마음도 가다듬을까 하여……."

한신이 얼결에 그렇게 둘러댔다. 아낙이 미미하게 웃으며 고개를 끄덕이더니 지나가는 소리처럼 말했다.

"나도 햇살 좋은 여름 한철은 여기서 이러고 지내우. 매일 뙤약볕 아래 홀로 점심을 먹기가 고역이었는데, 왕손이 맛나게 먹는 걸 보니 나까지 입맛이 살아나는구려. 내일부터 점심은 내가 싸 올 테니 우리 함께 먹도록 하우."

그리고 다음 날부터는 정말로 한신의 점심까지 싸 왔다. 오래 굶주린 끝이라 한신도 이것저것 따질 계제가 아니었다. 하루 한 끼라도 배불리 먹을 수 있게 된 걸 기뻐하며 빨래하는 아낙네가 하자는 대로 했다. 그 뒤 수십 일, 한신은 회수 가에서 그녀가 싸 온 밥을 얻어먹으며 긴 여름날을 낚시로 보내다가, 날이 저물면 다시 회음 뒷골목을 어정거리며 이따금 생기는 공술에 취하였다.

시황제 35년 가을 7월 한신이 드디어 회음을 떠나게 된 날도 시작은 여느 아침과 크게 다르지 않았다. 그날 한신은 전날 마신 술로 속이 뒤틀려 일찍 눈을 떴다. 찬물을 들이켜 속을 달래고 가만히 돌이켜 보니 전날 밤은 재수가 좋은 밤이었다.

초저녁 회음 저잣거리 술집들을 혹시 아는 얼굴이라도 없나 하고 기웃거리던 한신은 어떤 외진 술집에서 종리매(鍾離昧)라는 시골 호걸을 만나 술 한잔을 얻어 마시게 되었다. 가까운 향(鄕)에 산다는 종리매는 한눈에도 힘깨나 써 보이는 허우대를 가진 사내였는데, 차고 있는 긴 칼에 비분강개 잘하는 것까지 한신과 닮은 데가 많았다. 둘 모두 실속 없이 차고 있는 칼 얘기를 시작으로 주고받게 된 말 몇 마디에 배짱이 맞아 종리매가 먼저 넉넉잖은 전대를 풀었다.

그런데 다시 무섭(武涉)인가 하는 서생이 끼어들어 술자리가 길어졌다. 술 몇 잔에 기고만장해진 한신과 종리매가 세상 겁날 게 없다는 듯 떠들고 있는데, 방 저쪽에서 홀로 마시던 그 서생이 둘의 기개에 반했다면서 자리를 옮겨 왔다. 우이(盱眙)에 산다는 그 서생은 유세술(遊說術)을 익힌다고 털어놓았으나 그 또한 그리 넉넉한 형편은 아닌 듯했다. 하지만 둘 사이에 끼어 밤 깊도록 세상일 다 안다는 듯 떠든 값인지 가진 것을 모두 털어 술값을 보탰다. 그 덕분에 한신은 오랜만에 마음 편히 술을 마셨다.

'입만 살아 있는 서생과 아직은 덜 다듬어진 무골(武骨)이었지만 참으로 유쾌하였다…….'

한신은 별 악의 없이 그렇게 중얼거리다가 자리에서 일어났다. 문틈으로 들어오는 햇살을 보니 해가 솟아도 한참이나 솟은 듯했다.

헛간에 세워 둔 낚싯대와 고기 망태를 찾아 든 한신은 바로 오두막을 나섰다. 전에 끼니때마다 남창 정장을 찾아갔듯 남의 빨래를 해 주고 사는 아낙에게서 밥을 얻어먹기 위해 아무 생각 없이 회수 가로 가는 길이었다.

한신이 낚시터에 이르니 해는 벌써 중천에 떠 있었다. 미처 낚싯대를 드리우기 전에 빨래하는 아낙이 도시락 보자기를 펼쳐 놓고 한신을 불렀다. 마치 한신이 전날 과음했다는 것을 알고 싸온 듯이나 그날 도시락에는 시원한 국물까지 곁들여 있었다. 달게 밥과 국을 비운 한신은 빨래하는 아낙에게 진작부터 미뤄 왔던 고마움의 뜻을 나타냈다.

"정말 잘 먹었습니다. 지금은 경황이 없어 염치없이 얻어먹고 있습니다만, 때가 오면 내 반드시 이 은혜에 크게 보답하겠습니다."

그러자 언제나 온화하던 아낙네가 갑자기 성을 내며 나무라듯 말했다.

"대장부가 되어 스스로 밥도 벌어먹지 못하면서 무슨 큰소리유? 나는 왕손을 가엾이 여겨 밥을 주었을 뿐, 보답을 바라서 그리한 건 아니오."

그리고 한참이나 한신을 바라보다 한숨과 함께 말했다.

"게다가 여기서 낚시나 드리우고 기다린다고 해서 언제 그때가 오겠소? 옛적 위수(渭水) 가에 곧은 낚시를 드리우던 강태공이 있었다는 말은 나도 들었으나, 어째 이 회수 가에 다시 날 것 같지는 않구려."

이번에는 후벼 파는 듯 절절하게 가슴을 울려 오는 목소리였다. 여러 해 남의 밥을 빌어먹고 사는 동안에 넉살스럽고 비위 좋기로 이름난 한신도 갑자기 말문이 막혔다. 한동안이나 무연한 얼굴로 아낙을 바라보다 억지스러운 허풍으로 자리를 얼버무리고 일어섰지만, 낚시터로 돌아가서도 아낙의 말소리가 종내 귓전을 떠나지 않았다.

그날따라 일찍 낚시를 거둔 한신이 대낮같이 회음성 안으로 들어가게 된 것도 어쩌면 귓전을 떠도는 그 아낙의 목소리에 쫓긴 것인지도 모를 일이었다. 하지만 그래서 저잣거리를 어슬렁거리던 한신은 거기서 한층 호된 꼴을 당했다. 이른바 '과하지욕(袴下之辱)'의 고사(古事)이다.

성안으로 들어간 한신이 긴 칼을 끌듯 차고 전날 밤 재미를 본 술집 쪽으로 걸음을 옮기고 있을 때였다. 영문 모를 울적함으로 술에 목말라 걸음을 재촉하는 한신 앞을 한 패거리의 뒷골목 건달들이 가로막았다. 백정[屠中] 차림을 한 무리 가운데 한 젊은 녀석이 나서더니 한신의 보검을 손가락으로 툭툭 치며 말했다.

"네가 비록 허우대가 멀쑥하고 칼 차기를 좋아하나 그럴듯한 것은 껍데기일 뿐이다. 네놈 속에는 겁만 잔뜩 들어 있으니, 그거야말로 개 발바닥에 편자를 대고 원숭이에게 관을 씌운 것과 무엇이 다르겠느냐? 내 오늘 네놈의 겁쟁이 속을 한번 열어 봐야겠다."

그래 놓고 녀석은 더욱 이죽거리는 목소리로 한신을 욕보이기 시작했다.

"너는 한(韓)씨 성을 쓰며 은근히 옛 한나라 왕실의 자손임을 내세우는 모양이더라만, 그게 어느 옛날 옛적 얘기냐? 이제 천하가 모두 시황제 폐하께 돌아가고, 남은 것은 오직 진(秦)나라의 영천군(穎川郡)이요, 여기는 더군다나 임회군 회음이다. 그런데 무슨 한나라가 있고 그 왕손과 공족(公族)이 따로 있겠느냐? 그런데도 네놈은 긴 칼을 비뚜름하게 차고 자못 그럴싸하게 왕공의 자손을 흉내 내고 다니는구나. 그렇게 콩팥을 못 가리니 사지육신이 멀쩡하면서도 제 밥조차 벌어먹지 못하고 비럭질이나 하고 다니지."

녀석은 그런 이죽거림만으로 그치지 않았다. 무언가 더 모질게 한신을 욕보일 방도를 찾아 잠시 머리를 굴리는 듯하더니, 갑자기 작달막한 가랑이를 한껏 벌리고 목소리를 높였다.

"이 허풍선이 한가 놈아. 네가 정녕 죽을 용기가 있다면 나를 찌르고[能死 刺我], 죽기 싫으면 내 가랑이 밑을 지나가거라[不能死 出我袴下]!"

녀석이 그렇게 소리치는 바람에 길 가던 사람들이 모두 걸음을 멈추고 그들을 바라보았다. 일이 그렇게 되자 참는 데는 어지간히 이골이 난 한신도 울컥 화가 치밀었다. 자신도 모르게 칼자루를 움켜잡으며 가만히 녀석을 바라보았다. 그럭저럭 스무 살은 넘긴 듯한 얼굴이었는데 자세히 뜯어보니 누군지 알 만했다. 한신이 자주 들락거리는 술집 거리의 한 푸줏간에서 일하는 망나니였다. 거기서 여러 해 술밥 간에 고단하게 빌어먹고 사는 한신을 눈여겨보았다가 이제 마음먹고 욕보이려 드는 것 같았다.

"뭘 해? 죽는 게 겁나지 않으면 나를 찌르라니까. 어서 찔러 봐!"

한신의 손이 칼자루에 가는 걸 보고 움찔하던 녀석이 다시 그렇게 이죽거렸다. 사내는 평민끼리는 사람을 죽이면 반드시 사형을 당하게 되어 있는 진나라의 법을 굳게 믿는 듯했다. 아니, 그 엄한 법 때문에 한신같이 비루한 인간은 결코 자신을 죽일 수 없다고 믿고 있었다. 하지만 한신은 일순 움찔하는 사내의 눈빛에 오히려 묘한 유혹을 느꼈다.

'이자를 베어 버릴까? 이쯤에서 이자를 베고 모든 걸 끝내 버릴까? 그걸로 이 차꼬 같고 칼[枷] 같은 진나라와 법의 다스림에서 벗어나 녹림(綠林)에라도 들면? 혹은 대강을 오르내리며 수적질하는 패거리하고라도 어울린다면? 어쩌면 그래서 남은 일생을 거침없이 보내는 것도 또 다른 삶의 길이 될 수 있을지도 모르겠다. 내 듣기로 지금 거야택(巨野澤)에서는 팽월(彭越)이란 사내가 젊은이들을 모아 사방을 노략질하고 있으나 진나라 관부의 손길이 거기까지는 미치지 못한다고 한다. 또 대강에서는 영포(英布)란 자가 무리를 모아 동서로 오르내리며 수적질을 하고 있지만 진병이 손을 대지 못하고 있다고 한다…….'

짧은 시간 한신의 머릿속을 갖가지 상념이 재빠르게 스쳐 갔다. 하지만 다시 한번 녀석의 얼굴을 살펴본 한신은 이내 마음을 바꾸었다. 그새 녀석의 눈길에는 어쩌면 한신이 자신의 목을 벨 수도 있다는 걸 알면서도 뻗대는 호승심과 오기 같은 것이 번득이고 있었다.

'나는 녀석의 용기가 무지에서 나온 것이라 화를 냈는데, 이제 보니 아닌 것 같다. 녀석은 참다운 용기가 무엇인지 잘못 알고 있다. 내게 베일 수도 있다는 것을 알면서도, 용케 그 두려움을 이겨 내고 오히려 그 무모함으로 나를 압도하려 한다. 하찮은 것에 너무 큰 것을 걸고 있지만, 그래도 개의치 않겠다는 기이한 대담함이다. 하지만 어쩌면 저것도 용기일지 모른다. 녀석은 무엇이 크고 무엇이 작은지를 셈하는 일을 내게 맡기고, 호승심과 오기만으로 흔들림 없이 내게 부딪쳐 오고 있다…….'

그때 다시 무슨 미묘한 진동처럼 한신의 의식에 와 닿는 것이 있었다. 부릅뜬 녀석의 두 눈 깊숙한 곳에서 본능적인 두려움으로 파들거리고 있는 생명력이었다. 그게 까닭 모를 연민을 일으켜 퍼뜩 일었던 한신의 살의를 한순간에 지워 버렸다.

'그래, 너를 베지 않겠다. 너를 베려 들면 얼마든지 벨 수 있기 때문에 너를 베지 않겠다. 너를 베기보다는 베지 않음으로써 지켜 내야 할 것이 더 크기에 너를 베지 않겠다. 그리고 그런 셈을 내게 맡긴 네 대담함을 보아서 기꺼이 네 가랑이 사이를 기어 나가겠다.'

이윽고 그렇게 마음을 정한 한신은 그 큰 몸을 웅크려 작달막한 백정 녀석의 좁은 가랑이 사이를 비집듯 기어 나갔다. 그리고 다 기어 나간 뒤에도 아무렇지도 않은 표정으로 흙이 묻은 바지 무릎을 툭툭 털었다. 둘러서서 보고 있던 백정 녀석의 패거리들이 먼저 왁자한 웃음과 함께 한신을 조롱했다. 잠시 걸음을 멈추고 긴장해서 구경하던 사람들도 그런 한신을 보며 저마다 한마디씩 비웃었다.

"저런 겁쟁이 놈. 허우대가 아깝다."

"내 저럴 줄 알았지. 비렁뱅이 주제에 칼이나 차고 다니더니 꼴좋다."

"저 지경이 되고도 회음 거리를 낯 쳐들고 다닐 수 있을까."

그런 소리를 듣자 한신은 다시 속에서 무언가가 울컥 치밀어 오르는 것을 느꼈다. 이제라도 칼을 빼어 그 모두를 한칼에 베어 죽이고 싶은 충동을 떨쳐 버리기 위해 한신은 종종걸음 치듯 그 저잣거리를 벗어났다.

얼마나 걸었을까. 한신이 격정으로 뒤엉킨 가슴속을 겨우 가다듬고 주변을 돌아보니 그사이 성안 저잣거리를 지나 전날 마셨던 술집 앞에 이르러 있었다. 한신은 무턱대고 술집 안으로 들어가 손바닥으로 탁자를 치며 소리쳤다.

"주인장, 여기 얼른 술 한 사발 내오시오. 되는 대로 안주도 빨리 해 들이고. 내 오늘 흠뻑 취해야겠소!"

아직 술집을 열기에는 이른 시간이어선지 집 안에 들어가 있던 주인이 떨떠름한 얼굴로 나와 한신을 맞았다. 한신을 잘 아는 그라 술값 받을 일이 걱정되는 것 같았다. 한신이 그 눈치를 알아차리고 허리에 찬 칼을 풀어 탁자 위에 놓으며 소리쳤다.

"술값은 걱정하지 마시오. 정히 아니 되면 이 칼이라도 잡히겠소. 여러 대 가보로 전해 오던 보검이외다."

그러자 칼의 가치보다는 한신의 기세에 눌렸는지 주인이 아무 말 없이 술 한 대접부터 갖다 주었다. 한신이 안주도 없이 술 한 대접을 다 들이키자 부실한 속이 금세 짜르르해 왔다. 한신이 목마른 사람처럼 다시 술 한 대접을 부르자 주인이 좋은 말로 달랬다.

"술은 얼마든지 드릴 테니 좀 천천히 드시오. 삶은 고기라도 데워 나오거든, 안주 삼아 드시는 게 좋을 것이오."

그래도 한신은 주인을 재촉하여 술 한 사발을 더 내오게 했다. 주인이 마지못해 내온 술잔을 한신이 받아 다시 들이키려는데 누가 술집으로 들어왔다.

"공자께서 여기 계셨군요. 어찌나 걸음이 빠르시던지 저잣거리

모퉁이에서 한 번 공자를 놓친 뒤로 여기까지 집집마다 뒤지듯 하여 찾아왔습니다."

그런 소리로 다가드는 것은 중노미 차림의 중년이었다. 하는 말로 미루어서는 자신을 뒤쫓아 온 게 맞지만 얼굴은 영 낯설었다. 한신이 들이키려던 술잔을 멈추고 불쾌하게 물었다.

"그대는 누군가? 누구를 찾아온 건가?"

"한신 공자님을 찾아왔습니다. 아씨 마님의 분부를 받잡고 저잣거리에서부터 뒤따라왔습죠. 저기 남문 쪽에서 들어오는 저잣거리 입구……."

그곳이라면 바로 젊은 백정 녀석의 가랑이 사이를 기어 나온 곳이었다. 그게 이미 상해 있는 한신의 심사를 건드려 그의 목소리를 한층 삐딱하게 만들었다.

"아씨 마님이라니? 아씨 마님이 누군가?"

"아 거기 왜 회빈객잔(淮濱客棧)이라고 있지 않습니까? 거기 젊은 마님입죠."

회빈객잔이라면 한신도 알 듯했다. 그곳에 묵은 일은 없지만, 하향 마을에서 남문으로 들어와 저잣거리 쪽으로 가다 보면 지나치게 되는 곳이었다. 크고 번듯한 건물에 음식 솜씨도 좋아 돈 많은 장사꾼들이 즐겨 그곳에 묵었다. 하지만 그 객잔의 안주인이 누군지는 알지 못했고, 그녀가 한신을 찾는 까닭은 더욱 짐작조차 가지 않았다.

"그 아씨 마님이 왜 나를 찾는다던가?"

"그건 소인도 알 수 없습죠. 마당을 쓸고 있는데 갑자기 저를 부르시더니 뛰어가 공자를 모셔 오라 하셨습니다요. 그런데 그때 이미 공자님은 저 멀리 골목 모퉁이를 돌아서고 계셔 마님께 까닭도 물어보지 못하고 달려왔습죠."

거기까지 듣자 한신도 이것저것 슬며시 궁금해졌다. 술 한 모금을 들이켜 마음을 가라앉힌 후에 목소리를 가다듬어 물었다.

"네 주인마님은 어디 사람이며 성씨는 어떻게 되느냐? 이미 나를 알고 있고, 또 일껏 사람을 보내 찾으니 가 보기는 해야겠다마는, 그래도 도무지 알 수 없구나."

"어딘지 회음성 가까운 향(鄕)에서 사셨다고 하는데, 성씨는 소인이 아직 듣지 못했습죠. 하지만 소인과 함께 가 보시면 다 아시게 될 것입니다요."

그 말을 듣자 한신도 궁금해서 그냥 있을 수가 없었다. 회빈객잔이 있는 곳이 조금 전 꼴사나운 욕을 본 곳이라 떨떠름했지만, 가서 그 안주인을 만나 보기로 했다.

"주인장, 조금만 기다리시오. 내 곧 돌아와서 마저 마시리다. 오래 걸리지 않을 테니 안주도 그대로 장만해 두는 게 좋겠소."

한신이 대접에 남은 술을 훌쩍 비우고 일어서며 주인에게 말했다. 한신과 회빈객잔 중노미가 주고받는 얘기를 들어선지 주인도 별로 술값 받을 걱정을 하는 기색 없이 고개를 끄덕여 주었다.

한신이 회빈객잔으로 이르니, 중노미가 이미 들은 말이 있는지 상루(上樓)에 있는 조용한 객청으로 안내했다. 객청 바닥에는 널찍한 책상이 하나 놓여 있고, 그 위에 비단으로 싼 작은 보퉁이 하나가 얹혀 있었다. 중노미가 자리를 잡아 주는 대로 책상에 기대앉자 맞은편 발 뒤쪽에서 문이 열리더니 한 여인네가 들어와 앉았다. 발이 어른거려 잘 알아볼 수 없었지만, 차림이나 자태로 미루어 젊은 여인으로 보였다. 중노미가 아씨 마님이라고 말한 그 안주인인 듯했다.

"공자께서는 곡강향(曲江鄕) 소가(昭哥)네 여식 항아(姮兒)를 기억하실는지요?"

여인이 착 가라앉은 목소리로 한신에게 물었다. 느닷없는 물음이었으나 얼얼하게 오르는 술기운 속에서도 뜨끔하게 한신의 귓전을 울리는 장소와 이름이었다.

"기억하오. 내 어찌 그 이름을 잊을 수 있겠소."

한신이 그렇게 대답하며 일순 착잡한 감회에 젖었다. 스물에 들던 해였던가, 어느 날 여러 달 부급종사(負笈從師, 책 상자를 지고 스승을 찾아 따름) 끝에 집으로 돌아온 한신에게 어머니가 정혼했다고 일러 준 규수의 집안과 이름이 바로 그랬다.

하지만 그때 한신은 한창 배움에 맛을 들이고 있을 때였다. 특히 그 무렵 들어 새로 시작한 병법은 그의 젊은 넋을 사로잡아 좋은 스승이 있다는 말을 들으면 천 리를 마다 않고 달려가게 했다. 그러다 보니 정혼을 해 놓고도 여러 해 혼인을 미루게 되었고, 그사이 한신의 살림은 바닥이 나 버렸다.

그리하여 어지간히 배움을 마친 한신이 마침내 집으로 돌아와 늦게야 혼인 말을 꺼냈을 때는 저쪽에서 딸을 보내지 않으려 했다. 예닐곱 해나 까닭 모르게 끌어와 진력이 난 혼인인 데다, 벌써 서른에 가까운 신랑은 홀어머니를 돌봐야 하는 빈털터리에 지나지 않았다. 비록 얼굴도 보지 못했고, 애틋하게 그리워해 본 적도 없지만, 막상 그렇게 인연이 끝나고 보니 곡강향 소씨네 딸 항아는 무슨 깊은 상처처럼 한신의 기억에 새겨진 이름이 되었다.

"아직 잊지 않고 계시다니 제 오랜 우러름이 헛되지는 않은 듯합니다. 제가 바로 그 항아입니다. 그때 혼인이 정해졌단 말을 들었을 때, 열일곱 어린 마음이지만 대를 이은 농투성이 집안에서 태어난 제가 책 읽은 선비에게 시집가게 된 것이 얼마나 기쁘던지요. 한번은 우정 하향(下鄕) 이모네 집에 놀러가 몰래 공자님을 훔쳐본 적도 있답니다. 허나 첩박명(妾薄命), 공자님과의 인연은 끝내 이어지지 못하고 아버님은 혼기를 놓친 저를 성안 부유한 상인의 후취로 보냈습니다. 바로 이 회빈객잔의 주인이 저의 가군(家君)이십니다."

한신이 후회인지 자책인지 모를 감정에 싸여 할 말을 찾지 못하고 있는 사이에 그녀가 여전히 잔잔한 어조로 그렇게 말을 이었다.

"일이…… 그렇게 되었구려……."

"제가 이 회빈객잔의 안주인이 되어 상루에 있는 내실로 옮겨 앉은 게 벌써 6년째가 됩니다. 그런데 제 방 사창(紗窓)으로 내려다보면 저잣거리로 드는 대로가 보이고, 그리로 지나가는 사람들을 알아볼 수 있습니다. 대개 하향 마을에서 남문으로 들어 저잣거리 쪽으로 가는 사람들인데, 그 가운데는 공자님도 섞여 있었지요. 비록 빗나가 버린 인연이기는 하나, 지난 6년 그래도 저는 간곡하게 공자께서 입신양명(立身揚名)하시기를 빌었습니다. 하루빨리 우뚝 몸을 일으키시어 위풍당당하게 이 거리를 지나가는 모습을 보고 싶었습니다."

거기까지 잔잔하게 이어 오던 여인의 목소리에 갑자기 미미한 떨림이 섞여 들더니 잠시 말이 끊겼다. 한신은 그 떨림이 어떤 말을 앞두고 일어난 감정의 파문 때문인지를 짐작할 것 같았다. 한신은 짧은 대꾸조차 그녀의 애상을 건드릴까 두려워 말없이 듣기만 했다.

"그런데 매번 뵈올 때마다 더 움츠러들고 더 피폐해 가는 공자님의 모습에 얼마나 제 가슴이 아팠는지요. 그러다가 급기야 오늘은 제가 보아서는 아니 될 일을 보고 말았습니다. 물론 짐승보다 못한 미물을 베고 살인을 물 수는 없는 일이지요. 하지만 공자님께서는 오늘로 이 회음에서 더 내려설 곳이 없는 바닥으로 굴러 떨어지신 것입니다. 아까 들으신 그 조롱과 비웃음이 앞으로 이 회음 거리가 공자님을 맞는 인사말이 되고, 모든 저잣거리 사람들의 가랑이 사이가 공자님이 다니실 길이 될 것입니다. 그런데…… 어찌 공자님께서는 이날에 이르도록 회음을 떠나지 않으셨습니까? 무슨 연유로 10년이 넘도록 이 좁고 냄새나는 시궁창에 고여 썩고 계십니까?"

거기서 목소리가 심하게 떨리더니 여인이 갑자기 걷잡을 수 없는 기침을 내쏟았다. 수건을 꺼내 막으면서 참으려고 애썼으나 기침은 한참이나 이어졌다. 그러다가 이윽고 어렵게 기침을 다스린 여인이 피를 토하듯 애절하게 말했다.

"부디 이만 이 회음을 떠나소서. 기다리는 세월이 오지 않으면 천하를 뒤져서라도 맞아 오소서. 저는 공자께서 능히 그러실 수 있다고 믿사옵니다. 부디 이 믿음을 저버리지 마시고 큰 뜻을 이루소서. 거기 있는 보퉁이는 첩의 정성입니다. 거울은 깨어져 다시 맞추지 못하게 되었지만, 그래도 한때 낭군으로 여겨 우러렀던 이를 위해 마련한 것이오니 넉넉지 않으나마 노자로 써 주소서."

그렇게 말을 마친 여인은 다시 쏟아지는 기침을 손바닥으로 막으며 발 뒤쪽에 난 문으로 나가 버렸다. 하지만 한신은 여인이 방을 나가고도 한참이나 홀로 서 있었다. 가슴을 큰 방망이로 후려 맞은 듯 휘청거리며 서 있는 그의 텅 빈 머릿속에는 멀리서 부는 바람 소리만 소슬하였다. 그러다가 어디선가 나타난 중노미가 불안한 눈길로 쭈뼛거리며 다가설 무렵에야 비로소 속 깊이 외쳤다.

'그렇다. 나는 너무 오래 이곳에 머물렀다. 이제 회음에서의 내 날은 끝났다. 나는 회음을 떠난다…….'

때를 기다리는 사내들

하비(下邳)의 가을바람은 쌀쌀했다. 장량은 옷깃을 여며 살 속으로 파고드는 듯한 찬바람을 단속하며 걸음을 재촉했다. 굳이 갈 곳을 정해 놓지 않고 한가로운 마음으로 나선 길이었으나, 바깥날이 생각보다 차가워 어차피 산책이 길어질 수는 없을 것 같았다.

창해 역사를 얻어 진시황을 죽이려다 실패하고 이리저리 쫓기며 떠돌다가 하비로 숨어든 지 어느덧 여섯 해, 그사이 장량은 많이 변해 있었다. 옛 성과 이름을 버린 그는 이후 자신뿐만 아니라 후손들까지 그대로 쓰게 될 장씨(張氏) 성과 량(良)이란 이름으로 다시 태어났다. 그뿐만 아니라 장적(帳籍)도 새로 꾸며 가문까지 대대로 정(鄭) 땅에 살다가 하비로 흘러들게 된 장사치 집안의 후예가 되었다.

장량의 모습도 적지 아니 변하였다. 반듯한 눈, 코, 귀, 입이나 흰 살결은 아직 그대로였지만 그것들이 어울려 빚어내는 인상은 이미 예전의 그가 아니었다. 깊어진 주름과 더불어 짙어진 얼굴의 음영은 여인네의 그것 같던 아리따움을 따뜻하면서도 함부로 범할 수 없는 위엄으로 바꾸어 놓았다.

그 몇 년의 도인(道引, 도가의 양생법)과 단련 덕분인지 장량의 호리호리한 몸매도 전과는 달라 보였다. 힘줄로 굳어지고 맺힌 곳 없는 팔다리며 가늘어 휘청이듯 하던 허리에도 여성적인 가녀림이나 낭창거림은 전혀 느껴지지 않았다. 그보다는 한없이 부드러우면서도 만만찮은 기상 같은 게 서려 마주 보는 사람을 은근히 위압하기까지 했다.

하지만 무엇보다도 크게 변한 것은 장량의 정신이었다. 여섯 해 전 시황제를 저격할 때만 해도 그는 망국의 한을 복수의 일념으로 바꾸어 외곬으로 치닫던 한 자객에 지나지 않았다. 하지만 뜻을 같이하던 이가 눈앞에서 다져진 고기가 되어 가던 참상을 본 충격과 몇 번이나 죽을 고비를 넘기면서 쫓겨 본 경험은 그의 모난 성격을 둥글게 다듬고 앞뒤 모르던 격정을 깊고 지긋한 사려로 바꾸어 놓았다. 거기다가 하비에 자리 잡은 뒤의 독서와 수양은 장량에게 전에 없던 지식과 언변을 더해 놓았다.

기록에 따르면 장량도 하비에서 협객 노릇을 한 것으로 되어 있다. 닭 모가지 하나 제대로 비틀 힘이 없는 데다 무예조차 변변히 닦은 게 없는 그였다. 흩뿌려서 인심을 살 만큼 큰 재물도 남아 있지 않았고, 무엇보다도 시황제를 저격하고 숨어 지내는 처지였다. 그런데도 그가 하비의 협객들 사이에 끼일 수 있었던 데는 그 몇 년의 내면적인 단련과 성취가 적잖이 힘이 되었을 것이다.

거기다가 세월이 지나도 꺾일 줄 모르는 반진(反秦)의 투지와 망해 버린 조국 한(韓)을 부흥하려는 열의도 틀림없이 하비 협객들의 마음을 사는 데 한몫을 했을 것이다. 언제부터인가 진의 관부에 쫓기는 자들은 모두 장량을 찾아와 보호를 구했고, 조국 부흥의 대망을 품은 육국의 다른 지사들도 한결같이 그와의 연결을 꾀했다.

하지만 장량을 하비 협객들의 보이지 않는 구심점으로 만든 데는 그 어떤 것보다도 모사로서의 재주와 병가로서의 능력이 있었다. 언제부터인가 하비의 뒷골목에는 그가 신인(神人)으로부터 천서를 얻어, 위로는 하늘의 뜻으로부터 아래로는 땅의 이치며 사람의 일에 이르기까지 모르는 것이 없다는 소문이 나돌고 있었다. 바로 황석공(黃石公)과의 기이한 인연에서 비롯된 소문이었다.

장량이 황석공을 만난 것은 이곳저곳을 떠다니던 그가 하비로 숨어든 이듬해였다. 그 한 해 사람들을 달래고 관부를 구워삶아 어렵게 하비에서 자리를 잡게 된 그는 그날 모처럼 한가로운 기분으로 산책을 나갔다. 그리고 하비성 안을 흐르는 작은 개울을 따라 홀로 걸었다.

한참이나 걷던 장량은 그 개울을 건너기 위해 어떤 다리를 지나게 되었다. 그런데 그가 다리 위로 올라섰을 때였다. 저만치서 마주 오고 있는 웬 늙은이 하나가 묘하게 장량의 눈길을 끌었다. 머리칼과 눈썹이 하얗게 세고 등이 휘어진 데다가 거친 삼베옷을 걸치고 있는 그 늙은이는 얼른 보아서는 전란으로 자식을 잃고 떠도는 늙은 거지가 아닌가 싶었다.

하지만 당당한 걸음걸이나 멀리서도 알아볼 만큼 이글거리는 눈빛은 까닭 없이 사람을 주눅 들게 하는 데가 있었다. 거기다가 가까이 다가온 늙은이가 하는 짓은 너무 이상해서 어처구니없기까지 했다. 장량의 눈앞에서 자신이 신고 있던 헌 가죽신을 다리 아래로 차 벗어 던지고는 꾸짖듯이 말했다.

"얘야, 무얼 보고 있느냐? 얼른 저 아래로 내려가 내 신을 주워 오너라!"

그때만 해도 장량에게는 아직 젊은 자객의 혈기가 남아 있었다. 이미 나이 마흔을 바라보는 자신을 아이처럼 불러 대는 것도 못마땅했지만, 되잖은 심부름을 시키면서 오히려 거만을 떠는 게 더욱 참기 어려웠다. 늙은이고 뭐고 봐줄 것 없이 한번 혼을 내 줄까 하다가 애써 마음을 가다듬었다.

'손을 대기에는 너무 늙었다. 거기다가 나를 보는 눈길이 심상치 않으니 우선 참고 해 달라는 대로 해 주자.'

그렇게 속으로 중얼거리면서 다리 아래로 내려가 늙은이의 신을 주워 왔다. 그런데 다리 위로 올라가 주워 온 신을 내밀자 늙은이가 또 억지를 부렸다. 벗은 발을 쑥 내밀며 하인 나무라듯

했다.

"신을 주워 왔으면 어서 신기지 않고 무얼 꾸물거리느냐?"

장량은 다시 한번 불끈 화가 치솟았다. 하지만 이왕에 개울가까지 내려가 신을 주워 온 터라, 이미 들인 공이 아까웠다. 거기다가 늙은이에게도 무언가 범상치 않은 데가 느껴져 시키는 대로 했다. 윗몸을 곧추세우고 꿇어앉아 주워 온 신을 신겨 주었다.

늙은이는 조금도 미안해하는 기색 없이 장량 앞으로 발을 뻗어 신을 신기게 했다. 그리고 신을 다 신긴 장량이 짐짓 공손하게 먼지까지 털어 주자 알 듯 말 듯한 웃음을 지으며 내려다보더니 갑자기 획 돌아서서 가 버렸다. 장량은 더욱 알 수 없는 기분이 되었다. 그런 늙은이가 멀어져 가는 모습을 물끄러미 바라보고만 있었다.

늙은이는 뒤 한 번 돌아보는 법 없이 휘적휘적 걸어갔다. 그러더니 한 마장이나 갔다가 갑자기 발길을 돌려 아직도 묘한 느낌에 자리를 뜨지 못하고 있는 장량에게로 돌아왔다.

"너 이놈. 참으로 가르칠 만하구나. 닷새 뒤 새벽에 여기로 다시 나를 만나러 오겠느냐?"

늙은이의 그 같은 물음에 장량이 기다리고 있던 사람처럼 대답했다.

"예. 그리하겠습니다."

그러고는 다시 그 늙은이 앞에 꿇어앉아 예까지 올렸다. 그 늙은이가 무얼 가르칠 수 있으며, 그게 자신이 배울 만한 것인지 알지도 못하면서 머리가 숙여지고 무릎이 꺾이는 게 스스로도 이상했다.

그 뒤 닷새를 장량은 참으로 묘한 기대와 궁금증에 싸여 보냈다. 그러다가 약속한 날이 되자 새벽 일찍 그 다리로 나갔다. 그런데 장량이 다리에 이르러 보니 늙은이가 먼저 와 있었다. 늙은이는 불같이 화를 내며 장량을 꾸짖었다.

"도무지 너란 놈은 어떻게 되어 먹은 놈이냐? 어른과 약조를 맺고서도 이렇게 늦다니!"

그러고는 장량이 변명할 틈도 없이 되돌아서면서 말했다.

"그 정성으로 무얼 배우겠느냐? 닷새 뒤에 다시 이리로 오너라. 그때는 오늘보다 좀 더 일찍 와야 한다!"

그 바람에 닷새 뒤 장량은 새벽닭이 울기 바쁘게 그 다리 위로 달려갔다. 하지만 이번에도 그 늙은이가 먼저 와 있다가 전보다 더 화를 내며 꾸짖었다.

"또 늦다니. 도대체 사람이 어찌 그리 미욱하냐? 어찌하여 또 이리 늦었느냐?"

그러고는 찬바람이 도는 얼굴로 뒤돌아서며 말했다.

"닷새 뒤에 좀 더 일찍 오너라!"

장량은 어이가 없었다. 하지만 늙은이가 그렇게 억지를 쓸수록 그가 가르치려는 것이 무엇일까 궁금해졌다. 그래서 닷새 뒤에는 아예 한밤중에 다리로 나갔다. 차라리 거기서 날을 새우면서 그 늙은이를 기다려 볼 작정이었다.

하지만 오래 기다릴 것도 없이 그 늙은이가 나타났다. 그는 장량이 먼저 와 있는 것을 보자 그제서야 기뻐하는 기색을 드러냈다.

"암, 이래야지. 마땅히 이래야 하고말고!"

그러고는 품 안에서 책 한 권을 내주며 엄숙히 말했다.

"내가 너에게 가르치고자 하는 것은 여기 이 책 속에 다 들어 있다. 이 책을 읽어 그 뜻을 깨달으면 너는 제왕(帝王)의 스승이 될 수 있을 것이며, 10년 뒤에는 뜻한 바를 이룰 수 있을 것이다. 부디 내 말을 소홀하게 듣지 마라."

그게 책이란 것은 알았지만 어둠 속이라 무슨 책인지 알 수 없는데, 그 말이 너무 엄청났다. 그 바람에 장량은 잠시 어리둥절해져 무어라 대꾸해야 할지 몰랐다. 그런데도 그 늙은이는 더욱 알 수 없는 말을 보탰다.

"너는 13년 뒤 제수(濟水) 북쪽에서 나를 만날 것이다. 곡성산(穀城山) 아래서 누런 돌 하나를 보게 될 것인데 그게 바로 나이니라."

그러고는 돌아서서 어둠 속으로 사라져 버렸다. 한참 뒤에야 정신을 차린 장량이 이름이라도 듣고자 늙은이를 찾았으나 이미 자취를 찾을 길이 없었다. 그 뒤 장량은 하는 수 없이 그가 자신이라고 일러 준 누런 돌[黃石]에서 이름을 따 그 뒤로 그 늙은이를 황석공(黃石公)이라 불렀다.

날이 밝은 뒤에 장량이 살펴보니 그 책은 놀랍게도 『태공병법(太公兵法)』이었다. 주(周) 무왕(武王)을 도와 은(殷)을 멸망시키고 그 공으로 작위를 받아 제(齊)나라의 시조가 된 강자아(姜子牙)가 지었다는 책으로, 그때는 이미 실전(失傳)된 것으로 알려져 있었다. 뒷날 『육도삼략(六韜三略)』이란 책이 바로 그 『태공병법』이란 말이 있었으나, 밝혀진 바로는 훨씬 후대에 만들어진 위서(僞書)라고 한다.

장량은 그 책을 기이하게 여겨 되풀이해 읽고 그 안에 든 가르침을 익혔다. 그러면서 때로 일을 꾸미는 데나 사람을 나누고 부리는 데 가만히 그 가르침을 펼쳐서 써 보면 신통하게도 잘 들어맞았다. 이에 믿음을 지니게 된 장량은 더욱 힘써 그 책을 익혀 그 무렵엔 눈을 감고도 훤히 외울 수 있을 뿐만 아니라, 그것을 써야 할 곳과 때도 곧잘 알아보았다.

'비록 책 한 권 물려주신 것에 지나지 않으나 그분이야말로 나의 참된 스승이시다. 다시 한번 뵈올 수만 있다면…….'

장량은 저만치 보이는 그때의 그 다리를 바라보며 새삼스러운 아쉬움으로 그렇게 중얼거렸다. 하지만 다리 위로 올라가 난간을 쓰다듬으며 옛일을 더듬어 볼 수는 없었다. 도인(導引)과 벽곡(辟穀, 오곡을 먹지 않는 도가의 양생법)으로 원기를 돋우고는 있지만, 원체 병약한 그라 더는 찬바람을 견뎌 낼 수 없었기 때문이었다.

장량이 집으로 돌아가니 몇 년째 별채에 묵어 온 주두식(周斗食)이 의관을 갖추고 기다리고 있었다. 두식은 녹봉이 백 석 이하인 진나라의 하급관리를 말한다. 주 두식은 한때 진나라에서 두식으로 일했으나 무슨 일인가로 사람을 죽이고 쫓겨 다니는 주씨(周氏) 성의 사내였다. 갈 곳이 없다기에 장량이 받아 몇 해째 돌봐 주고 있는데 겪어 볼수록 알 수 없는 구석이 많았다.

주 두식에게서 먼저 별나게 느껴지는 것은 그의 재주와 학식이었다. 누구든 그와 한 식경만 얘기를 나누면 그가 두식이란 하찮은 벼슬과는 어울리지 않을 만큼 총명하고 배운 게 많은 사람이란 것을 절로 느낄 수 있었다. 차분하면서도 어질고 너그러운 인품 또한 그랬다. 그런 사람이 어떻게 사람을 죽일 수 있었는지 도무지 믿어지지 않았다.

장량은 진작부터 주 두식이 전력(前歷)도 이름도 숨기고 있음을 짐작했다. 목숨을 의탁하고 있다고 해도 지나치지 않을 만큼 도움을 받으면서도 기어이 자신을 숨기는 것이 서운하기도 했지만, 반드시 이해 못할 일은 아니었다. 장량 자신도 엄한 진나라의 관리와 치밀한 법망을 피해 숨어 다닌 적이 있었을뿐더러, 당장도 하비의 벗들뿐만 아니라 세상 모두에게 자신의 참 이름과 핏줄을 속이고 있었다.

장량의 거실로 찾아온 주 두식은 어디 먼 길이라도 떠날 사람 같은 차림이었다. 며칠 전 답답해서 세상이나 돌아본다고 나갔는데 돌아오자마자 떠날 채비라니 아무래도 이상했다. 거기다가 주 두식이 평소와 달리 이마가 방바닥에 닿도록 큰절을 올리자 장량은 놀라기부터 먼저 했다. 장량보다 열 살 가까이 나이가 많아, 비록 신세를 지고 있어도 이렇게까지 자신을 낮춘 적은 없었다.

"아니, 주 형. 갑자기 이게 무슨 일입니까?"

장량이 얼결에 맞절로 받으며 묻자 주 두식이 무겁게 가라앉은 목소리로 말했다.

"이 항 아무개 이제 떠날 날이 되어서야 지난 3년 대협을 속인 죄를 청하오."

"그건 또 무슨 말씀입니까? 항 아무개가 누구이며, 도대체 주 형께서는 무얼 저에게 속이셨다는 것입니까?"

그러자 주 두식이 깊숙한 눈길로 장량을 바라보다가 길게 한숨을 내쉬며 물었다.

"장 대협께서는 초나라 장수 항연에 대해 들으신 바가 있으신지요?"

"들었다뿐이겠습니까? 병사들에게는 덕장(德將)이요, 초나라로 보아서는 충신이며, 망국의 살아남은 신하들에게는 해야 할 바를 죽음으로 가르쳐 준 열사이시지요. 저는 일찍부터 항 장군을 마음의 스승처럼 우러르고 그 충의를 본받고자 애써 왔습니다!"

장량이 조금도 과장하는 기분 없이 그렇게 받자, 주 두식이 갑자기 두 눈으로 주르르 눈물을 쏟아 내며 말했다.

"그분이 바로 이 항 아무개의 선친이외다. 내 이름은 전(纏)이라 하고 자는 형제의 서열을 따라 백(伯)이라 하오."

"원래 그러하셨구려, 항백 대협……."

장량이 놀라움과 감격으로 그렇게 어물거리는데 항백이 소매로 눈물을 씻으며 말을 이었다.

"선친께서 왕전(王翦)의 핍박을 받아 전장에서 자결하셨다는 소식이 오자, 나와 세 아우 중(仲), 숙(叔), 계(季)는 처음 깨끗이 선친의 뒤를 따르고자 하였소이다. 그러나 다시 한번 헤아려 보니 그게 아니었소. 범 같은 장부들이 어찌 적과 한번 싸워 보지도 않고 스스로 목을 찌를 수가 있겠소? 생각 끝에 우리 사 형제는 가산을 흩어 장사들을 모으고, 병기를 마련한 뒤 칼을 짚고 일어났소. 그리고 먼저 진나라의 연횡책에 놀아나 망국을 불러들인 나라 안의 매국노들부터 처단하기 시작했소.

처음 한동안은 하상에 있는 진나라의 개들을 죽여 기세를 올리다가 나중에는 함양에서 보내 온 진나라의 군사와 관리들에게까지 맞서게 되었소이다. 그때 선친의 이름을 앞세웠기에 그분께서 아직 살아 계신다는 소문이 나오게까지 되었소. 하지만 더 많은 진병(秦兵)이 밀려들고 진나라의 관부가 초나라 땅에도 자리를 잡게 되면서 처지는 바뀌었소. 진병을 등에 업은 매국노들의 반격으로 아우 둘은 죽고 겨우 살아남은 막내[季]와 나는 서로의 생사도 모른 채 흩어져 오히려 살인자로 쫓기는 몸이 됐소.

그리하여 고단하게 세상을 헤매다가 흘러 들어오게 된 곳이 바로 이곳 하비였소. 장 대협께서는 나를 거두어 보살펴 주셨으니 생명의 은인이라 해도 지나치지 않소. 은인에게는 진작부터 성과 이름이라도 바로 밝혀야 했으나 진나라의 법이 하도 엄하고 인심은 거칠어져 함부로 밝힐 수가 없었소. 또 그게 반드시 장 대협께 이로울 것 같지도 않아 하루하루 미루다가 이 자리까지 오고 말았소이다."

"그런데 오늘은 어찌하여……? 더군다나 의관까지 갖추시고……."

"실은 생사조차 모르고 헤어진 막내아우와 용케 살아남은 조카의 소식을 들었소. 이름을 량(梁)으로 바꾼 막내아우 계는 어린 조카 적(籍)을 구해 이리저리 떠돌다가 멀리 오중(吳中)에서 자리를 잡았다 하오. 이제는 항량이라면 늙고 젊고를 가리지 않고 모두가 알아줄 만큼 깊이 그곳에 뿌리를 내렸을 뿐만 아니라, 조카 적도 씩씩한 장부로 자라났다는 것이오. 특히 조카 적은 가운데 아우의 아들이자 이제는 우리 사 형제 모두에게 마지막으로 남은 한 점 혈육으로, 타고난 힘이 엄청날뿐더러 무예까지 빼어나다고 하오. 자를 우(羽)로 쓰며 벌써 나이 스물둘인데, 오중의 소년들이 모두 그를 두려워하면서도 우러르고 따른다는 것이오."

그제야 장량은 왜 항백이 그렇게 나오는지 알 것 같았다.

"그럼 이제 오중으로 떠나시려는 것입니까?"

"그렇소이다. 하지만 그리하려고 보니 진작부터 마음을 열고 대해 주신 대협을 속인 게 새삼 마음에 걸려 이렇게 그 잘못부터 빌고 있소이다."

"그 일이라면 너무 마음에 걸려 하실 필요가 없습니다. 실은 저도 항 형을 속여 온 셈이니……. 지금 형께서 알고 있는 저의 성과 이름 또한 참된 것이 아닙니다. 저는 원래……."

장량이 참으로 오랜만에 마음을 열고 박랑사(博浪沙)에서 창해 역사와 벌인 일을 내비친 뒤 자신의 원래 성과 이름을 밝히려 했다. 그때 항백이 그걸 말리듯 황급히 장량의 말허리를 잘랐다.

"장 대협, 언제든 밝혀도 좋은 성과 이름이 있고 그렇지 못한 것도 있습니다. 기껏 진나라의 개들이나 때려잡은 개백정 같은 우리와 진나라의 주인 영정(嬴政)을 철퇴로 친 의사의 이름이 어찌 같을 수 있겠습니까? 박랑사의 의거는 지금이라도 진나라 관원들이 알면 핏발 선 눈으로 뒤쫓을 만큼 저들의 간담을 서늘하게 하였소이다. 그 크신 이름을 함부로 입에 올리지 마시오. 내가 듣고 마침내 감당해 내지 못할까 두렵소이다."

"그렇게 추켜 말씀하시니 실로 몸 둘 바를 모르겠습니다. 포악한 자를 치고 원수와 맞서는 일에 높고 낮으며 크고 작은 것이 따로 있겠습니까? 하지만 벌써 짐작하고 계셨다니 참 이름을 숨긴 것은 서로 비긴 일로 하여 더 따지지 않는 것이 좋겠습니다. 그런데 이제 오중으로 옮기시는 일은 또 깊이 헤아려 정하셨는지요?"

장량이 겸손하게 머리를 수그리며 그렇게 묻자 항백이 얼른 알아듣지 못하고 되물었다.

"무슨 말씀이신지……."

"아우 분께서 오중에 자리를 잡았다 하나 그곳 역시 객지입니다. 형제 분이 함께 있어 힘을 합치는 게 좋을 수도 있지만, 진나라 관부의 의심을 키울 수도 있으니 반드시 좋은 일만은 아닌 듯합니다. 두 분 다 쫓기는 터라, 알아볼 사람도 배로 늘어나는 셈이니……."

"내가 이곳에서 장 대협과 함께 지낸다 해도 반드시 더 나은 일은 못 될 듯싶소이다. 장 대협 또한 관부의 의심을 사서 안 되기는 저와 마찬가지이니, 내 아우의 처지와 무엇이 다르겠소? 더구나 이곳 하비는 내 살던 하상과 너무 가까워 지난 몇 년 줄곧 마음 졸여 왔소이다. 언제 나를 알아보는 자가 나타나 나뿐만 아니라 장 대협까지 위태롭게 만들지도 모르는 일이외다."

"그렇지는 않습니다. 적어도 이곳 하비에서는 그런 일이 없을 것입니다."

"내 아우도 장 대협만큼은 오중을 주무르고 있는 것 같았소. 아무래도 우선은 그리로 가 보는 것이 나을 듯하오."

항백은 그 말에 이어 새삼 고마워하는 뜻을 드러내다가 문득 생각났다는 듯 일러 주었다.

"그런데 이번에 나가 돌아다니다가 회음에 한(韓)나라 왕성(王姓)을 쓰는 괴짜가 하나 있다는 얘기를 들었소. 혹시 장 대협께서 찾고 계시는 이가 아닌가 해서……."

항백은 장량이 망해 버린 한나라 왕실의 여러 공자들 중에서 횡양군(橫陽君) 한성(韓成)을 찾고 있음을 알고 있었다. 횡양군 한성은 때가 와서 한나라를 다시 일으킬 때 임금으로 내세울 재목으로 장량이 첫손 꼽고 있는 왕족이었다. 아우를 수소문하다가 그 한성 비슷한 느낌을 주는 사람의 얘기를 들은 항백은 말머리를 바꿀 겸해서 슬며시 그 일을 꺼냈다.

장량이 과연 긴장한 얼굴로 되물었다.

"어떤 사람입니까?"

"빈털터리로 저잣거리를 떠돌아다니기는 하지만, 성이 한(韓)씨이고 사람들에게 왕손(王孫)이라고 불린다 하였소."

"한씨 성을 쓰는 이가 한둘이며, 왕손이라고 불리는 이가 한둘입니까? 요즘은 아무 젊은이나 좀 높여 불러야 할 때는 모두 왕손이라고 부르더군요."

"그래도 키가 크고 생김이 훤한 데다 늘 긴 칼을 차고 다닌다고 했소이다. 품행이 단정치 못하고 살아가는 수단도 없어 남에게 빌붙어 지내기는 해도, 그를 범상치 않게 보는 이들 또한 적지 않다 하였소."

그 말에 장량은 은근히 마음이 끌리는 눈치였다. 더는 말을 돌리지 않고 항백에게 물었다.

"회음현 어디로 가면 그를 만날 수 있습니까?"

"지나가다 들은 대로라면 회음현 하향 마을로 가면 될 것이외다. 그곳에 남창이란 정(亭)이 있는데, 그 정장이 그를 남다르게 여겨 거두어 주고 있다고 했소."

항백은 그렇게 일러 준 뒤 문득 작별을 서둘렀다. 그날 안으로 길을 떠나려는 듯했다. 하지만 그동안 들인 정이 있어 장량은 차마 그대로 보낼 수 없었다. 항백의 옷깃을 잡고 하룻밤만 더 묵어 가기를 청했다.

항백 또한 마음에 품고 있는 정은 장량에 못지않아서 잡는 손길을 박정하게 뿌리치지 못했다. 항백이 길 떠나기를 하루 미루자 장량은 곧 작은 잔치를 마련하게 했다. 따로 손님을 더 부르지는 않아 크고 떠들썩한 것은 아니어도 차림만은 정성을 다한 술자리였다.

그날 밤 장량과 항백은 늦도록 술을 마셨다. 전에도 여러 번 술자리를 함께한 적이 있지만 그날 밤처럼 마음을 털어놓고 마시기는 처음이었다. 저마다 가슴속에 품고는 있어도 함부로 드러내지 못하던 소회와 강개를 마음껏 풀어내고, 때로는 같이 앓고 있는 망국의 한을 거리낌 없는 비분으로 토해 내기도 했다. 그러다가 자리를 파할 무렵 항백이 문득 정색을 하고 말했다.

"장 대협은 속 깊고 어질기가 실로 하늘이 낸 사람인 듯싶소. 몇 해 은혜를 입었다고 해서 하는 소리가 아니라 진심에서 우러난 말이외다. 헛되이 나이만 먹어 앞으로 그런 기회가 올지 안 올지는 모르나, 만약 내 목숨을 던져 장 대협을 구할 수 있다면 내 반드시 그리할 것이외다. 이는 사사로운 은혜 갚음이 아니라 하늘의 뜻을 받들기 위해서요. 대협이 꾀하는 세상이 곧 하늘이 이루고자 하는 세상일 것이외다."

"이 장 아무개에게는 실로 과분한 말씀입니다. 항 형께서는 어리석고 재주 없는 저를 너무 크게 보셨습니다. 지난 몇 해 오히려 가르치심의 은혜를 입은 것은 저였습니다. 앞으로 어느 하늘 아래에서 만나더라도 항 형께서 모르는 척 지나가지만 않으신다면, 저로서는 그보다 더한 감격이 없겠습니다."

장량은 그렇게 겸양으로 받았으나 알 수 없어라, 사람의 일이여. 그 밤으로부터 채 여섯 해를 넘기지 않아 항백은 정말로 그 다짐을 지켜, 바람 앞의 등불같이 된 장량의 목숨을 구해 주게 된다. 그뿐만 아니라, 그 일은 실로 천명과도 이어져 마침내는 진(秦)을 이을 왕조의 주인까지 바꾸어 놓게 된다.

항백이 떠난 며칠 뒤 장량도 회음으로 급한 수레를 내었다. 장량은 항백이 일러 준 사람이 바로 횡양군 한성은 아니더라도 한나라 왕실의 공자 중 하나일 수는 있다고 보았다. 회음이라면 한나라의 유민들이 많이 몰려 살아 그 왕족들이 숨어 살 만한 땅이었다. 거기다가 항백이 떠나기 전 마지막 기억을 짜내 일러 준 그 이름은 장량을 더욱 급하게 만들었다.

"이제 떠올려 보니, 그 사내의 이름은 신이라고 하던가……. 맞소, 한씨 성에 이름은 신, 한신(韓信)이라고 했던 것 같소."

항백이 들은 이름이 맞고, 그게 공자 신(信)을 가리키는 것이라면 그는 곧 한 양왕(襄王)의 얼손(孽孫, 세자의 아들)이 된다. 비록 적통은 아니라 해도 그 또한 엄연히 한나라 왕실의 혈맥인 데다가 제법 무예와 학식을 갖췄다는 소문도 들렸다. 그게 언제일지 모르지만 한나라를 되살리게 될 때 횡양군 한성을 찾지 못하면 급한 대로 그를 왕으로 세울 수도 있었다.

장량은 젊은 시절에 공자 신을 만난 적이 있었다. 신은 키가 여덟 자 다섯 치에 몸집 또한 우람했다. 그런데 회음에 있다는 왕손 신 또한 키가 남달리 크고 허우대가 멀쑥하다고 하지 않는가. 이에 장량은 항백이 떠난 다음 날로 좋은 마차를 내어 회음으로 달려갔다.

장량은 먼저 회음현의 하향이란 마을에 있는 남창정(南昌亭)부터 찾아갔다. 항백으로부터 그곳의 정장이 한신을 돌봐 주고 있다는 소리를 들었기 때문이었으나, 그곳에서는 이미 한신을 찾을 수가 없었다. 그뿐만이 아니라, 남창 정장은 한신을 알은체조차 하지 않았다.

"잘못 들으셨습니다. 나는 한신이란 사람을 모릅니다. 그런 이름조차 처음 듣습니다."

남창 정장은 장량의 물음에 낯빛 한번 변하지 않고 그렇게 잡아떴다. 그러다가 장량이 이웃을 수소문하여 증인까지 세우자 겨우 털어놓았다.

"실은 지난봄에 제가 한동안 한신의 뒤를 돌보아 준 적이 있습니다. 비록 나이 서른이 넘도록 제 밥벌이조차 못하는 위인이었지만, 그 풍모와 기상이 남달라 사람의 마음을 끄는 데가 있었지요. 하지만 정장의 하찮은 녹봉으로 뒤를 돌봐 준들 어디까지이겠습니까? 죽이건 밥이건 끼니나 함께하여 굶주리지나 않게 해 주는 게 고작이었지요. 그런데 어느 날 한신은 홀연히 발을 끊고, 다시는 제 집을 찾지 않았습니다. 뿐만 아니라 나중에 성안에서 우연히 만나게 되어도 인사조차 않고 의절의 뜻을 드러냈습니다. 그런 그가 하도 괘씸해서 그 뒤로는 저도 알지 못한다 하게 되었지요."

정장이 자못 서운하다는 표정으로 전한 한신의 행적은 장량에게 적이 가슴 아프면서도 한편으로는 실망스럽기 그지없었다. 아무리 난세를 만났다지만, 하찮은 정장에게까지 밥을 빌어먹다 그 같은 망덕(忘德)까지 저지르는가.

그런데 다시 한신을 찾아 나선 장량이 수소문 끝에 두 번째로 만난 아낙은 그보다 더한 한신의 영락을 전했다. 그녀는 남의 빨래를 해 주는 것으로 밥벌이를 하는 아낙[漂母]이었는데, 자신이 여러 달 한신을 먹여 준 일을 별로 내세우는 기색 없이 얘기해 주었다. 그리고 마지막으로 그를 나무라 준 일을 담담하게 보탰다.

하지만 듣는 장량으로서는 실로 참혹한 영락이었다. 그래서 장량은 더욱 마음먹고 한신을 찾아 하비로 데려가려고 회음성 안 저잣거리까지 샅샅이 뒤졌다. 그러나 어디로 갔는지 끝내 찾지 못하고 또 다른 참혹한 일만 전해 듣게 되었다.

"그라면 내가 본 듯하오. 이제 한 달포쯤 되었을 것이오. 성안 저잣거리를 걷고 있는데 한 떼의 불량배들이 키가 크고 희멀끔한 젊은이 하나를 에워싸고 있었소. 에워싸인 것은 분명 족하(足下)가 말하는 그 사람이었소. 입은 옷은 허름해도 칼자루에 제법 보석 장식까지 한 긴 칼을 차고 있는 게 평민의 자제는 아니더구먼."

우연히 한신이 저잣거리 불량배들에게서 모욕을 당하는 광경을 본 늙은 장돌뱅이 하나가 그렇게 얘기를 시작했다. 장량은 거기서 벌써 더 듣고 싶지가 않았으나 일껏 찾아낸 사람이라 그대로 자리를 뜰 수가 없었다. 잠깐 머뭇거리는 사이에 기어이 한신이 당한 험한 꼴을 전해 듣고 말았다.

"한신이란 그자, 아마도 나리께서 찾고 있는 공자 신(信)은 아닐 거요. 공자 신이라면 나도 전해 들은 얘기가 있소. 그에게는 왕재(王才)가 있을뿐더러 기개와 포부 또한 남다르다 했소. 하찮은 불량배의 행패가 무서워 그 가랑이 밑을 기어 나가는 겁쟁이일 리가 없소. 왕족은커녕 시시한 공족(公族)의 곁가지[庶孽]나 시든 이파리[末裔]도 못 될 것이오."

그 늙은 장돌뱅이는 단숨에 그날 한신이 회음 저잣거리에서 당한 일을 눈앞에 그려내 보이듯 들려준 뒤에 그렇게 보탰다.

그 말을 들은 장량은 그 길로 곧장 하비로 돌아가고 싶었다. 장량이 유달리 속 좁은 사람도 아니고, 그 나이 또한 세상의 맵고 쓴 맛을 모를 만큼 젊지만은 않았다. 그런데도 마음에 품고 있는 조국 한(韓) 왕실의 위신과 품위에 관련된 일이어서인지, 그와 같은 한신의 행실을 느긋하게 헤아려 줄 마음의 여유가 없었다. 하지만 그 늙은 장돌뱅이와 헤어져 숙소로 돌아온 뒤에 다시 한번 곰곰이 따져 보니 달리 생각할 수도 있을 듯했다.

'어쩌면 내가 너무 속되고 경솔하게 그를 헤아렸는지도 모르겠다. 이 같은 난세에는 그것도 몸을 감추고 때를 기다리는 좋은 방도일 수 있지 않은가…….'

그래서 다음 날 다시 저잣거리를 뒤지며 한신을 찾아보았으나 끝내 회음에서는 자취를 찾을 길이 없었다. 대신 세상 돌아가는 데 밝은 다른 건달한테서 뜻밖에도 횡양군 한성의 소문을 듣게 되었다.

"횡양군 한성이라면 대택향(大澤鄕)에서 보았다는 사람이 있습니다."

대택향이라는 고을은 장량도 조금 알고 있었다. 대택(大澤)은 흔히 치수(治水)의 손길이 미치지 못하는 자연적인 큰 호수를 가리키는 말이었다. 당시 널리 알려진 대택으로는 맹제(孟諸), 거야(鉅野), 양우(楊紆), 여량(呂梁), 운몽(雲夢) 등이 있었는데 그중에서도 옛 초나라 땅에 있는 운몽대택(雲夢大澤)이 가장 이름이 높았다.

운몽대택에는 수백 리에 걸쳐 하늘이 보이지 않을 정도로 울창하게 우거진 숲이 펼쳐져 있었다. 그 사이사이에는 갈대가 무성하게 자란 수백 개의 못과 늪이 높고 낮은 언덕들과 어우러져 사람의 손길이 미치지 않았다. 하지만 더러는 경관이 그림같이 아름답고 땅이 기름져 고을을 이루기도 했는데 대택향이 바로 그랬다.

그런데 언제부터인가 그 대택향은 죄를 짓고 쫓기는 사람들이 숨어 사는 땅처럼 되고 말았다. 아무리 물샐 틈 없는 진나라의 법이요, 엄한 그 관리라 하지만 대택으로 숨어든 범죄자만은 어쩔 수가 없었다. 법과 관리가 뒤쫓지 않을 때는 대택향에 나와 사람들과 어울려 살다가, 낌새가 좋지 않으면 연결된 못과 늪에 쪽배를 띄워 원시림과 갈대숲 사이로 숨어 버리면 그만이었다.

"횡양군께서 대택향에는 어떻게?"

장량은 마음에 짚이는 게 없지 않았으나 짐짓 그렇게 물어보았다. 그 건달이 세상 돌아가는 것은 혼자 다 안다는 듯 말했다.

"세상이 자꾸 어지러워지니 옛 육국 왕족들을 보는 진나라 관리들의 눈길이 곱지 않을 것은 뻔한 이치 아니겠소? 그래서 그곳으로 피해 갔을 거외다. 아직도 어두운 구석이 남은 곳이라 일이 터지면 몸을 숨기기 좋은 땅이니까. 들리는 소문이지만, 삼진(三晋, 진(晋)나라를 나눠 가진 한나라, 위나라, 조나라)의 공자들이 모두 그곳 대택향에 몸을 숨기고 있다는 말도 있소."

그 말을 듣자 장량은 다시 수레를 대택향으로 돌리지 않을 수 없었다. 시황제 35년, 천하는 진병(秦兵)들의 창칼 아래 안정되어 있는 것 같았으나, 하비같이 진나라의 관부가 자리 잡은 큰 성안과 대택향처럼 진나라의 다스림이 미치지 못하는 곳은 많이 다른 듯했다. 시황제가 힘으로 아우른 천하는 어느새 깊이 금이 가고 있었는데, 장량은 그걸 대택향에서 보다 뚜렷하게 느껴 보고 싶었다.

회음에서 대택향까지는 수레를 급하게 몰아도 하룻길이 넘었다. 몸이 강건하지 못한 장량은 아예 길을 곱으로 늘려 잡고 수레를 천천히 몰게 해 대택향으로 갔다.

그런데 다음 날 해하(垓下)를 지나 대택향으로 접어드는 길을 잡았을 때였다. 관도(官道)가 끝나고 소택지(沼澤地) 사이로 난 숲길 입구에 한 떼의 사람들이 몰려 있었다. 장량이 수레에서 내려 까닭을 묻자 기다리던 사람들 중의 하나가 말했다.

"길섶 숲에 떼도둑이 들어 한둘씩 지나가다 보면 당하기 십상이오. 재물만 털리는 게 아니라 목숨까지 잃게 되니, 차라리 기다렸다 여럿이 무리를 지어 지나는 게 좋을 것이오."

그 말에 장량은 오히려 한 가닥 숨통이라도 트인 듯했다. 물샐 틈 없는 진나라의 법도 미치지 못하고, 사납고 날랜 진나라 군사들도 지켜 내지 못하는 곳이 있다는 게 기쁠 지경이었다. 느긋한 마음으로 수레를 세우게 해 더 많은 사람들이 이르기를 기다렸다.

장량보다 먼저 온 수레 한 대와 여남은 명의 행인들은 한참 뒤에 다시 수십 명의 일꾼들과 호위 무사까지 몇 딸린 장사치의 수레 두 대가 더해지자 비로소 길 떠날 채비를 했다. 그러나 머릿수는 많아도 싸울 사람이 적고 병장기가 제대로 갖춰지지 않아 은근히 걱정하는데 마음 든든해할 일이 생겼다. 좋은 말을 타고

긴 칼을 찬 두 젊은이가 보태진 까닭이었다.

제나라 사투리를 쓰는 그 두 젊은이는 생김부터가 여느 길손들과는 달랐다. 둘 중에서 좀 더 나이 든 쪽은 별로 크지 않은 키에 몸집도 우람한 편은 아니었으나 그의 고요하면서도 깊은 눈길이나 침착한 말투에는 함부로 다가갈 수 없는 위엄이 뿜어져 나왔다. 보다 손아래로 뵈는 쪽은 헌걸찬 외모부터가 사람의 눈길을 끌었다. 여덟 자 가까운 키에 오래 단련된 근육으로 뭉친 다부진 몸매라 누가 봐도 한 솜씨 지닌 무사였다.

사람들의 짐작대로 그 두 젊은이가 예사 아닌 솜씨를 보여 준 것은 그날 해 질 무렵이었다. 일행이 갈대숲 우거진 늪가 길을 지나는데 과연 소문대로 한 떼의 초적(草賊)들이 쏟아져 나와 길을 막았다. 그걸 본 두 사람은 일행에게 아무 말도 없이 말 배를 박차 달려 나가며 칼을 뽑아 들었다.

도둑 떼 가운데로 뛰어든 두 사람은 먼저 각기 한 사람씩 베어 넘긴 다음에야 일행 쪽을 향해 손짓을 했다. 마치 약속하고 기다리는 대군에게 보내는 것같이 거리낌 없고도 침착한 신호였다. 그걸 보고 힘을 얻은 일행이 목청을 돋워 외치며 내닫자 도둑 떼는 금세 기가 꺾여 오래 버텨 보지도 못하고 갈대숲 속으로 달아나 버렸다.

일행과 함께 다가간 장량은 수레에 앉은 채로 가만히 두 젊은이를 살펴보았다. 숨결 하나 흐트러진 데 없이 앞장을 서서 가고 있는 모습이 여간 당당하지 않았다. 거기다가 조금도 뽐내는 기색이 없다는 게 더욱 장량의 마음을 끌었다.

"나는 하비에 사는 장 아무개라 하오. 찾아볼 사람이 있어 대택향으로 가는 길이거니와 두 분 공자께서는 어디서 오시는 뉘시오?"

이윽고 날이 저물어 대택향 가까운 큰 마을에 묵게 되었을 때, 장량은 먼저 그 두 젊은이의 거처부터 찾아보고 물었다. 둘 중에서 보다 젊고 몸집이 우람한 쪽이 대답했다.

"저는 적현(狄縣)에서 온 전영(田榮)이라 합니다. 그리고 이분은 제 종형이신데, 함자를 담(儋)으로 쓰고 있습니다."

그러는 전영의 태도는 겸손하기 그지없었다. 그러나 종형 전담(田儋)을 소개할 때는 무언가 존숭의 느낌을 담으려 애쓰는 듯하는 데가 있었다. 장량이 다시 물었다.

"산동의 적현에 사시는 두 분께서 대택향같이 험한 곳으로 가는 까닭은 무엇이오?"

"여정이 스스로 시황제라 칭하고도, 일찍부터 '동남쪽에 천자의 기가 있다.' 하여 이쪽을 자주 돌아본다 합니다. 하지만 여러 해 유심히 살펴도 별다른 기운이 느껴지지 않더니 근래 대택향에 의사(義士)들이 많이 모여든다 해서……."

전영이 장량에게서 무엇을 보았는지 망설임 없이 그렇게 대답했다. 그때 전담이라는 사내가 낮고도 무거운 목소리로 종제를 나무랐다.

"아우, 아직은 진의 천하이네. 너무 가볍게 입을 열고 있는 게 아닌가?"

그러자 전영이 새삼스레 장량을 살피다가 껄껄대며 받았다.

"형님, 이 아우도 보는 눈이 있습니다. 왜, 여기 이 장공께서 진나라 관리라도 되는 것 같습니까?"

"아무래도 아우는 말을 너무 함부로 하는구나!"

전담이 그러면서 한층 더 살피는 눈길로 장량을 훑어보았다. 그의 전(田)이라는 성과 유별나게 조심스러운 태도가 장량에게 문득 떠오르게 하는 일이 있었다. 육국 가운데 마지막으로 망한 제나라의 왕실이었다.

제나라는 태공망 여상(呂尙)이 봉해진 나라로 왕실의 성은 원래 여씨(呂氏)였다. 그러나 제나라 간공(簡公) 때 전상(田常)이 간공을 죽이고 그 동생을 평공(平公)으로 세우면서 제나라의 실권은 전씨에게 넘어갔다. 전상은 재상이 되어 제나라의 땅을 갈라받고, 그 자손들도 대대로 권세를 누리다가 증손자인 전화(田和) 때에 제후가 되었다. 그리고 제나라 강공(姜公)을 바닷가로 내쫓았다가, 그가 죽자 제나라를 온전히 차지하였다.

전씨의 제나라는 착실하게 힘을 길러 위왕(威王) 때는 여씨 환공[齊桓公] 때에 못잖은 강국이 되었으며, 민왕(閔王) 때는 진나라와 더불어 천하를 동서로 갈라 진(秦) 소왕(昭王)은 서제(西帝)라 일컫고 민왕은 스스로 동제(東帝)라 일컫기도 했다. 시황제가 천하를 아우를 때도 제나라는 여전히 동방의 강국이었다. 다른 다섯 나라와 합종하여 진나라에 대항했으면, 시황제의 천하통일은 어려웠을 것이다. 그런데 그 마지막 왕 전건(田建)의 불찰로 제나라는 힘 한번 제대로 써 보지 못하고 진나라에게 무너지고 말았다.

전건은 후승(后勝)이란 자를 재상으로 세웠는데, 진나라는 몰래 많은 금을 보내 후승을 매수해 버렸다. 거기다가 빈객으로 진나라에 들어갔던 자들 역시 매수되어 돌아와 간세 노릇을 마다하지 않으니, 제나라는 연횡책의 한 갈래인 진나라의 원교근공책에 그대로 말려들고 말았다. 시황제 26년, 동방의 다섯 나라를 모두 병합한 시황제가 연나라에 있던 왕전에게 대군을 주어 제나라로 보내자 아무도 맞서 싸우는 사람이 없었다. 단숨에 제나라 도성 임치(臨淄)를 떨어뜨린 진나라는 다시 제왕 전건에게 사신을 보내 말하였다.

"항복하면 그대에게 5백 리 땅을 떼어 주고 제후로 살게 해 주겠다."

전건이 그 말을 믿고 항복하자 시황제는 그를 공(共) 땅으로 보냈다. 그리고 소나무, 잣나무가 빽빽이 들어선 숲속의 오두막에 가두어 굶어 죽게 만들었다. 그 소문을 들은 사람들이 전건을 비웃어 노래를 지었다.

제나라 왕 전건이 굶어 죽는 걸 본 소나무야, 잣나무야.
전건을 공 땅으로 내몬 것은 저 못된 빈객들이라네…….

거기까지 제나라의 쓸쓸한 몰락을 떠올리던 장량이 앞뒤 없이 불쑥 물었다.

"공이 마침 전씨라 하니 혹시 제나라의 왕성(王姓)이 아니시오? 왕성이 맞다면 그 마지막 전건 왕과는 어떻게 되오?"

그러자 꾸미고 감출 줄 모르는 전영의 눈가가 불그레해지며 눈빛에 문득 불길이 일었다. 그러나 전담의 표정은 더욱 어둡게 굳어질 뿐이었다. 한참을 노려보듯 장량을 살피다가 차갑게 받았다.

"적현의 한낱 촌놈이 망국의 욕된 군주와 무슨 연관이 있겠소?"

그제야 자신의 실수를 알아차린 장량이 황급히 털어놓듯 말했다.

"공께서는 박랑사에서 영정의 수레를 철퇴로 치고 달아난 자객을 아시오?"

"그 자리에서 참살당한 장사 말고 달아난 자객이 하나 더 있었다고는 했습니다만 그게 누구라고는 밝혀지지 않았다 들었습니다."

"부끄럽소이다만 그게 바로 이 몸이오! 자, 그럼 다시 물어보아도 되겠소이까? 제왕 전건은 공과 어떤 사이요?"

그러자 전담은 다시 한번 장량을 한참이나 찬찬히 살피다가 비로소 털어놓았다.

"제가 의사를 알아보지 못하고 함부로 의심하였습니다. 숨김없이 이르자면 선왕께서는 제게 머지않은 방조(傍祖)가 되오이다."

"역시 제나라 종실이셨구려. 그런데 어떻게 적현에……."

"선왕께서 간신 후승과 빈객을 자처하는 진나라 간세들의 농간에 넘어가 나라를 잃고 공 땅으로 끌려가실 때에 저희 왕실도 풍비박산 뿔뿔이 흩어졌지요. 저와 종제 영(榮, 전영), 횡(橫, 전횡) 등은 왕전의 군사가 임치에 들어오기 전에 몸을 빼내 멀리 달아났습니다. 그 뒤 선왕께서는 진나라의 박대로 아사하시고, 저희들은 이리저리 숨어 살며 떠돌다가 예닐곱 해 전부터 적현에 자리 잡고 포의로 살아 왔지요. 마음속으로는 항상 진나라에 원수를 갚고 옛 제나라를 되세우는 일만 생각해 왔으나 늘 막막하기만 했습니다. 그러다가 근년 들어 이곳 대택향에 한 가닥 반진(反秦)의 기운이 감돈다기에 아우와 함께 살펴보러 온 것입니다……."

냉정하고 침착하던 전담이었으나 한번 속을 털어놓자 새삼 감정이 복받치는지 목소리가 심하게 떨렸다. 장량도 같은 망국의 한을 앓아 온 사람이라 마음이 처연해지지 않을 수가 없었다. 절로 콧마루가 시큰해지고 눈시울이 뜨거워졌다.

장량과 전담, 전영 세 사람은 곧 자리를 함께하고 술을 청해 오랜 지기처럼 어울렸다. 술잔을 나눌수록 전담과 전영의 사람됨이 장량에게 뚜렷이 짚여 왔다. 강렬한 개성과 사람을 압도하는 기개는 비슷했지만, 전담이 신중한 덕장의 인품을 보여 주는 데 비해 전영은 불같은 용장을 그려 보게 했다.

"실로 용 같은 형에 범 같은 아우[龍兄虎弟]라 이를 만한 분들이시오. 제나라가 잘못되었으나 아주 망한 것은 아닌 듯하오."

장량이 그렇게 감탄하자 전영이 더욱 기세를 올려 대답했다.

"제 아우 중에 횡이라는 아이가 있는데, 그 아이라면 함께 천하를 도모해도 모자람이 없을 것이오!"

하지만 아직은 진나라의 세상이라 당장 함께 무슨 일을 꾸밀 처지는 못 되었다. 장량은 전횡(田橫)이란 이름 하나만 더 머릿속에 새기고 그날 밤의 술자리를 끝냈다. 그리고 이튿날 대택향으로 들 때에는 헤어지기 아쉬우면서도 당장은 아무것도 함께할 수 없는 남남이 되어 각기 가야 할 곳으로 나뉘었다.

장량은 대택향에서 횡양군 한성을 어렵지 않게 찾을 수 있었다. 회음의 건달이 일러 준 대로 횡양군은 미리부터 그리로 옮겨와 한(韓)의 유민을 등에 업고 세력을 키운 공숙차(公叔借)란 토호의 집에 머물고 있었다.

서로 헤어진 지 이미 20년이 가까웠으나 장량의 옛 이름을 들은 횡양군 한성은 버선발로 뛰어나왔다. 장량이 그 손에 이끌려 공숙차의 객사로 들어가니 마침 그곳에는 귀한 손님 둘이 와 있었다. 환담이라도 나누고 있었던 듯, 횡양군이 그들에게 먼저 장량을 소개했다.

"두 분 공자의 허락도 받지 아니하고 낯선 이를 끌어들여 죄스럽소이다. 허나 명색 한(韓)의 왕족으로서는 결코 모르는 척할 수 없는 집안의 사람이라 어쩔 수가 없었소. 여기 이 희공(姬公)의 조부 희개지(姬開地)는 우리 소후(昭侯), 선혜왕(宣惠王), 양애왕(襄哀王) 3대에 걸쳐 재상을 지냈고, 부친 희평(姬平)은 희왕 도혜왕 시절에 재상을 지내셨소."

그러고는 한번 망설이는 법도 없이 이번에는 두 사람을 장량에게 소개했다.

"희공, 예를 올리시오. 저기 앉아 있는 분은 옛적 위나라의 영릉군(寧陵君)이었던 위구(魏咎)란 공자이시오. 지금은 무도한 진나라가 서인(庶人)으로 만들어 버렸으나 위나라의 왕통이 다시 이어진다면 저분이 바로 적통(嫡統)이 되오. 그 곁에 선 분은 공자 위표(魏豹)이시니 바로 영릉군의 종제가 되는 분이외다."

장량이 살피니 위구와 위표 종형제는 전담이나 전영과는 또 다른 느낌을 주는 인걸들이었다. 둘 모두 위나라 왕실의 적통 자질(子姪)답게 품위와 예모를 갖추었을 뿐만 아니라, 예사롭지 않은 기개가 엿보였다. 얼굴 생김 또한 군왕의 상이 있다면 바로 저런 것이라는 느낌을 줄 만큼 반듯하면서도 위엄이 있었다. 하지만 둘 모두 인중이 짧고 이마에 무언가 어두운 기운이 서린 듯한 게 왠지 장량을 섬뜩하게 했다.

장량은 전담, 전영 형제에 이어 위구, 위표 형제를 만나게 된 것이 별난 우연이란 느낌이 들었다. 하지만 길게 자리를 함께하면서 다시 한번 돌이켜 생각하니 그들을 만난 게 결코 우연이 아니었다. 그만큼 때를 기다리는 사내들이 많고, 그들은 이제 대택향같이 진나라의 통제에서 어느 정도 벗어나 있는 땅을 찾아 그 때를 기다리고 있었다. 때도 머지않은 듯했는데, 특히 위구 형제로부터 그 무렵 시황제가 동군(東郡)에서 저지른 끔찍한 폭정의 소식을 들었을 때는 더욱 그랬다.

"옛 위나라 땅 동군에 하늘에서 커다란 돌이 하나 떨어졌는데, 거기에는 '시황제가 죽고 땅이 나뉜다.'란 글이 씌어 있었다 하오. 그 말을 들은 시황제는 사람이 새긴 것이라 보고 어사를 보내 그 부근을 샅샅이 뒤지게 했소. 그러다가 끝내 범인을 찾지 못하자 그 돌이 떨어진 땅 인근 백 리에 사는 사람은 모조리 죽이고 돌은 불태워 버렸다고 하더이다."

사상 정장(亭長)

진나라는 다섯 집을 묶어 한 인(隣)으로 삼고, 다시 다섯 인을 묶어 한 리(里)라 했다. 그리고 열 리마다 하나씩 정(亭)을 두어 정장(亭長)이란 벼슬아치에게 맡겼다. 곧 정은 진나라에서 가장 작은 행정단위요, 정장은 가장 낮은 벼슬아치인 셈이다.

정은 원래 관용 객사로 공무로 여행하는 관리들이 묵는 집이었다. 정장은 그 집의 책임자로서 오가는 관리들을 접대하는 게 가장 큰 일이었으나, 때로는 정에 딸린 번졸(番卒)들을 데리고 좀도둑을 잡으러 나서기도 했다. 번졸이랬자 구도(求盜)와 정보(亭父) 둘뿐이었지만, 그래도 그들과 치안을 맡을 때는 정장도 제법 관리 같은 데가 있었다. 또 정장은 이따금 마을 사람들 사이의 작은 시비[爭訟]를 가려 주는 일도 해서 그때는 동네 이장(里長)

과 비슷했다.

산동 사수군 서북쪽으로 패현이라고 불리는 오래된 현이 하나 있고, 그 동쪽으로는 사수(泗水)의 지류가 한 가닥 흘러 팽성에서 본류에 합쳐졌다. 그 사수의 지류를 따라 난 관도를 끼고 사상(泗上)이란 정이 있었다. 패현에서 멀지 않은 곳으로 대략 3백 호가량이 모여 이루어졌는데, 그런 사상정의 규모는 이웃의 다른 정들에 견주어 별나게 크지도 작지도 않았다.

시황제 37년도 반이나 지나간 6월 중순 어느 날이었다. 머지않아 하늘이 무너지고 땅이 꺼지는 큰 변괴를 앞두고 있었으나, 폭풍우 전야의 고요함이라 할까, 세상 다른 곳과 마찬가지로 사상정도 아직은 조용하기만 했다.

마을에서 유일하게 기와로 지붕을 덮고 회칠한 담장을 지닌 정(亭)에는 그날따라 묵고 있는 조정의 관리가 아무도 없었다. 보릿가을[麥秋] 뒤의 일시적인 넉넉함 덕분일까, 마을에는 좀도둑도 뜸하고 가려 주어야 할 시비도 일지 않았다. 이에 번졸들은 저마다 일을 핑계로 정을 빠져나가 시원한 그늘에서 낮잠을 자거나 저잣거리에서 노닥거리고, 정 안에는 정장인 유계(劉季) 혼자만 남아 대껍질[竹皮]을 벗기고 있었다.

유계가 껍질을 벗기고 있는 대나무는 패현에서 쉽게 구할 수 있는 흔한 대나무가 아니었다. 구도를 멀리 산동의 설(薛) 땅까지 보내 구해 온 그곳 특산물로서, 대껍질이 질기고 유난히 반질거렸다. 유계는 그 대껍질을 가늘게 쪼갠 것[竹絲]으로 관(冠)을 만들어 썼는데, 나중에 천자가 된 뒤까지도 버리지 않았다고 한다. 뒷사람들이 '유씨관(劉氏冠)'이라고 이름 붙인 관이 바로 그것이다.

당시 평민들은 머리에 관을 쓰지 않고 건(巾)이란 천 조각으로 머리카락을 묶었다. 관은 원래 제후나 대부(大夫)들이 쓰는 엄중한 복식 중의 하나였고, 벼슬이 없다 해도 학문하는 선비[士]는 되어야 관으로 검은 머릿수건을 대신할 수 있었다. 그런 시절에 유계가 세상에 있지도 않은 관을 만들어 썼다는 것은 그의 특이한 개성을 드러내는 동시에, 드디어 자신을 저잣거리를 헤매는 여느 백성과 다르게 자각하기 시작했다는 뜻이기도 하다.

유계가 스스로 선비에 자리 매김하게 된 것은 그가 몇 해 전부터 맡게 된 정장 일과 무관하지 않았다. 전하기로는 유계가 시험을 치러 그 자리를 따낸 것으로 되어 있으나, 정장이란 벼슬이 그 아래로는 번졸 둘밖에 없는 말단 중에도 말단이라, 그 시험이란 게 또한 뻔했다. 이미 임용을 작정한 현령이 겨우 문맹(文盲)이나 면한 응시자를 불러 몇 가지 훈계를 주고 다짐을 받는 정도였다.

유계가 그 자리를 얻게 된 데는 소하(蕭何)의 힘이 컸다. 칼로 장난을 치다가 현청의 막일꾼인 하후영을 다치게 한 탓에, 노관, 번쾌와 함께 함양(咸陽)에서 마음에도 없는 부역을 1년이나 살고 패현으로 돌아온 지 며칠 안 되어서였다. 술상을 차려 놓고 유계를 부른 소하가 언제나 그러하듯 차분한 목소리로 권했다.

"유 형(劉兄). 이제 더는 세월을 헛되이 보내지 말고 하찮더라도 벼슬살이를 한번 해 보시는 게 어떻겠소? 마침 사상정에 정장

자리가 비었으니 뜻이 있다면 내가 어찌 주선해 보리다."

"정장이라……. 그럼 나더러 일없이 오락가락하는 관리 놈들 뒤나 닦아 주라는 건가?"

유계는 처음 그렇게 빈정거리며 마다했으나 소하가 워낙 간곡하게 권해 마음을 바꾸었다. 그때 이미 유계는 소하에게서 단순한 우의(友誼) 이상의 감정을 느끼고 있었다. 소하의 말은 언제나 빈틈없는 사려 뒤의 충언이었고, 그때그때의 난처한 국면을 헤어나게 하는 데만 그치지 않는, 충심 어린 보필이었다.

유계가 허락하자 소하는 그날부터 소리 소문 없이 현청 위아래로 손을 썼다. 그리고 며칠 뒤 선고(選考)랄 것도 없는 형식적인 절차를 거쳐 유계를 정장 자리에 앉혀 놓았다. 유계가 스스로 관을 만들어 쓰게 된 것은 그 뒤라, 하찮지만 그 벼슬이 그에게 어떤 자각을 주었음에 분명하다. 그런데 실로 돌이켜 볼수록 알 수 없는 사람이 그 모든 일을 주선한 소하였다.

소하는 패현 풍읍(豊邑) 사람으로 유계와 같은 현을 고향으로 삼고 있었지만, 그 밖에는 특별하게 그들 둘을 얽고 있는 인연이 없었다. 평민의 아들로 태어난 소하는 조용하고 침착한 성품이라 남의 눈에 띄지 않았으나 일찍부터 형법과 율령(律令)에 통달했다. 자라서는 현청에서 일했는데, 출발은 주리(主吏, 공조)의 낮은 구실아치에서부터였다.

소하와 유계가 처음 만난 것은 유계가 풍읍을 거쳐 패현성 안을 어슬렁거리기 시작한 뒤가 된다. 그 무렵 옥사(獄事)를 맡고 있던 소하는 우범자 또는 잠재적 범인으로서 유계를 감시해야 할 필요가 있었다. 입안의 혀같이 구는 노관이라는 건달에다 수틀리면 무슨 일을 저지를지 모르는 개백정 번쾌를 좌우에 달고 패현 저잣거리를 휘젓고 다니는 유계는 수상하면서도 위험하기 짝이 없는 인물이었다.

감시가 길어지고 조사가 세밀해질수록 유계에게서는 범법의 혐의가 짙었다. 때로는 범죄의 단서가 될 만한 것들까지도 소하에게 포착되었다. 실제로 유계는 가끔씩 도적질에 끼어들었고, 거기서 얻어진 것은 아무런 생업에 종사함이 없이도 언제나 무리에 둘러싸여 허풍을 떨며 지내는 데 도움이 되기도 했다. 하지만 유계가 범죄에 끼어드는 까닭은 대개 재물보다는 그들 세계 나름의 의리 때문이었다.

어울리는 무리 중에 급박한 곤궁에 빠진 자가 있어, 그를 위해 꾀하는 도적질이면 유계는 구차히 빠지려 하지 않았다. 재물만을 노린 도적질이라 해도, 이미 그 모의를 다 알아 버렸을 때 또한 마찬가지였다. 거기다가 죄를 지어도 되도록 패현은 피했고, 사람의 목숨을 해치지 않았으며, 빼앗거나 훔치는 대상이 나름의 의리에 맞지 않으면 결코 가담하지 않았다.

유계가 지키는 그와 같은 원칙들이 주는 어떤 감동 때문이었을까, 언제부터인가 소하는 감시와 조사의 목적을 바꾸었다. 곧 죄를 입증하고 잡아들이려는 대신 보호하고 돕기 위해 유계를 살피기 시작했다. 그리고 오래잖아 소하는 은밀하면서도 빈틈없는 수호자로 바뀌었다. 그 과정에서 유계와 개별적인 친분을 쌓아 가게 되었음은 말할 나위도 없다.

저잣거리만 떠돌던 유계의 발길을 현청으로 끌어들인 것도 소하였다. 패현의 관리 중에는 소하 말고도 유계를 수상쩍게 보는 이들이 있었다. 이를테면 나중에 소하 밑에서 옥리 일을 보게 된 조참(曹參) 같은 이가 그랬다. 어느 날 조참이 소하를 찾아와 정색을 하고 말했다.

"저 유계란 자, 무언가 엉뚱한 짓을 하고 다니는 게 틀림없습니다. 사람을 풀어 한번 뒤를 밟아 보게 할까요?"

"자네 눈이 참으로 매섭지만, 이번만은 틀린 것 같네. 저 유계란 사람은 뒤를 밟아 잘못을 캐내고 벌주기보다는 우리가 보살피고 키워야 할 인물일세. 내 말을 믿어 주게."

소하는 그렇게 조참을 한편으로 끌어들여 놓고 유계를 만나서는 넌지시 권했다.

"유 형, 틈이 나면 현청에도 자주 들르시오. 유 형 눈에는 하찮은 아전바치들만 모인 것처럼 보일지 몰라도, 그들의 벼슬 또한 벼슬이외다. 그들과 사귀어 두어 나쁠 건 없을 거요."

그러고는 다시 덧붙였다.

"패현은 천하 서른여섯 군 가운데 하나인 사수군을 다시 여러 조각으로 나눈 현일 뿐이지만, 그래도 천하의 한 모퉁이외다. 또 그 현청 안에서 이루어지는 고을의 소소한 구실[職務]들도 틀림없이 천하를 다스리는 일의 일부요, 그 다스림을 가까운 데서 보아 두는 것도 어쩌면 유 형에게 쓸모 있는 일이 될 것이오."

소하가 왜 그런 말을 했는지는 알 수 없으나, 유계가 나름의 정치적인 감각을 처음 익힌 곳은 아마도 그렇게 해서 드나들게 된 패현의 현청이었을 것이다.

그 밖에도 소하가 유계를 보살펴 준 일은 수없이 많다. 유계가 하후영을 다치게 했을 때 함양으로 부역을 보내 벌을 면하게 한 일 말고도, 소하는 몇 번이나 유계를 법망에서 구해 주었다. 진(秦) 조정의 명으로 엄중한 단속이 있을 때는 미리 귀띔을 해 주었고, 꼬리가 밟혀 추적을 당하게 되면 한발 앞서 달아나 숨기를 권했다. 사상 정장이 된 것뿐만 아니라, 늦게나마 장가를 들어 자식까지 둘 수 있게 된 일 또한 어느 정도는 소하 덕분이라고 할 수 있었다.

유계의 장인인 여공(呂公)은 원래 산동 선보(單父) 사람이었다. 일찍이 패현 현령과 친분이 두터웠는데, 원수진 사람이 있어 선보를 떠나 패현으로 피해 왔다. 현령이 그를 반갑게 맞아 보살펴 주자 패현의 호걸과 향리들 역시 그냥 있을 수가 없었다. 현청으로 가서 현령이 귀하게 여기는 손님에게 예물을 바치고 인사를 청했다. 그럼으로써 은연중에 현령의 마음을 사 두기 위함이었다.

그때 주리인 소하가 찾아온 사람들을 맞이하고 예물 받는 일을 맡아 하게 되었다. 소하는 찾아온 사람이 많아 현청 안이 소란스럽게 되자 예물의 많고 적음으로 손님들의 자리를 나누었다.

"가져온 예물이 천 냥에 미치지 못하는 분들은 당하(堂下)에 앉아 주십시오."

소하가 그렇게 말하고 손님들은 그에 따랐다. 그런데 그 자리에는 사상 정장인 유계도 와 있었다. 평소 현청의 관리들을 대수롭지 않게 여겨 온 유계는 그런 소하의 말을 전해 듣고도 터무니

없는 허세를 부렸다. 늘 그렇듯 한 푼도 없는 빈털터리 주제에 이름을 쓴 쪽지 끝에다 '하례금 1만 냥'이라 써서 안으로 들여보냈다.

그 쪽지가 전해지자 여공은 놀라면서도 감격했다. 얼굴도 이름도 모르는 사람이 만 냥이란 큰돈을 예물로 선뜻 내놓았으니 그가 누군지 궁금하지 않을 수 없었다. 자리에 그대로 앉아 있지 못하고 달려 나가 유계를 맞아들였다.

유계가 별로 사양하는 기색 없이 방으로 들어가자 여공이 그를 윗자리에 앉히고 유심히 그의 얼굴을 뜯어보았다. 여공은 젊어서부터 관상 보기를 좋아했는데, 그 무렵에는 제법 관상을 볼 줄 안다는 소리를 들었다. 한참이나 유계의 얼굴을 살피던 여공은 거기서 무엇을 보았는지 한층 공경하는 태도로 유계를 대했다.

"저 유계는 언제나 큰소리만 치고 실행하는 일은 드뭅니다."

소하는 나중에 여공이 크게 실망할까 두려워 미리 귀띔 삼아 그렇게 일러 주었다. 그러나 여공은 조금도 개의치 않는 표정이었다. 공손하기 그지없이 유계를 대접하는 것이 꼭 무엇에 홀린 사람 같았다.

알 수 없기로는 유계가 그런 여공보다 더했다. 한 푼도 없으면서 1만 냥이나 내겠다고 허풍을 쳐 놓고, 태연히 윗자리에 앉아 먹고 마시는 게 보기에도 능청스럽다 못해 뻔뻔스럽게 느껴질 정도였다. 뿐만 아니라 다른 손님들은 안중에도 없다는 듯, 조금도 움츠러들거나 사양하는 기색 없이 웃고 떠드는 데는 그때껏 그를 싸고돌아 온 소하마저 눈살을 찌푸렸다.

하지만 참으로 알 수 없는 일은 그 뒤에 있었다. 술자리가 끝나 갈 무렵 여공은 눈짓으로 유계만 따로 잡아 두었다. 그리고 다른 손님들이 모두 떠나기 바쁘게 유계의 소매를 끌며 은근하게 말했다.

"저는 젊어서부터 남의 관상 보기를 좋아해 많은 사람의 상(相)을 보아 왔습니다만, 귀공만큼 좋은 상은 일찍이 만나 본 적이 없습니다. 부디 안으로 드시어 몇 말씀 더 드릴 수 있게 해 주십시오."

유계가 마지못한 듯 내실로 따라 들어가자 여공은 먼저 그의 아내를 불러 술상부터 새로 차려 오게 했다. 그리고 술상이 나오자 몇 순배 술잔이 돌기도 전에 문득 간곡한 목소리로 말했다.

"옛말에 이르기를, 만 가지 상 가운데서 마음의 상보다 더 중요한 것이 없다[萬相不如心相] 했습니다. 비록 공의 상이 좋다 하나, 앞으로 한층 삼가고 힘써 마음의 상을 닦으셔야 그대로 이루어질 수 있을 것입니다. 아울러 청하는 바는 제게 딸이 하나 있는데, 일생 키와 비[箕箒]를 들고 공을 따르게 하고 싶습니다. 받아 주시겠습니까? 이 아이도 타고난 상으로는 결코 공을 해치지 않을 것입니다."

유계로서는 뜻밖의 행운이 아닐 수 없었다. 용의 아들이라는 풍설을 등에 업고 허풍으로 패현을 휘젓고 다니기는 했지만, 또 실제로 저잣거리에 나서면 물불 안 가리고 따르는 주먹들도 몇 명 있었지만, 지난날의 그는 속절없는 장돌뱅이 건달에 지나지 않았다. 소하 덕에 겨우 정장의 자리를 얻어 검은 머릿수건 신세를 면한 그때라고 해서 나아진 것은 별로 없었다. 벼슬자리라는 게 자신의 입에 풀칠하기도 바쁜 미관말직이요, 농군의 막내라 물려받을 재산도 없으니, 서른을 훌쩍 넘긴 그때까지 아무도 딸을 주려 하지 않았다. 멀쩡한 것은 허우대뿐, 돌아볼수록 한심한 게 그때 유계의 처지였다.

그런데 비록 원수를 피해 오기는 했지만, 만만찮은 인맥과 재력을 가진 여공 같은 사람이 딸을 주겠다니 어지간한 유계도 처음에는 그 말이 곧이들리지 않았다. 겸양을 가장해 여공의 진심을 알아보려 했다.

"실로 과분한 말씀입니다. 저같이 하찮은 필부에게 어르신의 귀한 따님이 가당키나 하겠습니까?"

그러자 여공은 오히려 후끈 단 얼굴로 물었다.

"혹시 제 딸이 못생기고 우둔하여 마다하시는 것은 아닙니까? 허나 반드시 그렇지만은 않습니다. 한번 보시고 정히 마음에 들지 않으신다면 물리치셔도 좋습니다. 그때는 더 조르지 않겠습니다."

그러고는 딸까지 불러들여 유계에게 떠맡기듯이 혼인을 성사시켰다. 나중에 소문으로 돈 말이지만, 그날 여공은 성난 그의 아내와 한바탕 크게 다투었다고 한다. 남편의 처사를 못마땅하게 여긴 그의 아내는 유계가 돌아가자마자 곧 대들듯 따지고 들었다.

"당신은 예전부터 우리 딸이 비범하다 하시면서 귀인을 골라 시집보내겠다고 하지 않으셨던가요? 그래서 여기 현령이 딸을 달라 해도 주지 않으시더니, 이제 와서 어찌 유계 같은 허풍선이에게 함부로 주어 버리려 하세요?"

"이 일은 아녀자가 관여할 바 아니오. 내가 기다린 귀인이 바로 유계 같은 장부였소."

여공은 그렇게 아내의 입을 막고 며칠 뒤 맏딸을 유계에게 시집보냈다. 뒷날 고후(高后)라 높여 불리게 되는 여치(呂雉)였다.

얼른 보아 이 혼인 일은 여공의 남다른 관상 능력을 신비화하고 있는 듯하다. 그러나 조금만 곰곰이 헤아려 보면 실은 그의 남다른 눈썰미를 말해 주는 일화임을 알 수 있다.

원수에게 쫓겨 낯선 땅으로 도망쳐 온 사람이 가장 예민하게 살피는 것은 그 땅의 세력 판도 내지 역학(力學) 구도일 것이다. 이미 머지않은 난세를 예감한 여공은 곧 무너질 정규 권력 구조 속의 현령보다 감추어진 세력의 한 핵이 되는 유계에게서 자신의 일가를 지켜 줄 힘을 느꼈음에 틀림이 없다. 거기다가 소하처럼 현청의 실권을 쥐고 있을 뿐만 아니라 지역 실정에도 밝은 관리가 유계를 대하는 태도는 그 느낌을 믿음으로까지 끌어올렸을 것이다.

실제로 그와 같은 여공의 눈썰미는 둘째 딸 여수(呂須)를 시집보내는 데도 활용된다. 여공은 둘째 딸까지 유계를 따라다니는 개백정 번쾌에게 떠맡기듯 시집보내고 다시 성나 덤비는 아내에게 말했다고 한다.

"유계보다야 못하지만 장상(將相)으로 제후의 열에 드는 것도 쉬운 일은 아닐 터, 부인께서는 너무 걱정하지 마시오."

여전히 관상을 내세우고 있어도 실제 그가 본 것은 번쾌의 비상한 충성심과 무용(武勇)이었을 것이다. 유계에게 바쳐지고 있는 그것들은 소하나 조참의 은밀하면서도 지극한 보살핌과 마찬가지로 때가 오면 눈부신 성취로 바뀌리라 믿었다.

'사람들은 한결같이 하늘이 정한 때[天時]를 말하며, 바람과 구름[風雲]의 조화를 기다린다고 한다. 그런데 그때는 무엇이고 그 조화란 또 무엇인가. 그리고 그것들이 내게 요구하고 있는 것은 또 어떤 일일까.'

유계는 죽피관(竹皮冠)을 짜던 손길을 멈추고 하늘 높이 이는 뭉게구름을 바라보며 가만히 중얼거렸다. 일찍부터 스스로 교룡의 아들이라 떠벌리고, 허벅지에 난 일흔두 개의 검은 점을 무슨 심상찮은 조짐이나 되듯 자랑하고 다녔지만, 기실 그의 내심은 아무것도 믿고 있지 않았다. 남 앞에 이렇다 하게 내놓을 것이 없는 농군의 자식이라, 거기서 오는 열패감이 오히려 그런 터무니없는 허세를 부리게 했는지도 모를 일이었다.

별로 베푸는 것도 없는데 노관과 번쾌를 비롯해 적지 않은 무리가 따르고, 특별히 의도하지 않는데도 저잣거리에 자신의 전설이 쌓여 가고 있는 것도 마찬가지였다. 좀 별난 느낌은 있지만 유계에게는 도무지 실감도 나지 않거니와, 구체적으로 그런 일들이 무엇을 뜻하는지는 더욱 알 길이 없었다. 당장 나쁠 것 없어 받아들이고 있을 뿐, 그것들이 뒤얽혀 빚어낼 앞날에 대해서는 아무런 예감도 가지고 있지 않았다.

그런데 여공을 만나면서부터 모든 것이 조금씩 달라졌다. 여공이 말한 것은 관상이 아니라 자신을 향한 바람과 믿음의 표현이란 것을 깨닫게 된 것이 그랬다. 그러고 보니 번쾌나 하후영처럼 스스로를 드러내는 데 서투른 이들뿐만 아니라, 노관이나 소하, 조참같이 제법 말주변이 있는 이들이 마음속에 품고 드러내지 않는 것도 여공과 같은 바람과 믿음임에 틀림없었다. 세상이 내게 무언가를 바라고 있고, 또 내가 그것을 해내리라고 믿고 있다. 그런 생각이 들자 알 수 없는 고양(高揚)까지 느꼈다.

하지만 한낱 정장으로 마흔 고개를 넘기면서 어지간한 유계에게도 다시 회의와 열패감이 고개를 들기 시작했다. 마흔이 넘어도 그 이름이 들리지 않는다면 그는 그리 두려워할 게 없는 사람[四十而無聞 不可畏]이라고 하지 않던가. 비록 유가(儒家)를 좋아하지는 않았으나, 글을 배운 유계라 그들의 말 몇 구절은 들어 알고 있었다. 그런데 내 이름은 몇 사람에게나 들리고 있을까. 그런 자문이 일자 아무 이룬 바 없이 흘러가 버린 반생(半生)이 갑자기 허망해지고, 남은 세월마저 속절없게 여겨졌다.

거기다가 처자가 딸리면서 점점 구차해지는 살림살이도 그때껏 거침없던 유계의 기를 죽여 나갔다. 정장의 녹봉은 두식(斗食, 녹봉 1백 석 이하) 중에서도 가장 낮았다. 그 녹봉으로는 따로 살림을 나기 어려워 그는 아내와 아이들을 아버지 유태공에게 맡겨 두고 이따금 휴가를 얻어 찾아보았다. 거기다가 그에게는 또 여씨와 결혼하기 전에 사통하던 조씨(曹氏)와 그녀가 낳은 장서(長庶, 서장자)가 따로 있어 본가의 살림에 조금도 보탬이 되지 못하니 가족들의 구박이 절로 따랐다.

"너는 아무래도 재주가 없어 네 가솔조차 제대로 거두어 주지 못하겠구나. 거기다가 네 둘째 형[劉仲]처럼 부지런히 일하려고도 않으니 도무지 어쩔 셈이냐?"

너그러운 태공(太公)마저 그렇게 나무라기 시작했고, 어머니 유오(劉媼)도 아들을 보기만 하면 구석구석 살아갈 일로 몰아세웠다. 하지만 무엇보다 견디기 어려운 것은 맏형 백[劉伯]의 아내 되는 맏형수의 구박이었다. 맏형수는 유계의 아내 여씨를 새벽부터 저물 때까지 들판으로 내보내 농사일을 시켰고, 저물어 돌아오면 또 부엌 바닥에서 헤어나지 못하게 만들었다. 여씨가 낳은 유계의 아들딸도 어머니와 함께 낮에는 들판으로 내몰리다가 저녁에는 부엌 바닥을 기며 자랐다.

한번은 이런 일도 있었다. 유계가 따르는 건달 몇과 풍읍 중양리를 지나다가 마침 점심때가 되어 본가에 들렀다. 아내 여씨는 아직 들판에서 돌아오지 않아 유계는 집을 지키고 있는 맏형수에게 넉살 좋게 청해 보았다.

"큰형수님, 친구들이 몇 명 같이 왔는데 지금 뱃가죽이 등허리에 가 붙을 지경입니다. 점심 좀 차려 주시겠습니까?"

그러나 말없이 부엌으로 내려간 그녀는 쇠숟가락으로 가마솥 긁는 소리만 요란하게 냈다. 눈치 빠른 건달들이 그 소리를 알아듣고 자리에서 일어나며 유계에게 말했다.

"형님, 이만 나가시지요. 형님 댁에 밥이 남아 있지 않은 것 같습니다. 나가서 어디 가까운 데 객잔이나 찾아보십시다."

그러나 성이 난 유계는 그들을 뒤따라 집을 나서다 말고 다시 돌아와 부엌으로 들어갔다. 솥뚜껑을 열어 보니 열 사람은 먹을 밥이 남아 있었다. 언제나 느긋하고 너그러운 그였으나, 그때 받은 충격은 그 일을 깊은 상처처럼 그의 기억 깊이 새겨지게 했다. 나중에 천하를 얻었을 때, 유계는 다른 형과 그 조카들을 모두 왕과 제후로 세웠으나, 맏형과 그 집 조카들만은 끝내 돌아보지 않았다고 한다.

그 뒤 한동안 유계는 그답지 않게 축 처져 지냈는데, 며칠 전 내키지 않은 대로 중양리에 들렀다가 오랜만에 다시 그의 기세를 북돋우고 자신감을 되찾게 해 주는 일을 겪게 되었다. 그날 맏형수와 마주치기 싫어 몇 달 발을 끊었던 그가 집으로 돌아가니, 마침 들에서 돌아온 아내 여씨가 들뜬 목소리로 말했다.

"오셨군요. 그런데 오늘 들에서 참으로 이상한 말을 들었어요. 놀랄 일이에요."

"무슨 일이오? 누구에게 무슨 말을 들었기에 그러시오?"

유계는 좀체 호들갑을 떠는 일이 없는 여씨가 그렇게 들떠 말하는 게 이상해 그렇게 물었다. 그러자 여씨가 단숨에 말했다.

"제가 두 아이를 데리고 밭에서 김을 매고 있는데 어떤 늙은이가 지나가다 마실 것을 청하더군요. 보니 목마를 뿐만 아니라 주린 기색이 있어 저는 마실 것과 아울러 먹을 것까지 내주었지요. 그걸 달게 먹고 마신 늙은이가 문득 저를 쳐다보더니 한참 있다가 말했습니다. '부인께서는 하늘 아래 으뜸가는 귀인이 될 상을 가지셨습니다. 부디 스스로를 귀하게 여기시고 잘 보살피시어 그

상을 이루십시오.'라고요. 그런데 그 늙은이의 말투나 태도가 왠지 그냥 해 보는 소리 같지 않았어요. 그래서 먼저 멀지 않은 곳에서 뛰놀고 있던 영아(盈兒, 유영. 뒷날의 호혜제)를 불러 그에게 보였지요. 그러자 영아를 찬찬히 살펴본 그 늙은이가 감탄하며 '부인께서 귀하게 되시는 것은 바로 이 아이 때문입니다.'라고 하더군요. 욕심이 난 저는 이번에는 딸아이(뒷날의 노원공주(魯元公主))까지 불러 보였지요. 늙은이가 다시 한참이나 딸아이를 보더니 고개를 끄덕이며 '역시 귀상입니다. 오늘 이 늙은 것이 일생에 만나 볼 수 있는 귀한 상을 한꺼번에 모두 뵙는 것 같습니다.'라고 하더군요. 정말 알 수 없는 늙은이였어요."

그 말에 유계는 쉬고 있던 방사(旁舍, 본채에 딸린 집)에서 한달음에 달려 나왔다. 장인 여공에게서 상 이야기를 들은 뒤, 유계는 그것이 상자(相者)의 신비한 통찰력이라기보다는 대상에게 거는 바람과 믿음임을 깨닫고 크게 고양된 적이 있었다. 몇 년 침체된 세월을 보낸 뒤라서인지, 유계는 문득 절실하게 다시 한번 그런 고양을 느껴 보고 싶었다. 그러지 않아도 그 무렵은 그가 무슨 야릇한 열정과도 같은, 강렬한 자기 확인의 욕구에 빠져 있을 때였다.

"그 늙은이가 어디로 갔소?"

유계가 그렇게 묻자 여씨가 들의 한 모퉁이를 손가락질하며 일러 주었다.

"저리로 갔는데, 아직 멀리 가지는 못했을 거예요."

이에 유계는 뛰듯이 뒤쫓아 가 멀지 않은 나무 그늘에서 쉬려고 하는 그 늙은이를 따라잡았다. 유계는 자신의 부름에 흠칫하며 돌아보는 그 늙은이에게 자신의 상도 봐 주기를 청했다. 싫은 기색 없이 고개를 끄덕인 그 늙은이가 한참이나 유계를 뜯어보다가 공손히 두 손을 모으며 말했다.

"조금 전에 부인과 아이들의 관상을 보았는데 모두 매우 귀한 상들이었습니다. 하지만 그 귀함이 어디서 왔는지 궁금하더니, 이제 알겠습니다. 공은 말로 다 나타낼 수 없을 정도로 존귀하신 상입니다. 부인과 아이들의 귀함은 모두 공에게서 온 것 같습니다. 이제부터는 천하를 위해 자중하고 또 자중하십시오."

유계는 전에 없이 섬뜩한 기분으로 그 말을 들었다. 그리고 참으로 오랜만에 다시 두 어깨를 짓눌러 오는 천하의 무게를 느끼게 되었다. 그 늙은이의 관상을 믿었다기보다는 자기에게 특별하게 요구되는 어떤 역할이 있음을 마침내 확인했다는 느낌 때문이었다. 하지만 피하거나 떨쳐 버리고 싶은 것은 아니었다.

"정말 그 말씀대로라면 이렇게 일러 주신 은혜 잊지 않겠습니다. 뒷날 귀하게 되면 반드시 어르신을 찾아뵙겠습니다."

유계는 평소의 그답지 않게 예를 갖춰 공손하게 두 손을 모으며 그렇게 고마움을 나타냈다. 뒷날의 얘기지만, 유방으로 이름을 바꾸어 황제가 된 유계는 제위에 오르자마자 널리 사람을 풀어 그때의 늙은이를 찾았으나 끝내 찾지 못했다고 한다.

'전에는 노관이나 번쾌처럼 유별나게 가까이 지내거나, 소하나 조참처럼 무언가를 위해 애써 찾고 있던 사람들만 내게서 읽어

낼 수 있었던 것들을 이제는 길 가던 사람도 알아보게 되었다. 그런데 그게 무엇이란 말인가. 나는 과연 무엇을 해야 한단 말인가…….'

유방이 다시 그 늙은이를 떠올리며 그렇게 스스로에게 묻고 있는데, 갑자기 대문이 소리 나게 열리며 한나절 보이지 않던 정보(亭父)가 뛰어 들어왔다.

"정장 나리, 정장 나리. 현청의 소 공조께서 찾으십니다."

소 공조라면 이제는 현에서 공조의 우두머리가 되어 있는 소하를 이르는 말이었다. 소하가 자신을 찾아 사상정까지 오는 일이 흔치는 않았으나, 그리 놀랄 일도 아니었다.

"어디 있더냐?"

유계가 정보의 호들갑을 나무라는 뜻으로 목소리를 무겁게 하여 물었다. 정보가 그래도 새된 목소리로 말했다.

"지금 이리로 오고 계십니다. 저기…… 저기 오십니다."

현에서 가장 낮은 관리인 정장을 상관으로 모셔야 하는 번졸인 정보에게는 현의 주리(主吏)인 소하가 아득하게 보일 법도 했다.

그러고 보니 현청에서 바쁘게 일하고 있어야 할 소하가 대낮에 몸소 사상정까지 찾아온 것은 유계에게도 조금은 별나게 느껴졌다. 유계가 관을 짜던 대나무 껍질을 한쪽으로 치우고 손님 맞을 채비를 하는데, 소하가 벌써 마당으로 들어서고 있었다.

"우리 공조 나리께서 여기까지 어인 일이시오? 겨드랑이에 곰팡이라도 슬까 봐 바람 쐬러 나오셨소?"

너무나 차분하고 빈틈없는 소하의 사람됨에 대한 반발인지 유계는 왠지 소하만 보면 짓궂어졌다. 말 한마디도 그냥 하지 않고 비꼬거나 뒤틀어 단단한 껍질 속에 든 것 같은 소하를 어떻게든 건드려 보고 싶어 했다.

그런 면에서는 소하도 비슷한 데가 있었다. 한없이 크면서도 텅 비어 있는 것 같은 유계의 인품을 경계해서일까, 그만 만나면 소하는 평소보다 몇 배나 깐깐하고 차가워졌다. 그날도 그랬다. 오랜만인데도 소하는 웃음기 한번 띠는 법 없이 깐깐한 목소리로 받았다.

"유 형과 급히 의논할 일이 있어 왔습니다. 들어가도 좋겠습니까?"

그리고 정 안으로 들어오더니 유계가 한 곁으로 쓸어 놓은 대나무 껍질을 차가운 눈길로 잠시 훑어보았다. 그따위 일에 몰두하고 있는 유계가 못마땅함을 드러내고 있는 셈이었다.

'안색을 보니 작지 아니한 일이 있는 듯하구나. 더구나 뭔가 내게 따지고 다짐받을 일이 있는 모양이고…….'

유계는 그렇게 짐작하면서도 다시 장난기가 발동했다. 소하가 차갑게 쏘아본 대나무 껍질 사이에 끼어 있던 만들다 만 죽피관을 굳이 찾아냈다.

"어떻소? 이만하면 나도 검수는 면한 것 같소?"

유계가 어설퍼 우스꽝스럽기까지 한 그 관을 쓰고 빙글거리며 소하를 돌아보았다.

"사람의 높고 낮음은 쓰고 있는 관에 달린 게 아닙니다."

소하가 여전히 찬바람이 돌 듯한 얼굴로 그렇게 받았다. 그래도 유계는 빙글거리기를 그치지 않았다.

"소도 말도 면류관(冕旒冠)만 쓰면 천자가 되는 게 아니고?"

그렇게 한 번 더 어깃장을 놓고 비로소 소하에게 자리를 권했다. 그때만 해도 탁자와 의자를 쓰던 시절이 아니었다. 정의 대청이라고 해 봤자 흙 봉당에 돗자리를 깔았을 뿐, 주인과 손님의 자리가 따로 만들어져 있지 않았다.

유계는 한군데 어질러져 있지 않은 곳에 소하를 앉게 하고 자신은 벽에 기대 눕듯 비스듬히 앉았다. 그 또한 무례하고 거만하다 하여 소하가 아주 못마땅해하는 자세였다. 하지만 그때는 그런 자세도 유용했다. 불편한 심기를 드러내지 않기 위함인지, 소하가 바로 찾아온 까닭을 밝혔다.

"아무래도 이번에는 유 형이 함양을 다녀와야겠습니다."

함양으로 간다는 게 무슨 뜻인지는 유계도 잘 알고 있었다. 그 무슨 예감에서일까, 이제 겨우 쉰밖에 안 된 시황제는 그해 들어 부쩍 자신의 능(陵) 공사를 서둘렀다. 여산(驪山)에다 생전의 영화를 그대로 재현한 어마어마한 무덤을 꾸미는 데, 수십만의 역도(役徒, 인부)가 필요했다. 따라서 그 무렵 패현같이 멀리 떨어진 고을에서 유계 같은 하급 관리가 함양으로 간다는 것은 바로 그 여산의 황릉(皇陵) 공사에 쓸 역도를 이끌고 간다는 뜻이었다.

역도로 끌려가는 백성들도 괴롭지만, 이끌고 가는 관원의 처지도 그들보다 나을 게 별로 없었다. 도중에 달아나는 역도가 많은데다, 기한은 촉박하고 진나라의 법은 가혹했다. 데리고 가던 역도가 달아나도, 기한에 맞게 역도를 여산까지 데려가지 못해도 이끌고 가는 관원이 벌을 받았다. 벌은 가벼워야 매를 맞거나 옥에 갇히었고, 심하면 목숨까지 잃는 수가 있었다. 따라서 역도를 이끌고 간 관원은 잘해야 몸 성히 집으로 돌아오는 정도였는데, 그때도 오고가는 동안의 고생은 달리 호소할 데가 없는 덤이었다.

정장이 되고 난 뒤 유계에게도 몇 번이나 역도를 이끌고 함양으로 가야 할 차례가 돌아왔다. 그러나 그때마다 소하가 가운데 들어 막아 왔는데 이번에는 그렇게 되지 못할 듯했다. 하지만 유계는 아무것도 모르는 척 능청스레 물었다.

"함양이라니? 갑자기 내가 함양에는 왜?"

"역도를 인솔해 가는 일도 정장의 소임입니다. 지금 패현의 정장들 중에는 두 번, 세 번 함양을 다녀온 이도 있습니다. 더구나 이번에는 이 사상정의 역도들이 가장 많으니 이곳 정장인 유 형이 가지 않을 수 없을 것입니다."

유계가 능청 떠는 걸 아는지 모르는지 소하가 차근차근 사정을 털어놓았다. 그래도 유계는 말을 바로 받지 않았다.

"들으니 요즘 함양 길은 절반이 저승길이라던데 어찌 이리 무정하시오? 내 원래 정장 자리에 뜻이 없었음은 소 형도 잘 알고 있지 않소? 게다가 처자도 건사하지 못하는 녹봉도 녹봉이라고 사람을 죽을 자리로 내몬단 말이오? 차라리 정장 노릇을 걷어치울지언정 뻔히 알며 죽을 구덩이로는 들지 않을 것이오!"

그렇게 다시 어깃장을 놓았다. 소하가 고요하고 맑은 눈을 들어 한참이나 유계를 살펴보았다. 그제야 찔끔한 유계가 자신의 지나침을 난감해하고 있는데, 소하가 아무 일도 없다는 듯 차분함을 잃지 않은 목소리로 말했다.

"살아 있어도 죽는 것만 못한 삶이 있듯이, 죽을 곳에 오히려 살길이 있다는 말도 있습니다. 정(亭)에 들어서는 공연히 나다니는 하찮은 관리들 뒤치다꺼리나 하다가 틈이 나면 대나무 껍질로 관이나 짜고, 정 밖으로 나가면 술집과 노름판 뒷전을 떠돌며 세월을 죽이는 게 진정으로 장부가 사는 모습일 수 있겠습니까? 어렵더라도 이번에 한번 길을 떠나 유 형의 재주와 명운을 시험해 보도록 하십시오. 그리고 아울러 세상 돌아가는 형세를 차분히 살펴 두는 것 또한 머지않아 유 형에게 매우 쓸모 있는 일이 될 것입니다"

"세상이 어째서? 세상에 무슨 큰일이라도 났단 말이오?"

유계가 더는 말을 비틀지 않고 솔직하게 물었다.

"유 형도 재작년 일은 이미 들어 알고 계실 것입니다. 시황제는 죄수 70만 명을 나누어 아방(阿房)에 한꺼번에 1만 명이 앉을 수 있는 대청을 가진 궁궐을 짓게 하고, 여산에 숲을 꾸미며, 북산의 석재를 캐내고, 촉(蜀), 형(荊) 땅에서 목재를 운반하여 함양에 이르게 하였습니다. 그리하여 관중에 3백 채의 궁궐을 지었으며, 함곡관 동쪽에도 4백여 채의 궁궐을 새로 짓게 하니, 이미 끌려가 장성을 쌓고 있는 이들과 합치면 온 백성이 여기저기 끌려가 노역에 시달리고 있다고 해도 지나친 말이 아닐 것입니다.

또 시황제는 그 전해 온 천하의 책을 거두어 불사른 데 이어,

재작년 다시 도사와 유생 460여 명에게 사죄를 내려 산 채로 땅에 묻었습니다. 선약(仙藥)을 구하러 간다고 떠난 한종과 서불이 소식이 없는 데다, 달리 불사약을 구해 바치겠다며 시황제를 속이던 방사(方士) 후생과 노생이 끝내 시황제를 비방하고 달아나자 성이 난 까닭이라고 합니다. 하지만 책을 불사르고 선비들을 생매장해 죽인 일[焚書坑儒]은 당대뿐만 아니라 먼 훗날까지도 씻기 어려운 죄라, 시황제의 날이 길지 않을 거라 수군거리는 이들이 많습니다.

밝고 어진 태자 부소(扶蘇)의 일도 그렇습니다. 태자가 '시(詩)', '서(書)'를 불태우고 유생들을 모질게 죽인 일로 천하가 어지러워질까 걱정하자, 시황제는 크게 성을 내며 오히려 태자를 상군(上郡)에 있는 장군 몽염에게로 내쫓아 버렸습니다. 핑계야 몽염을 감시하라는 것이었지만 실은 후사를 멀리 내친 셈이니, 시황제 뒤의 진나라가 어찌 될지 아무도 모르게 되어 버렸습니다.

작년 동군의 일도 들으셨는지요? 형혹(熒惑, 형혹성. 화성)이 심성(心星, 이십팔수의 다섯째 자리의 별)의 세 별을 침범하더니 동군에 큰 살별이 떨어졌는데, 거기에는 '시황제가 죽고 땅이 나뉜다[始皇帝死而地分].'란 구절이 씌어 있었다고 합니다. 시황제는 그게 누군가 사람이 조작한 것이라 보고, 어사를 보내 철저히 진상을 캐 보게 하였습니다. 그러나 끝내 누구 짓인지 알 수 없자 인근 백 리에 사는 백성들을 모조리 죽이고 그 돌을 불태워 없앴다는 것입니다. 시황제는 그러고도 마음이 풀리지 않았던지 박사들을 시켜 '선진인시'라는 것을 짓게 하였습니다. 선진인(仙眞人)인 시황제는 늙지도 죽지도 않는다는 내용이라는데, 순수하는 곳마다 전령과 악사들로 하여금 노래 부르고 연주하게 하고 있습니다. 하루에 읽어야 할 문서의 양을 정해 놓은 뒤, 저울로 문서를 달아 가며 읽고, 그걸 다 처결하지 못하면 잠도 자지 않던 예전의 그 시황제가 아닙니다.

심상치 않은 조짐들은 더 있습니다. 지난 늦가을에는 시황제의 사신이 밤중에 관동에서 화음으로 가다가 위수 가를 지나게 되었는데, 어떤 사람이 홀연히 나타나 길을 막고 기이한 벽옥을 내밀며 '나를 대신해 호지군(滈池君)에게 가져다주게.'라고 하더랍니다. 그리고 덧붙이기를 '금년에는 조룡(祖龍)이 죽을 걸세.' 하고는 벽옥을 놓고 온데간데없이 사라져 버렸습니다. 호지군이란 수신(水神)의 이름이니 수덕(水德)을 내세우고 천하를 통일한 진나라의 시황제를 가리키는 말이 아니고 무엇이겠습니까? 조룡도 그렇습니다. 조(祖)에는 시작의 뜻이 있고, 룡(龍)은 황제를 상징하니 곧 시황제(始皇帝)를 가리키는 말이 됩니다. 그런데도 시황제는 가만히 듣고 있다가 성난 소리로 그 사신을 꾸짖었다고 합니다. '그것은 보잘것없는 산귀신[山鬼]일 것이다. 산귀신은 겨우 한 해의 일만을 알 수 있을 뿐이다.'라고 한 뒤에 다시 억지를 부려 '조룡이란 사람의 조상을 가리키는 말이다.'라고 했다는 것입니다.

하지만 나중에 알아보니 그 귀신이 놓고 간 벽옥은 여러 해 전 순수 때 장강을 건너다 잃어버린 것이고, 점복(占卜)도 매우 불길하게 나왔습니다. 이에 시황제는 북하와 유중의 3만 가구를 억지로 딴 곳에 옮기는 일로 액땜을 삼았다고 합니다. 그리고 움직이는 것이 길하다 하여 금년 들어서는 10월 계축일에 일찌감치 순수를 떠났습니다. 운몽에서 겨울을 나고 지금은 장강을 따라 떠돌고 있다는데 이 모든 것은 곧 시황제가 불안해하고 진나라 조정이 흔들리고 있다는 뜻입니다…….”

소하는 평소에 꼼꼼하게 기록해 둔 것을 외기나 하듯 근래 몇 해에 일어난 일과 심상치 않은 조짐들을 하나하나 짚어 나갔다. 어떤 것은 유계도 들은 적이 있는 일이었고, 어떤 것은 처음 듣는 일이었다.

“하지만 귀신이니 용이니 하는 것은 그저 허황된 소문일 수도 있고, 함양이나 궁궐 안에서 벌어진 일들은 진나라 조정을 미워하는 이들이 꾸미거나 터무니없이 부풀리어 하는 말일 수도 있지 않소? 그걸로 당장이라도 무슨 큰일이 날 듯 걱정하는 소 형이 오히려 지나친 게 아니오?”

유계도 머지않은 변화의 조짐을 느끼지 못하는 것은 아니었으나. 다시 소하의 속마음을 떠보기 위해 짐짓 그렇게 반문해 보았다. 소하가 별로 충동받은 기색 없이 받았다.

“설령 그렇다 해도 그게 이렇게 요란한 소문이 되어 세상을 떠돈다는 게 바로 천하가 오래잖아 겪게 될 풍운의 한 기미(機微)일 수 있습니다. 어떤 말이 널리 빠르게 퍼져 나가는 것은, 그 말이 정말로 듣고 싶고 또한 남에게 꼭 전하고 싶은 말이기 때문입니다.”

“좋소. 그렇다 칩시다. 하지만 그 같은 기미와 내가 일꾼들을 데리고 함양으로 가는 게 무슨 상관이오?"

"지금 유 형께서 함양으로 가신다면 바로 그 기미를 몸으로 읽을 수 있을 것입니다. 그래서 그 변화의 고삐를 잡고 새롭게 다가오는 세상과 슬기롭게 맞서야 합니다. 풍랑이 이른 뒤에 맞으면 그것에 내몰리게 될 뿐이지만, 스스로 나아가 맞으면 그걸 타고 더 빨리 원하는 곳에 이를 수도 있습니다."

그러자 한동안 말없이 생각에 잠겨 있던 유계가 천천히 몸을 일으켜 세우며 말했다.

"알겠소. 내 소 형의 말을 따르리다. 그럼 언제 떠나며, 어디 장정들을 데려가는 것이오?"

그런 게 바로 유계였다. 미심쩍은 데가 있으면 상소리로 어깃장을 놓고, 빈정거림과 놀림으로 상대의 부아를 건드리다가도, 한번 의심이 풀리고 옳다는 생각이 들면 말 잘 듣는 어린아이처럼 고분고분 그 말에 따라 주었다. 유계가 그렇게 나오자 소하의 목소리가 한층 차분해졌다.

"풍읍 인근의 여러 정(亭)에서 뽑은 3백 명인데, 그중 예순 명이 바로 이 사상정의 장정들입니다. 이곳 장정들이 떠나는 날은 정해져 있지 않지만, 늦어도 중추절까지는 여산(驪山)에 이르러 먼저 온 역도들과 교대하라는 엄명이니, 기일에 늦지 않으시려면 떠날 채비가 갖춰지는 대로 하루빨리 떠나시는 게 좋을 것입니다."

"그렇다면 이제 한 달이 채 안 남은 셈이구려. 한창 더운 철인데다 갈 길이 또 그만하니 늦어도 7월 백중 전에는 여기서 떠나야 되지 않겠소? 모든 일을 그 날짜에 맞춰 마련해 주시오."

유계가 마침내 그런 말로 선선히 따라 주자 그때까지도 마음을 온전하게 놓지 못하고 있던 소하가 비로소 가슴을 쓸듯 하며 얘기를 맺고 일어섰다.

소하가 돌아간 뒤 유계는 한동안 무언가를 골똘하게 생각하는 것 같더니 다시 아무 일 없었다는 듯 죽피관을 짜기 시작했다. 헤아릴 길 없는 그 속과는 달리 그런 유계의 겉모습은 오래잖아 몇 천 리 멀고 험한 길을 떠날 사람 같지 않게 느긋해 뵈기만 했다. 그 뒤로도 마찬가지였다. 며칠 뒤 본가에 들렀을 때 여씨에게만 넌지시 함양으로 가게 되었다는 것을 일러 주었을 뿐, 사상정으로 돌아와서는 여느 때와 다름없이 한가하게 죽피관을 짜며 떠날 날이 되기를 기다렸다.

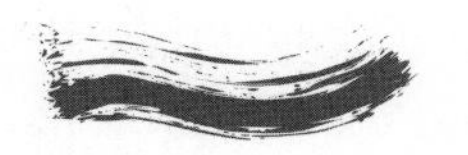

모래언덕에 지는 해

산동의 6월 염천이지만 평원의 나루터[平原津]에 이르니 더위가 한풀 꺾인 느낌이었다. 행렬이 나루를 건널 채비를 하는 동안 잠시 쉬며 쐬고 있는 강바람 때문인지도 모를 일이었다. 그러나 온량거(轀輬車) 안의 시황제는 달랐다.

얇은 일산 대신 두툼한 지붕을 얹고, 창문을 열었다 닫았다 하며 더위와 추위를 조절해, 겨울에는 따듯하고 여름에는 시원한 수레가 바로 온량거였다. 진나라 제일의 명공들이 모여 머리를 짜내고 솜씨를 다한 것이라 한번 만들어진 뒤로 온량거는 대강 그 이름값을 해 왔다. 그런데 사나흘 전부터 갑자기 수레 안이 덥고 답답해지기 시작했다. 창문을 열게 하고 사람을 불러 부채질까지 시켜 보았으나 소용이 없었다.

'심화(心火)로구나. 병이 난 게야…….'

시황제는 그렇게 짐작했다. 하지만 이내 세차게 머리를 저어 자신의 짐작을 부인했다. 갑자기 지난가을 관동에 나타났다가 사라졌다는 산귀신의 말이 떠올랐기 때문이었다.

"올해는 조룡(祖龍)이 죽을 것이네."

시황제는 굳이 그 조룡을 조상으로 해석하였으나 속으로는 자신을 가리키는 말이라는 것을 짐작하고 있었다. 조(祖)에는 시작[始]의 뜻이 있고, 용은 흔히 임금[皇帝]을 가리키니 바로 시황제(始皇帝) 자신이 되지 않는가.

불길한 일은 그뿐이 아니었다. 도성에 틀어박혀 있기보다는 나와서 움직이는 게 더 길하다는 말에 순수를 떠나, 회계산을 돌아보고 낭야에 이르렀을 때였다. 선약을 구하러 간답시고 수많은 동남동녀(童男童女)와 재물을 배에 싣고 동해로 떠났던 서불의 무리가 빈손으로 나타나 말했다.

"봉래산에서 선약을 얻기는 어렵지 않으나, 그리로 가는 바닷길에 커다란 상어가 가로막아서 배가 나아갈 수가 없습니다. 바라건대 활과 쇠뇌를 잘 쏘는 이들을 뽑으시어 저희와 함께 보내주옵소서. 그렇게만 해 주시면 흉악한 상어를 보는 즉시 연노(連弩)로 쏘아 죽이고 선약을 얻어 돌아오겠습니다."

이태 전 노생과 후생의 무리가 갖은 발칙한 말을 남기고 달아난 뒤로 시황제는 그런 방사들을 믿지 않았다. 그들이 불로단을 만듭네, 불사약을 달입네, 요란을 떨다가 제 허풍을 감당 못해 달아났듯이, 서불의 무리도 선약은 얻지 못한 채 숱한 재물과 사람만 잃고 돌아온 것을 변명하기 위해 지어낸 거짓말이라 여겼다.

그래서 엄한 벌을 내리려는데 그날 밤 시황제가 꾼 꿈이 야릇했다. 꿈에 바다귀신[海神]이라고 자처하는 괴물과 싸웠는데, 그 형상이 마치 사람 같았다. 박사(博士)들을 불러 꿈을 풀이해 보라 시켰더니 그중 하나가 말했다.

"바다귀신은 원래 사람이 볼 수 없고, 다만 큰 물고기나 교룡(蛟龍)의 모습을 빌어 나타남의 징후를 삼습니다. 폐하께서는 제물을 갖추시고 예를 다하시어 제사를 드렸음에도 이러한 못된 귀신이 나타났으니, 반드시 그것을 죽여 없애야만 착한 신이 폐하께 이를 수 있을 것입니다."

이에 시황제는 서불의 말을 다시 믿었다. 서불로 하여금 큰 물고기를 쏠 수 있는 활과 쇠뇌를 실은 배를 다시 띄우게 하고, 자신도 물을 건널 때마다 잇따라 굵은 화살을 쏠 수 있는 강한 쇠뇌를 몸소 잡고 큰 물고기나 교룡이 나타나기만을 기다렸다. 그러나 낭야에서 북쪽으로 영성산(榮成山)에 이르기까지 아무것도 나타나지 않더니 지부(之罘)에 이르는 뱃길에 들어서야 커다란 물고기들이 튀어 올랐다.

시황제가 몸소 한 마리를 쏘아 죽였지만, 그게 서불이나 박사들이 말한 못된 귀신인지는 알 수 없었다. 오히려 그때부터 마음은 의혹으로 더욱 어두워지고 몸도 전에 없이 무거워져 왔다.

'좋지 않다. 귀신들과 다투는 게 아니었다…….'

상수의 귀신[湘君]을 벌줄 때와 달리 그때 일을 떠올리던 시황제는 희미한 후회까지 느끼며 그렇게 중얼거렸다. 하지만 더는 불길한 연상에 빠져 드는 게 싫어 얼른 생각을 바꾸었다.

'허황된 귀신의 이야기나 짐을 속이고 세상을 속이는 방사들의 거짓말을 믿느니, 이치에 맞게 따져 이 심화와 신열을 다스림이 나으리라. 돌이켜 보면, 짐에게 심화가 일게도 생겼다. 일통천하, 혼일사해(混一四海)의 대업을 이루었건만 짐은 어찌 이리 갈수록 외롭고 쓸쓸해진단 말이냐…….'

그러면서 화려하지만 어둡고 적적하기 그지없는 온량거 안을 휘둘러보았다. 아무도 없었다. 온량거가 크다 해도 결국은 정해진 궤폭(軌幅) 위에 얹힌 수레였다. 아무리 거창하게 얽고 요란하게 치장해도 원래가 많은 사람이 들 수 없는 공간이었다. 기껏해야 시황제의 침상 곁으로 서넛이 시립할 수 있을 정도인데, 그나마 그 안에 들 수 있는 사람은 몇 안 되었다.

따라서 평소 수레 안에는 침상 발치에 붙어 서서 잔시중을 드는 환관이나 시녀 한둘이 고작이었다. 하지만 그 며칠 그들마저 성가셔 내치고 말았는데, 그날따라 수레 안이 빈 게 마치 온 천하가 텅 빈 것처럼 느껴졌다.

그때 그런 시황제의 마음을 읽은 듯이나 대신들의 출입을 맡아 고하는 내시가 수레 밖에서 알렸다.

"좌승상께서 들기를 청합니다."

"들라 이르라."

시황제가 그렇게 허락하자 사람이 온량거에 오르는 기척에 이어 문이 열리며 좌승상 이사(李斯)가 들어왔다.

이사는 원래 초나라 상채(上蔡) 땅 사람이었다. 일찍 글을 배워, 젊어서부터 고을에서 아전 노릇을 하면서 사람살이의 여러 국면을 관찰할 기회가 있었다. 어느 날은 관아 변소에 사는 쥐를 보았는데, 자주 드나드는 개나 사람이 놀랍고 두려워 그 더러운 먹이조차 마음 편히 먹지 못하였다. 또 어느 날은 넓은 곡식 창고의 쥐를 보았는데 건물이 넓은 데다 개나 사람이 드나들지 않아 기름지고 맛난 곡식을 먹으면서도 겁내는 것이 없었다. 이사는 문득 깨달은 바가 있어 무릎을 치며 탄식했다.

"사람의 잘나고 못난 것이 저 쥐와 같으니, 그것은 자신을 어떤 곳에 두느냐에 달렸을 뿐이다. 내 어찌 작은 고을의 아전 노릇에 이 한 몸을 일생 가두어 두랴!"

그러고는 그날로 아전 노릇을 치우고 순경(荀卿, 순자)을 섬기며, 그에게서 제왕을 도와 천하를 다스리는 법가의 학술[法術]을 배웠다.

여러 해를 배운 뒤에 이사는 자신이 몸 둘 곳을 찾고자 세상을 돌아보았다. 모국인 초나라는 왕이 어질지 못해 자신을 제대로 써 줄 것 같지 않았고, 다른 다섯 나라는 모두 작고 힘이 없어 거기서 무슨 큰일을 해낼 수 있을 것 같지 않아 보였다. 오직 서쪽 진나라만이 야심 차고 강대해 자신의 포부를 펼쳐 볼 만하다고 여겼다. 이에 스승 순경을 찾아보고 하직을 아뢰며 말했다.

"저는 때를 얻으면 놓치지 말라는 말을 들었는데, 지금이 바로 그때인 듯합니다. 이제 천하의 제후국들은 서로 싸우며, 진나라는 그 모두를 삼켜 천자로서 홀로 우뚝 서려고 하고 있습니다. 바야흐로 벼슬 없는 선비가 바삐 서둘 때요, 오래 자신을 닦고 길러 온 유세가(遊說家)에게는 다시없는 입신의 기회입니다.

낮고 천한 자리에 있으면서도 자기를 높고 귀하게 만들 계책을 펼치지 못하는 것은 짐승이 맛난 고기를 보고서도 사람이나 사냥개가 겁나 억지로 지나가는 꼴입니다. 비천함보다 더 큰 부끄러움은 없으며, 가난보다 더 깊은 슬픔은 없습니다. 오랫동안 낮고 하찮은 자리와 고달픈 처지에 놓여 있으면서도, 세상을 두려워하고 그 사욕만을 탓하며 자신을 위한 계책을 펼치지 않음은 선비의 참된 마음이 아닐 것입니다. 이제 저는 서쪽으로 가서 진나라 왕을 찾아보고 유세하려고 합니다."

이사가 진나라에 갔을 때는 마침 장양왕이 죽고 시황제가 열세 살의 나이로 즉위한 해였다. 이사는 먼저 어린 왕을 대신해 진나라의 국권을 틀어쥐고 있던 문신후(文信侯) 여불위를 찾아가 그의 가신(家臣, 사인)이 되었다. 여불위는 이사의 재주를 기특하게 여겨 문객으로 받아들이고, 낭중령(郎中令)에서 일하도록 해주었다. 또 몇 해 뒤에는 젊은 시황제에게 유세할 기회까지 얻게 해 주었는데, 그때 이사는 말하였다.

"지난날 우리 목공(穆公, 진 목공)께서 패자(覇者)가 되시고서도 끝내 동쪽의 여섯 나라를 병합하지 못한 것은 힘 있는 제후들이 아직 많고 주나라의 위세가 조금은 남아 있었기 때문입니다. 다섯 패자가 번갈아 일어나, 겉으로는 주나라 왕실을 떠받드는 척하며 천하를 호령하는 형국이었지요. 허나 이제는 다릅니다. 효공(孝公) 이래로 주 왕실은 나날이 쇠약해지고 제후들은 서로 병탄을 일삼아, 함곡관 동쪽에는 오직 여섯 나라만 남았습니다. 그러나 우리 진나라는 그들 제후들이 물고 물리며 다투는 틈을 타 힘을 길러, 드디어 승세를 잡고 천하를 호령한 지 벌써 여섯 대가 지났습니다. 지금 동쪽 여섯 나라가 진나라에 복종하는 모습은 진나라의 군현이 그러한 것과 크게 다르지 않습니다.

대저 그 같은 진나라의 강대함과 대왕의 현명하심이라면, 부뚜막을 쓸듯이 제후국을 쳐 없애 천하를 통일하고 천자의 자리에 오르는 대업을 이룰 수가 있습니다. 만약 그 일을 게을리하시어 때를 놓치신다면, 제후국들은 다시 강해질 뿐만 아니라 합종(合縱)의 맹약을 살려 서로 뭉치게 될 것입니다. 그때는 비록 황제(黃帝)와 같은 현명함일지라도 일통천하의 대업은 결코 이룰 수 없습니다."

그때 시황제의 나이 아직 스물이 차지 않았으나 그런 이사의 말에 크게 마음이 움직였다. 이사를 장사(長史)로 삼아 승상부에 자리 잡게 함과 아울러 그의 계책을 받아들여 가만히 제후국들을 주무르기 시작했다.

이사의 첫 주인인 여불위가 노애의 반란에 연루되어 봉지로 쫓겨났다가 끝내 짐독을 먹고 스스로 목숨을 끊은 뒤에도 시황제는 이사를 연루시키지 않았다. 오히려 전보다 이사를 더 가까이 두고 높이 썼다.

시황제는 이사가 내놓은 계책에 따라 먼저 금은을 두둑이 지닌 사절과 날랜 자객들을 몰래 다른 제후국에 들여보냈다. 그 나라의 명사 가운데 뇌물로 움직일 수 있는 자는 후한 뇌물을 주어 진나라를 위해 일하게 하고, 말을 듣지 않는 자는 날카로운 칼로 찔러 죽이는 게 그 사절과 자객들의 일이었다.

어느 나라에나 자기 왕과 조정에 불만을 가진 세력은 있게 마련이고, 그들 가운데는 공공연히 그 불만을 드러내다가 형벌을 받아 제 아비, 어미의 나라에 앙심과 원한을 품게 된 자도 있었다. 시황제가 이사의 계책에 따라 이웃 나라에 들여보낸 자들에게는 그런 세력도 좋은 표적이 되었다. 쉽게 그런 세력을 찾아낸 그들은 말로 꼬드기고 재물로 달래, 제 나라에 앉은 채로 진나라의 간세 노릇을 하도록 만들었다.

그 밖에 이사가 다른 제후국들의 발밑을 파는 계책으로는 그 나라의 임금과 신하들을 이간하는 것이 있었다. 시황제는 그 계책에 따라 한편으로는 솜씨 좋은 간세들을 보내 뛰어난 장수나 어진 신하를 헐뜯는 헛소문을 퍼뜨리게 하고, 다른 한편으로는 유능한 장군에게 대군을 딸려 보내 그 헛소문을 뒷받침하는 군사적인 움직임을 보여 주게 했다. 그때도 제후국 안의 의심과 혼란이 커지도록 상하에 듬뿍 뇌물이 뿌려짐은 말할 나위도 없었다.

이사의 계책들은 잘 맞아떨어져 많은 제후국의 명사들이 겉으로는 가장 제 나라를 생각하는 체하면서 실은 진나라를 위해 연횡책(連橫策)을 우겨 댔고, 더 많은 뛰어난 장수와 대신들이 진나라의 이간책에 걸려 제 나라와 제 임금에게서 버림을 받았다. 나라마다 제 나라에 뿌리내리고 살면서 부끄럼 없이 진나라의 간세 노릇을 하는 무리도 갈수록 늘어났다.

모질고 독하지만, 진나라의 천하통일을 앞당기는 데 그런 이사의 계책보다 더 잘 먹혀드는 계책도 없었다. 이에 시황제는 이사를 더욱 무거운 예로 대접하여 객경(客卿)으로 삼았다. 하지만 그 이사에게도 명운이 위태로운 때는 있었다.

한(韓)나라의 정국(鄭國)이라는 사람이 진나라로 벼슬을 살러 왔다. 정국은 물길을 열고 물을 대는 데 재주가 뛰어난 사람으로 경수(涇水)에서 낙수(洛水)까지 3백 리에 이르는 큰 운하를 파서 농사를 위한 수로를 겸하도록 권했다. 겉으로는 진나라를 부강하게 만드는 일 같았지만, 실은 그 엄청난 공사로 진나라의 국력을 소모시켜 이웃을 침략할 수 없도록 하려는 한나라의 계책이었다.

그런데 오래잖아 그와 같은 한나라의 음모가 탄로 나고, 정국뿐만 아니라 다른 나라에서 진나라로 와서 벼슬 살던 모든 이들이 쫓겨나게 되었다. 시황제로부터 받은 신임과 총애 탓에 진나라 토박이들의 시기를 받아 오던 이사도 예외일 수 없었다. 그때 이사가 올린 글이 그 유명한 「상진황축객서(上秦皇逐客書)」 또는 「간축객서(諫逐客書)」이다.

…… 듣건대 땅이 넓으면 곡식이 많이 나고, 나라가 크면 백성이 많으며, 굳센 군대는 사졸들이 용맹하다고 합니다. 태산은 한 줌의 흙이라도 마다하지 않았기에 그렇게 높아질 수 있었고, 하해(河海)는 물줄기 한 갈래도 가려서 받아들인 게 아니기에 그렇게 깊어질 수 있었습니다. 마찬가지로 왕자(王者)는 무리지어 찾아오는 어떤 백성도 물리치지 않아야 그 덕을 널리 밝힐 수 있는 법입니다. 그렇기 때문에 땅에는 사방이 없고,

백성들에게는 나라가 다르지 않으며, 네 계절은 모두 아름다움으로 가득하고, 귀신은 두루 복을 내리는 것입니다. 이것이 곧 오제(五帝)와 삼왕(三王)에게 적이 없었던 까닭이기도 합니다.

그런데 지금 진나라는 백성을 버려서 적국을 이롭게 하며, 빈객을 물리침으로써 다른 제후를 도와 공업을 이루게 하려 합니다. 천하의 선비를 내몰아 감히 서쪽으로 발길을 향하지 못하게 하고, 발을 묶어 진나라로 돌아오지 못하게 하고 있습니다. 이는 이른바 '적에게 군사를 빌려주고 도적에게 식량을 대는 것[藉寇兵而齎盜糧]'과 같습니다.

무릇 물건이 진나라에서 나지 않았더라도 보물로 여길 만한 것이 많고, 선비가 진나라에서 태어나지 않았더라도 진나라에 충성하기를 원하는 이가 많습니다. 그런데 이제 밖에서 온 재주 있는 이들[客]을 내쫓아 다른 제후국에 보탬이 되게 하고, 찾아온 백성을 버려 원수의 나라에 이익을 더해 준다면, 이는 안으로는 나라를 비게 하고, 밖으로는 그 원망하는 마음을 제후들에게 옮겨 심게 하는 격이니, 나라가 위태롭지 않기를 바라도 그리될 수 없을 것입니다.

대강 이렇게 끝이 나는 그 명문은 젊은 시황제를 감동시키고도 남음이 있었다. 시황제는 모든 빈객에게 내렸던 축출령을 취소하고 이사의 벼슬을 돌려주었다. 뿐만 아니라 도리어 이사를 전보다 더 무겁게 쓰니, 오래잖아 그의 벼슬은 구경의 하나인 정위에 이르렀다.

시황제의 신임은 천하를 아우른 뒤에도 이어져 마침내 이사의 벼슬은 승상에 올랐다. 기록에 따르면, 시황제의 손꼽히는 폭정 가운데 하나인 분서갱유(焚書坑儒)도 실은 이사의 진언을 따른 것으로 되어 있다. 법가다운 이단박멸(異端撲滅)의 의지를 시황제가 들어주었을 뿐이라고 한다.

근래 이사에게 있었던 일로 시황제가 전해 듣고 흐뭇해한 것은 어떤 술자리에서 이사가 스스로를 경계하며 내쏟았다는 탄식이었다. 이사에게는 아들과 딸들이 많았는데 한결같이 높은 벼슬에 오르거나 지체가 귀해졌다. 맏아들 이유(李由)는 낙양을 치소로 삼는 삼천군(三川郡)의 군수였고, 나머지 아들들은 모두 공주에게 장가들어 시황제의 부마가 되었다. 또 딸들은 한결같이 진나라의 귀공자들에게 시집가 벼슬 높고 재물 많은 대갓집의 젊은 마님이 되었다. 모두가 아비 이사의 그늘이 미쳤음이라.

그런데 어느 날 삼천 군수로 나가 있던 아들 이유가 휴가를 얻어 함양으로 돌아왔다. 이사는 오랜만에 돌아온 맏아들을 반겨 크게 술잔치를 열고 가까이 지내는 조정의 벼슬아치들을 몇 명 집으로 불러들였다. 그러나 황제로부터 신임받는 승상의 위세를 겁낸 것인지 아니면 이 기회에 아첨으로 한몫 보고자 해서였는지, 부르지도 않은 조정의 관리들까지 이사의 집으로 몰려들었다. 그 바람에 이사네 집 대문간은 저자처럼 시끌벅적하고, 담 밖 넓은 뜰에 묶인 말과 수레는 수천을 헤아리게 되었다. 그 광경을 내다본 이사가 문득 정색을 하며 탄식처럼 말했다.

"아아, 나는 스승[荀卿]께서 세상 모든 사물은 지나치게 가득

차게 되는 것을 피해야 한다고 말씀하신 것을 들은 적이 있다. 무릇 나 이사는 상채 땅에서 태어난 검수의 자식이고, 촌구석 골목길에서 자란 보잘것없는 인간인데, 폐하께서 나의 못남과 모자람을 알지 못하시고 여럿 속에서 뽑으시어 오늘 이 자리에 있게 해 주셨다. 지금 조정의 신하들 가운데 나보다 윗자리에 있는 이가 없으니 부귀가 지극한 곳에 이르렀다고 말할 수 있을 것이다. 만물의 번성도 극도에 이르면 쇠퇴한다 하였는데, 실로 내가 어디서 멈춰야 할지를 모르겠구나!"

그와 같은 말은 시황제 같은 절대군주가 다스리기 거북한 이상이나 경계해야 할 만큼 큰 야심도 없는 신하로서의 이사를 잘 드러낸다. 뿐만 아니라 속되지만 솔직하면서도 소박한, 그 시대의 성공한 책상물림 하나를 보여 주기도 한다.

그해 초시월(진나라는 하나라 달력으로 10월을 새해로 삼았다.) 시황제가 순수를 떠날 때, 우승상 풍거질(馮去疾)은 도성에 남기고 좌승상 이사를 데리고 나온 것은 그의 또 다른 재주 때문이었다. 황제를 수행하는 남다른 능력이 그랬다. 이사는 윗사람의 뜻을 잘 헤아리고 예절과 의전에도 아울러 밝았다. 거기다가 변화에도 기민하고 적절하게 대응할 줄 알아 시황제의 움직이는 조정을 맡길 만했다.

하지만 병심(病心)에서일까? 시황제에게는 언제나 미덥기만 하던 이사마저 그날따라 곱게 보이지 않았다. 나이 예순을 넘겼으면서도 노쇠의 기색은커녕, 이제 갓 쉰이 된 자신보다 더 단단하고 꼿꼿해 뵈는 게 시황제 특유의 시기심을 불러일으켰는지도 모를 일이었다. 좀체 목소리에 감정을 담지 않는 시황제가 누가 들어도 차게 느껴질 목소리로 물었다.

"좌승상은 무슨 일로 짐을 찾았는가?"

"활과 쇠뇌를 뱃전에 거는 일을 그만두도록 하셨으면 합니다."

"귀신이라도 황제의 위엄에 맞설 수는 없는 터이다. 짐은 그 활과 쇠뇌로 감히 짐의 꿈자리를 어지럽힌 요망한 물귀신을 쏘고자 하는데 좌승상은 어째서 그렇게 말하는가?"

"폐하께서는 며칠 전 지부로 가는 뱃길에서 이미 그것을 쏘아 못된 물귀신을 죽이지 않으셨습니까? 그런데도 오히려 옥체 미령(靡寧)하시니 모두가 놀라고 두려워합니다. 차라리 태의를 부르시옵소서."

'옥체 미령'이라는 말에 시황제는 다시 울컥 짜증이 났다. 몸이 좋지 않은 것은 사실이지만 아직 시황제는 누구에게도 드러내어 말해 본 적이 없었다. 그런데 이사가 알아보았다는 게 공연히 화가 났다. 평소 시황제는 자신이 어디에서 묵고 있는지조차 남에게 알려지는 것을 꺼려 했다. 함양 부근 2백 리에 흩어져 있는 2백여 별궁과 이궁(離宮)을 옮겨 다니면서 자신이 머무는 곳을 함부로 발설하는 자가 있으면 가차 없이 사형에 처했다.

'짐은 조짐(兆朕)이거늘…….'

그러자 문득 이태 전의 일이 떠오르며 이사에게 직접 드러내지 않았던 노기가 새삼 솟구쳤다. 그해 시황제가 함양 동쪽으로 조금 떨어져 있는 양산궁(梁山宮)에 행차했을 때였다. 높은 곳에서 보니 뒤따라오는 한 떼의 수레와 기마가 있었는데 의장이나 위세가 자못 거창하고 당당했다. 시황제가 눈살을 찌푸리며 물었다.

"저게 누구의 행렬이냐?"

"좌승상 이사와 그를 따르는 수레들입니다."

곁에 있던 신하 하나가 그렇게 대답했다. 그 말에 시황제는 더 묻지 않았으나 언짢아하는 기색이 역력했다. 한참이나 이사를 따르는 행렬을 노려보다가 나지막하게 말했다.

"이사가 꽤나 위세를 부리는구나."

그런데 그 자리에 있던 누군가가 그런 시황제의 말을 이사에게 가만히 전해 주었다. 놀란 이사는 그날로 자신의 수레를 검소하게 꾸미고 따르는 수레와 기마를 줄였다. 며칠 뒤 그걸 알아본 시황제는 더욱 화가 났다.

"이는 궁궐 안의 누군가가 감히 짐이 한 말을 이사에게 몰래 전해 준 까닭이다!"

그리고 당시 곁에 있던 자들을 모조리 잡아들여 하나씩 캐물었으나 아무도 자신이 그랬다고 하는 자가 없었다. 이에 모두 사형에 처했는데, 그래도 이사를 직접 벌주지는 않았다.

"짐이 병들었다고 누가 말하던가?"

시황제가 엄한 얼굴로 그렇게 묻자 이사는 바로 자신의 실수를 알아차렸다. 시침(侍寢)한 후궁이나 환관에게 들은 것도 있고, 수라간에서 알아본 식사량으로 짐작할 수도 있는 일이었으나 그들을 댈 수는 없었다.

“폐하께 무슨 환후가 있다는 뜻이 아니오라, 신이 보기에 왠지 심기 편치 않으신 듯하와…….”

“함부로 짐을 헤아리지 마라! 심기가 편치 않다는 것은 또 무슨 뜻인가?”

그러자 이사가 정색을 하며 받았다.

“아뢰옵기 황송하오나 폐하께서는 요망한 무리의 말을 너무 깊이 믿어 심기를 상하고 계신 듯합니다. 대저 황제란 왕들 가운데서도 왕[王中之王]이요, 귀신의 우두머리[天神之首]가 아니옵니까? 여섯 나라를 쳐 없애고 그 왕들을 모두 신하로 삼으신 것처럼, 귀신들도 폐하의 위엄으로 꾸짖고 부리시면 될 것입니다. 병마와 요귀는 엄히 벌해 쫓으시면 될 일이요, 수(壽)를 더하시려면 칠성노군(七星老君)에게 명하시면 될 일입니다. 구차하게 쇠뇌로 잡귀를 쏘는 것은 폐하의 위엄에 맞지 않는 일이옵니다.”

30년 넘게 시황제를 모셔 온 경험으로, 둘러대고 꿰어 맞추려 하다 보면 더 큰 낭패를 당한다는 걸 잘 아는 이사라 처음부터 진언하려던 말을 바로 털어놓았다. 이전 같으면 그 정도로 달랠 수 있었으나 그날은 달랐다. 시황제가 한층 목소리를 높였다.

“좌승상은 있지도 않은 짐의 병을 말하더니, 이제는 나이를 앞세워 감히 짐의 죽음을 얘기하는 것이냐?”

‘뭔가가 크게 잘못되었구나…….’

시황제로부터 뜻밖의 호통을 들으면서 이사는 등줄기로 식은땀을 흘렸다. 수많은 목숨들이 거기서 한발 잘못 디뎌 천 길 나락으로 떨어진 그 벼랑 가에 드디어 자신도 서게 된 느낌이었다.

그 위기감이 순발력이 되어 이사의 입으로 쏟아졌다.

“아니옵니다. 지금 저는 폐하의 병과 죽음을 말하고 있는 것이 아니라, 땅에서도 한 분이시고 하늘에서도 한 분이신 폐하의 위엄과 권능을 아뢰고 있는 것이옵니다.”

거기서 잘못 응대해 어이없이 죽어 간 숱한 목숨들이 곁에서 구경할 때는 그저 어리석고 미련스럽기만 했으나, 자신이 그 벼랑을 실감하고 보니 끔찍했다. 내가 이런 처지에 빠지다니. 아아, 나는 이미 멈추어 서야 할 곳을 지나 버린 것은 아닌가.

오래 익숙했던 암시가 효과를 낸 것인지, 시황제는 이사의 진지하면서도 확신에 찬 말을 듣자 마음이 좀 가라앉는 듯했다. 뻔한 거짓말이라도 이사가 그만의 연출과 함께 정면으로 맞서 오면 믿고 싶어졌다.

‘그래, 아직은 더 네 말을 믿고 싶다. 아니 진실로 네 말과 같기를 바란다.’

시황제는 속으로 그렇게 말하고 있었으나 표정은 엄하기만 했다. 한동안을 뱃속까지 꿰뚫어보는 듯한 눈길로 이사를 쏘아보다가 차갑게 말했다.

“알겠노라. 경의 말을 믿겠다. 만사를 반드시 짐의 위엄과 권능에 어울리게 처결하겠다. 다만 앞으로는 경뿐만 아니라 누구도 병이나 죽음이란 말을 꺼내서는 안 된다. 일후 내 귀에 그 말이 들리면 모반의 죄를 물을 터이니 그리 알라!”

그리고 다시 덧붙였다.

“활과 쇠뇌는 그대로 뱃전에 걸어 두라. 경의 말을 따라도, 귀신의 우두머리인 제(帝)로서 하찮은 잡귀를 벌하는 것인데 무엇이 놀랍고 무엇이 두렵단 말이냐? 앞으로도 큰 물고기나 교룡이 떠오르면 쏘아 그것들을 조짐으로 삼는 요망한 물귀신을 벌할 것이다."

하지만 인간의 의지만으로 막을 수 없는 게 병이고 죽음이다. 그날 이후 시황제 주위에서는 아무도 병과 죽음을 말하지 않았으나, 시황제의 병은 점점 깊어지고 죽음은 나날이 가까워졌다.

순수 행렬이 하북에 펼쳐진 모래언덕 사이를 지날 때였다. 어지간한 시황제도 드디어 자신의 병이 깊었으며 그리 오래 살지 못할 것임을 짐작했다. '왜 죽는 것이 다른 사람도 아니고, 황제인 나여야 하는가?'라는 분노에서 '나를 죽지 않게 해 준다면 무엇이든 하겠다.'는 절대자와의 타협은 어쩌면 시황제가 방사들을 가까이하고 그들로 하여금 불로불사의 선약을 찾게 하면서 줄곧 이어진 감정 상태였는지도 모르겠다. 하지만 끝내 어쩔 수 없이 죽음을 받아들이게 되면서 비로소 시황제는 후사를 돌아보게 되었다.

시황제에게는 스무 명이 넘는 아들이 있었는데, 맏아들이 부소(扶蘇)였다. 사람됨이 어질고 너그러웠으나, 시황제에게는 오히려 그런 부소의 인품이 못마땅했다.

진나라는 수덕(水德)에 의지하기 때문에 강인하고 엄혹하며, 모든 일을 법에 의하여 처리하고, 인의나 은덕, 관대 따위가 없어야 오덕(五德)의 명수(命數)에 맞는다고 믿었다. 따라서 시황제에게는 부소의 어짊이 나약으로만 비쳤고, 너그러움은 마음여림으로 여겨졌다. 거기다가 나이가 차서는 제법 치국의 식견을 보이며 간언을 했는데, 그게 또 자주 시황제의 심기를 건드렸다.

그들 부자를 멀리 갈라놓은 이태 전의 간언도 그랬다. 방사인 노생과 후생이 진시황을 비방하고 달아나자 노한 진시황은 어사를 시켜 함양성 안에 남아 있는 요망한 방사와 서생의 무리를 모두 잡아들이게 했다. 그러자 겁을 먹은 그들은 서로가 서로를 고발하여 잡혀 온 자가 수천 명에 이르렀다.

시황제는 친히 판결에 임하여 그들 중에 죄 있다고 여겨지는 자 4백여 명을 모두 산 채로 땅에 묻게 했다. 그런데 그들은 거의가 방사보다는 선비라, 흔히 그 일은 선비를 묻은 일[坑儒]로 알려졌다. 그리하여 그 전해에 있었던 책 태우기[焚書]와 더불어 '분서갱유'라 하여 시황제의 손꼽히는 폭정 중의 하나가 되었다. 그때 부소가 나서서 간언했다.

"이제 막 천하가 평정되었으나 먼 지방의 백성들은 아직 우리 진나라에 마음으로 귀속하지 않고 있습니다. 이런 때에 선비들이 '시(詩)'와 '서(書)'를 외며 공자를 본받고 있음은 상하의 예(禮)를 세우며, 나라의 기틀을 굳건히 하는 일이 됩니다. 그런데도 이제 폐하께서는 법을 엄히 하시고 형벌을 무겁게 키우시어 그들을 얽어매시니, 소자는 이로 인해 천하가 어지러워질까 두렵습니다. 부디 굽어 살피시옵소서."

두터운 은덕을 베푼 자신을 오히려 비방하고 달아난 방사 노생과 후생의 무리만으로도 치를 떨었던 시황제였다. 거기다가 죽어 가면서도 악을 쓰며 대들던 선비들에게 마음이 상할 대로 상해 있던 시황제에게는 그런 부소의 말이 약하고 못나 빠진 소리로만 들렸다. 엄하게 부소를 꾸짖은 뒤에, 상군에서 대군을 이끌고 있던 장군 몽염을 감시하란 구실로 도성에서 내쫓아 버렸다.

그 뒤 시황제가 아들 중에 총애한 것은 막내아들 호해(胡亥)였다. 겉으로 보아서는 호해도 강인하고 엄혹하지 못하기로는 부소와 크게 다를 바 없었으나, 남달리 영민한 데다 변화에 응할 줄 아는 기민함이 있었다. 그래서 일찍부터 조고(趙高)에게 법령을 배우게 하였는데, 듣기로는 방대한 진의 법령을 거의 다 꿰고 있다고 했다. 이번 순수에도 아들 중에 유일하게 따라온 게 호해였다.

하지만 죽음을 앞두고 보니 역시 자신의 뒤를 이을 재목으로는 부소를 넘어서는 아들이 없었다. 특히 호해는, 비록 그 자질이 영민하다 하나 그릇의 크기는 부소에게 크게 미치지 못했고, 무엇보다도 둘째, 셋째도 아닌 막내아들이었다. 적장자(嫡長子) 계승의 원칙을 어겨 가며 제위를 물려주어야 할 만큼 빼어난 황제감은 아니었다.

"누구 없느냐?"

황하 북쪽으로 펼쳐진 모래벌판을 느릿느릿 지나가는 온량거 안에서 신열에 들떠 있던 시황제가 문득 사람을 찾았다. 시황제의 변덕을 못 이겨 휘장 뒤에 숨어 있던 환관 하나가 그림자처럼 조용히 침상 앞에 나와 섰다.

"폐하, 부르셨습니까?"

"중거부령 조고를 불러들이고, 흰 비단과 필묵을 준비하라."

그렇게 명한 시황제는 조고가 들기 바쁘게 그에게 일렀다.

"태자 부소에게 글을 내리고자 한다. 받아쓰라."

조고가 눈길 한번 마주침 없이 흰 비단을 펼치고 붓을 들었다. 시황제가 자꾸 가빠 오는 숨을 가다듬으며 불러 나갔다. 가슴 가득 할 말이 있었으나, 길게 이어 갈 수가 없었다.

"짐은 너 부소에게 짐에게서 비롯되어 만세를 이어 갈 황통(皇統)을 넘기노라. 너는 군대를 몽염에게 맡기고 함양으로 돌아와서 나의 영구를 맞아 장사 지내라……."

대강 그렇게 이르고 나니 다시 숨이 가빠지고 정신이 혼미해 왔다.

"이뿐입니까?"

그때 조고가 무얼 생각하고 있는지 모를 말간 눈을 들어 시황제를 쳐다보며 물었다.

"그만하면 될 것이다. 경은 부새령(府璽令)을 겸하고 있으니 그 글에 옥새를 놓아 짐의 조서임을 명백히 하고 봉하라."

"알겠습니다."

이번에는 더 묻는 법이 없이 조고가 대답했다. 그러는 얇은 입술에 무언가 뜻있는 미소 같은 것이 떠올랐다. 하지만 다시 신열로 정신이 혼미해지고 있는 시황제에게는 그걸 따져 볼 겨를이 없었다. 다만 의식 밑바닥에 가라앉아 있는 조고에 관한 기억과 정보들을 몽롱하게 더듬고 있을 뿐이었다.

조고는 진나라 왕실의 성인 조씨(趙氏)의 먼 곁가지였으나, 그 아비가 궁형(宮刑)을 받고 어미는 관비가 되면서 비천해졌다. 특히 조고의 어미는 남편이 구실을 못하게 되자 다른 사내와 사통하여 조고 형제를 낳았다고 한다. 하지만 형제 모두 일찍이 거세를 당하고 환관이 되었으므로, 그들 형제가 은궁(隱宮)에서 태어났다는 말이 생겼다.

시황제는 조고가 비록 환관이지만 재주가 뛰어나고 아는 것이 많음을 보고 일찍부터 곁에 두고 부렸다. 조고는 법령에 밝은 데다 윗사람을 모시고 아랫사람을 부리는 데 아울러 능했다. 오래잖아 시황제의 신임을 얻어 중거부령에 올랐다. 그러나 한편으로는 야심도 만만찮아, 남몰래 막내 공자 호해와 가깝게 지내며 재주와 정성을 다해 법령과 송사(訟事) 다루는 법을 가르쳤다.

한번은 조고가 큰 죄를 지어 고발된 적이 있었다. 시황제는 장군 몽염의 아우인 몽의에게 조고의 죄를 다스리게 하였다. 몽의는 감히 법을 어기지 못해 조고에게 사죄(死罪)를 내렸으나, 황제가 총애하는 자라 차마 죽이지 못하고 환적(宦籍, 여기서는 누리던 관직을 말한다.)만 삭탈하였다.

얼마 뒤 시황제는 조고의 능력과 재주를 아껴 그나마 용서하고 조고의 관직을 되돌려 주었다. 하지만 조고는 자신을 감싸 주지 않고 법대로 처결했다 하여 그때부터 몽의뿐만 아니라 대를 이은 장군가(將軍家)인 몽씨 집안 전체에 앙심을 품었다. 몽의의 형인 몽염에게도 감정이 좋지 않았음은 말할 나위도 없다.

그날 시황제가 정신을 잃기 전에 본 조고의 미소도 몽씨들에 대한 해묵은 앙심과 무관하지 않았다. 여러 가지로 미루어 시황제의 글은 유조(遺詔)인 듯한데, 옥새를 놓고 봉인하라 했을 뿐 사자에게 주어 보내라고는 하지 않았으니 조고는 한시름 놓게 되었다.

시황제가 붕어하기 전에 조서가 상군에 이르고, 이를 받은 부소가 함양으로 돌아와 황제로 즉위라도 하게 되는 날이면 큰일이었다. 듣기로 지난 이태 동안 곁에서 모시면서 몽염은 장군으로서 부소의 신임을 샀고, 함양에 있는 몽의는 몽의대로 조정 대신들의 마음을 사 꼼짝없이 몽씨들의 세상이 될 것 같았기 때문이다. 하지만 비록 옥새가 찍히고 봉인되었다 하나 아직 조서가 자기 손에 있으니 달리 틈을 노려 볼 수 있을 듯도 했다.

조고가 은근히 바란 대로 시황제는 끝내 의식을 되찾지 못하고 다음 날 사구평대(沙丘平臺)에서 숨을 거두었다. 시황제 37년 7월 병인(丙寅) 날로 그때 그의 나이 겨우 쉰이었다. 어떤 이는 시황제의 그와 같은 단명을 약물중독 때문이라고 본다. 젊어서부터 불로단이네, 불사약이네, 하는 방사들의 말에 속아 함부로 써온 약물에는 수은이나 비소 같은 중금속과 독극물이 섞여 있는 경우가 적지 않았다.

그렇게 갑작스레 시황제가 죽자 전날 유조를 남겼다는 사실을 아는 사람은 조고뿐이었다. 거기다가 평소 그 거동을 은밀히 해온 탓에 시황제의 죽음을 아는 사람도 다섯 손가락을 넘지 않았다. 공자 호해와 승상 이사, 그리고 중거부령 조고에다 평소 온량거 안에서 시황제를 모시던 환관 두엇이 고작이었다.

이사는 시황제가 도성을 떠나 천하를 돌아보던 중에 죽었고, 또 정식으로 태자를 책봉한 적이 없음을 걱정하여 우선은 그 죽음을 백관과 장졸들로부터 숨기기로 했다. 유해를 온량거 안에 놓아 둔 채로 백관들이 정사를 아뢰고 식사를 올리기를 전과 다름없이 하게 했다. 백관들에게는 유해를 모시고 있는 환관이 황제의 명을 전하는 시늉을 하고, 결재는 조고와 이사가 머리를 맞대고 앉아 황제를 대신했다.

그와 같은 대처는 승상인 이사로서는 마땅히 해야 할 일이었으나 조고에게는 못된 꾀를 펼칠 틈을 준 꼴이 되었다. 시황제의 죽음이 밖으로 새 나가지 않도록 입막음을 하기 바쁘게 조고는 옥새가 찍힌 시황제의 유조를 들고 호해를 찾아가 말하였다.

"황제께서 붕어하셨지만 여러 공자들 중 누구에게 제위를 넘기신다는 조서가 없고 오직 맏이 되시는 부소 공자에게만 글을 남기셨습니다. 조서가 닿는 대로 함양에 돌아와 선제의 장례를 치르라는 내용입니다. 그러나 부소 공자께서 바로 선황(先皇)의 적장자가 되시니 도성으로 돌아오시면 곧 제위에 오르시게 될 것입니다. 그리되면 막내인 공자께서는 한 치의 땅도 가지실 수 없을 것인데 어떻게 하시겠습니까?"

"당연하지요. 내가 듣건대, 유능한 군주는 신하를 잘 알고, 현명한 아버지는 아들을 잘 안다고 하였소. 선황께서 붕어하실 때까지 아무도 제후로 봉하시지 않으셨으니 이 몸 같은 말자(末子)가 땅 한 치 없는 거야 당연하지 않겠소?"

그때까지만 해도 시황제의 착한 막내였던 호해는 알 수 없다는 눈길로 조고를 보며 그렇게 받았다. 조고가 한층 더 목소리를 깔며 말했다.

"꼭 그렇지는 않습니다. 이제 천하를 다스릴 큰 권한을 잡는 일은 공자님과 승상 이사, 그리고 저에게 달렸으니 공자께서 도모하시기에 따라 달라질 것입니다. 남을 신하로 삼는 것과 남의 신하가 되는 것, 또 남을 억누르고 다스리는 일과 남에게 억눌리고 다스림 받는 일이 어찌 같을 수 있겠습니까?"

그 말에 호해가 놀란 표정으로 두 손까지 내저으며 소리쳤다.

"형을 가로막고 아우가 나서는 것은 불의이며, 형에게 죽게 될까 두려워하여 선황의 조서를 받들지 않는 것은 불효외다. 또 재주가 얕고 능력이 뒤지면서 억지로 남의 공로를 빼앗는 것이야말로 참된 무능이 될 것이오. 이 세 가지는 사람과 하늘의 도리에 아울러 어긋나는 일이라, 천하가 복종하지 않을 것이고, 나아가서는 자신의 몸까지 위태롭게 될 것이외다. 어디 그뿐이겠소? 끝내는 사직마저 성하게 받들지 못하게 될 것이오."

그 말은 호해가 원래 지녔던 식견을 보여 줄 뿐만 아니라, 끝내 그걸 지켜 내지 못하고 조고의 꾐에 넘어간 뒤에 자신이 겪을 앞일까지 자못 밝게 예언하고 있기도 하다.

호해가 뜻밖에도 고분고분 따라 주지 않자 조고는 속으로 애가 탔다. 법령과 옥률(獄律)을 가르쳐 준 스승으로서의 권위까지 은근히 내세우며 호해를 달랬다.

"제가 듣건대, 탕왕(湯王)은 원래 임금으로 섬기던 하나라의 걸왕(桀王)을 죽이고 은나라를 세웠으며, 무왕(武王)도 대를 이어 임금으로 섬겨 온 은나라 주왕(紂王)을 죽이고 주나라를 세웠습니다. 하지만 천하는 오히려 그들을 의롭다 여기며 칭송하고, 아무도 그 불충을 나무라지 않습니다. 또 위나라 임금[武公]은 자기 아버지를 죽였지만(실은 형을 죽였다.) 백성들은 그 덕을 받아들였고, 공자도 그 일을 적으면서 불효라고 꾸짖지 않았습니다.

대저 큰일을 하고자 하는 사람은 작은 일에 얽매여서는 아니 되며, 큰 덕이 있는 사람은 천하를 위해 일하기를 사양해서는 안 됩니다. 게다가 마을마다 제각기 예절이 다르고, 벼슬아치마다 할 일이 따로 있는 법입니다. 그러므로 작은 일을 돌아보다 큰일을 잊으면 나중에 반드시 그 때문에 해를 당할 것이며, 결단을 내려 과감히 행하면 귀신도 피해 가서 반드시 공을 이루게 된다 합니다. 공자(公子)께서는 부디 굳게 뜻을 세우시어 이 일을 결단해 주시기 바랍니다."

그러자 호해도 마음이 조금 움직였는지 한숨과 더불어 슬며시 물어 왔다.

"하지만 승상이 뜻을 같이해 주겠소?"

"따르게 해야지요."

"아직 선황께서 붕어하신 것도 모두에게 알리지 않았고, 장례도 치르지 않았는데, 어찌 이런 일을 가지고 승상을 달랜단 말이오?"

이사만 동의해 준다면 조고의 뜻을 따르겠다는 말이었다. 그제야 힘을 얻은 조고가 자신 있다는 듯 그러잖아도 쇳소리 섞인 목소리를 높였다.

"그러니까 더욱 서둘러야지요. 때가 때인 만큼 일을 꾀할 시간이 너무 촉박합니다. 양식을 지고 말을 채찍질해 밤낮으로 달려도 때맞추어 닿을까 걱정일 만큼 크고 급박한 일이 앞에 남아 있기 때문입니다. 공자께서 어서 결단을 내려 주십시오."

그때는 이미 호해도 마음을 정한 뒤였다.

"나는 일찍이 중거부령에게서 여러 가지 가르침을 받은 사람이오. 이번에도 가르침에 따르겠소!"

그렇게 조고의 음모를 받아들였다. 결국은 그게 호해의 됨됨이였고, 짧게 끝날 진(秦) 제국의 명운이었다. 호해의 동의를 얻어 내자 조고도 서둘렀다.

"어서 빨리 승상을 끌어들이지 못하면 이 일은 성공하기 어려울 것입니다. 신이 공자를 위해 승상을 만나 보겠습니다."

그러고는 자리를 떨치고 일어나 바로 이사에게 달려갔다.

"황제께서 돌아가시기 전에 부소 공자에게 글을 남기셨는데, 거기에 따르면 그를 함양으로 불러 선제의 장례를 치르게 하고 후사로 세우라고 하셨습니다. 하지만 아직 그 글은 부소 공자에게 보내지지 않았으며, 지금은 황제께서 붕어하신 것조차 아는 사람이 별로 없습니다. 특히 그 글과 옥새는 모두 호해 공자가 가지고 있고, 대통을 정하는 일은 군후(君侯, 승상을 높여 부르는 말)와 저에게 달려 있을 뿐입니다. 군후께서는 장차 이 일을 어떻게 하시겠습니까?"

조고가 좌우를 물리친 뒤 이사에게 그렇게 묻자 이사가 허옇게 질린 얼굴로 대답했다.

"이 무슨 말씀이시오? 대통을 정하는 일이 우리 두 사람 손에 달렸다니 될 법이나 한 말이오? 경은 어찌하여 나라를 망칠 말씀을 그리 함부로 하시오? 그 일은 결코 신하로서 사사로이 논의할 일이 아니오."

엄격한 법가로서 일생을 살아온 이사로서는 당연한 말이기도 했다. 하지만 조고는 조금도 흔들리지 않았다. 차가운 눈빛으로 가만히 이사를 쏘아보다가 뭔가를 일깨워 주는 듯한 말투로 물었다.

"스스로 헤아리시기에 승상께서는 대장군 몽염과 견주어 어느 쪽이 더 재능이 낫다고 보십니까? 이제까지 세운 공은 몽염과 견주어 어느 편이 많습니까? 세운 계책이 원대할 뿐만 아니라 실패가 적었던 것은 어느 쪽입니까? 천하의 원한을 사고 미움을 받은 일은 어느 쪽이 더 적습니까? 선황의 맏이인 부소와 사귄 지는 누가 더 오래며, 그로부터 신임을 더 받는 쪽은 누굽니까?"

조고의 목소리는 낮았지만 이사에게는 송곳으로 고막을 찌르는 듯한 물음이었다. 이사는 한참이나 그 물음을 되씹어 보다가 깊은 한숨과 함께 되물었다.

"왜 갑자기 그걸 물으시오? 나는 그 다섯 가지 모두 몽염 장군보다 못하오."

그러자 조고가 굳이 달랜다는 느낌조차 주지 않는 어조로 받았다.

"저는 비록 하찮은 환관에 지나지 않지만, 다행히 법령을 문서로 작성하는 관리가 되어 진나라 조정에서 일한 지 벌써 스무 해가 지났습니다. 그동안 위세 높은 승상이나 공신들은 많이 보았으나, 두 대를 이어 가는 이는 보지 못했으며, 끝내는 파면되거나 형벌을 받아 모두 망하고 말았습니다. 또 스무 명이 넘는 선제의 공자들은 승상께서도 모두 잘 알고 계실 것입니다. 그중에서도 맏이인 부소는 살핌이 밝으면서도 강직해서 자신이 쓸 사람은 자신이 뽑을 터, 만약 그가 황제로 즉위하면 반드시 오래 친해 왔고 깊이 믿는 몽염을 승상으로 세울 것입니다. 그리되면 승상께서는 결국 통후(通侯, 열후)의 인수를 빼앗기고 쓸쓸히 낙향해야 하니 그 일을 어쩌시겠습니까?

그런데 공자 호해는 다릅니다. 제가 칙명을 받들어 공자에게 글을 가르치고 법사(法事)를 익히게 한 지 여러 해가 됩니다만, 아직까지 공자께서 잘못을 저지르시는 것을 본 적이 없습니다. 또 공자는 인자하고 독실하며, 재물을 가볍게 보고 인재를 무겁게 여깁니다. 마음속으로는 사물을 밝게 분별하고 계시면서도 말씀은 겸손하시고, 예절을 다하여 선비를 존중하실 줄도 압니다. 진나라의 여러 공자들 중에서 아직 이만한 분이 없으니, 후사로 내세워 볼 만하지 않습니까? 승상께서는 다시 한번 곰곰이 헤아려 보십시오."

하지만 시황제 밑에서 30년이 넘도록 벼슬살이를 하는 동안 골수에 박히다시피 한 법가의 정신은 쉽게 조고의 변칙과 일탈을 받아들일 수가 없었다. 이사는 마음이 흔들릴수록 더 강경해져 꾸짖듯 소리쳤다.

"그대는 그대의 자리로 돌아가라. 이 몸은 군주의 조칙을 받들어 하늘의 뜻을 이룰 뿐이다. 어찌 그같이 큰일을 우리가 함부로 정할 수 있단 말인가!"

"평안함이 위태로움일 수도 있고, 위태로움이 평안함일 수도 있습니다. 제 한 몸의 평안함과 위태로움조차 마음대로 정할 수 없다면 어찌 어질고 밝다 이를 수 있겠습니까?"

조고가 이번에는 달래는 투로 은근하게 말했다. 이사는 그게 더 섬뜩해 자르는 듯한 말투로 받았다.

"이 몸 이사는 상채의 한 평민이었으나, 다행히 선제께서 여럿 사이에서 뽑으시어 승상으로 삼고 통후에 봉하시니 자손들까지 모두 높은 벼슬과 무거운 봉록을 받게 되었소. 그럼으로써 나라의 존망과 안위를 이 몸에게 맡기신 것인데, 내 어찌 그 뜻을 저버린단 말이오? 대저 충신은 죽음을 피하려 요행을 바라지 않고, 효자는 삼가고 애써 그 몸을 위태로운 곳에 두지 않으며, 남의 신하 된 자는 각기 그 직분을 지킬 따름이오. 다시는 어지러운 말로 나로 하여금 씻을 수 없는 죄를 짓게 하지 마시오!"

"대체로 성인은 무엇에 얽매임 없이 해야 할 바를 하며, 사정이 변하면 시의에 따르고, 끝을 보면 처음을 알며, 겨눈 곳을 보아 그 이를 곳을 헤아린다 하였습니다. 사물이 원래 이러하거늘, 굳게 정하여져 변함이 없는 게[固定不變] 어디 있겠습니까? 바야흐로 천명은 공자 호해에게 이르렀으니 저는 그걸 받들고자 합니다.

무릇 밖에서 안을 다스리려 하는 것을 '혹(惑)'이라 하고, 아래에서 위를 억누르려 하는 것을 '적(賊)'이라 합니다. 이제 와서 부소를 태자로 맞아 후사를 잇게 하는 것은 바로 그 혹이요 적입니다. 그러나 공자 호해를 세우는 것은, 가을에 서리가 내리면 풀과 꽃이 시들고, 봄이 되어 물이 녹아 흐르면 만물이 일어나는 것과 같이 반드시 그러해야 할 이치를 따르는 것이 됩니다. 승상께서는 어찌 이리도 결단이 늦으십니까?"

"내가 듣건대, 진(晋)나라는 함부로 태자[申生]를 바꾸었다가 내리 세 임금(헌공, 혜공, 문공)이 평안하지 못했고, 제(齊) 환공의 형 규(糾)는 아우와 임금의 자리를 다투다가 그 몸이 죽임을 당했으며, 은나라 주왕은 골육을 죽여 가며 간언을 듣지 않다가 나라는 폐허가 되고 끝내는 사직까지 잃고 말았다고 하오. 이 세 사람은 하늘의 뜻을 거역하여 죽어서도 종묘에 들지 못했소. 이제 그대가 하고자 하는 것도 골육 간이 천하를 다투게 하는 것이니, 이는 곧 하늘의 뜻을 거역하는 일이 되오. 진나라의 신하 되어 오래 봉록을 먹은 사람으로서 어찌 그같이 끔찍한 모반을 꾸밀 수 있겠소?"

이사가 그렇게 맞섰으나 간교한 조고는 이미 대답을 준비하고 있었다.

"위와 아래가 한마음이면 오래 권세를 지켜 나갈 수가 있고, 안과 밖이 뜻을 같이하면 어긋나 그릇됨이 없습니다. 승상께서 저의 말을 따라 주신다면 오래도록 봉후(封侯)를 유지하며 대를 이어 고(孤, 왕이 스스로를 이르는 말)를 칭하는 가문을 이룰 수 있을 것입니다. 아울러 왕자교(王子喬, 적송자와 마찬가지로 전설 속의 선인)나 적송자처럼 오래 사실 수 있을 것이고, 공자나 묵자처럼 지혜로운 사람으로 길이 추앙받을 수도 있습니다. 하지만 이제 와서 저와 공자 호해를 따르지 않으신다면 재앙이 자손에까지 미칠 것이니 어찌 두려워하지 않을 수 있겠습니까? 듣기로 참으로 처신이 능한 사람은 재앙을 복으로 돌릴 줄 안다 하였습니다. 승상께서는 이제 어찌하시겠습니까?"

조고는 그렇게 이익으로 꾀고 해악으로 위협했다.

따지고 보면 조고의 위협은 헛말이 아니었다. 시황제가 죽은 지금 그 순수의 대열에서 당장 가장 큰 위엄과 권세를 가진 이는 공자인 호해일 수밖에 없었다. 선황의 총애를 받아 유일하게 순수에 따라 나선 공자 호해의 명을 누가 거역할 수 있겠는가. 특히 노부(鹵簿)를 호위하고 있는 장졸들은 시황제의 죽음을 알면 당연히 호해의 명을 받들 수밖에 없었다.

거기다가 시황제의 측근으로 이사 못지않게 신임을 받아 온 중거부령 조고가 위조한 시황제의 유조로 호해를 이세황제로 옹립하면 모든 일은 그걸로 끝이었다. 조고와 호해가 뜻을 같이해 그리하려고만 들면 이사 혼자 힘으로는 막으려야 막을 수도 없었다. 잠깐 동안에 그와 같은 실상을 헤아린 이사는 아뜩했다.

일이 그렇게 돌아가고 보니 일평생 그토록 쉼 없이 쏟아져 나오던 이사의 지모도, 누구 앞에서나 거침이 없던 그 논변도 일순에 막혀 버리는 듯했다. 그저 막막하기만 한 데다, 조고의 깜빡일 줄 모르는 눈길에서 잠시 알 수 없는 살기 같은 것까지 느끼자 어지간한 이사도 더는 버텨 내지 못했다. 하지만 그래도 한 가닥 남은 충정이 있었던지, 하늘을 우러러보며 크게 탄식하기를 잊지 않았다.

"아아! 어지러운 세상을 만나 홀로 죽을 수도 없고 살 수도 없구나. 도대체 어디에 이 한목숨을 맡겨야 한다는 것이냐!"

그리고 눈물까지 흘리면서 한숨을 내쉬다가 마침내 조고의 뜻을 따르기로 했다. 조고는 그 길로 돌아가 호해에게 알렸다.

"현명하신 태자마마의 명을 받들고 그것을 승상에게 전하였더니, 승상께서도 감히 그 명을 어기지 못하셨습니다."

호해를 한껏 태자마마로 치켜세워 기세를 북돋아 주면서도 은근히 자신의 공을 상기시키는 교묘한 말재주였다.

그리하여 조고와 호해, 이사 세 사람에 의해 역사상 유례가 드문 큰 바꿔치기가 꾸며지고 이루어졌다. 없는 시황제의 조서를 뒤늦게 만들어 내 호해를 먼저 태자로 세우고, 맏아들 부소에게 미리 내린 조서는 새로 쓰여졌다.

짐은 이제 천하를 순시하며 명산의 여러 신들에게 기도하고 제사를 올려 천수를 누려 보려 한다. 늘 조정과 궁궐을 비워 두고 사방으로 떠도는 터라 도성에 남은 대신과 변방을 지키는 장수들에게 의지하는 바 크다. 그런데 너 부소는 장군 몽염과 함께 수십만 대군을 이끌고 변경에 머문 지가 벌써 여러 해 되었으나 한 걸음도 더 나아감이 없었고, 많은 군사와 물자를 써 없앴으나 한 치의 공도 세우지 못했다. 그러면서도 도리어 여러 차례 상소를 올리어 짐이 하는 일을 비방하였으며, 그곳에서 하던 일을 그만두고 태자의 자리로 돌아올 수 없음을 밤

낯으로 원망하였다. 이는 신하로서 충성스럽지 못할 뿐만 아니라 자식으로서도 효성스럽지 못한 짓이라. 이제 너 부소에게 칼을 내리니 스스로 목숨을 끊어 사죄하라.

또 장군 몽염은 부소와 더불어 도성 밖에 머물면서 그 불충과 불효를 바로잡지 못하고 함께 세월만 허비했으니 그 지모를 알겠노라. 이 또한 신하 된 자로서 충성스럽지 못함이라 죽음을 명하노니, 군대는 부장(副將)인 왕리(王離)에게 맡기고 어서 명을 따르도록 하라.

조고와 이사는 그렇게 고쳐 쓴 편지에 옥새를 눌러 봉하고, 이사에게 빌붙어 지내는 빈객 하나를 사자로 삼아 상군으로 보냈다.

(2권에서 계속)

초한지 1

짧은 제국의 황혼

개정 신판 1쇄 발행 2020년 11월 5일
개정 신판 3쇄 발행 2022년 11월 15일

지은이 이문열

발행인 양원석
펴낸 곳 ㈜알에이치코리아
주소 서울시 금천구 가산디지털2로 53, 20층(가산동, 한라시그마밸리)
편집문의 02-6443-8842 **도서문의** 02-6443-8800
홈페이지 http://rhk.co.kr
등록 2004년 1월 15일 제2-3726호

ISBN 978-89-255-8973-2 (04820)
978-89-255-8974-9 (세트)